ANTISOCIAL

B

ANTISOCIAL

BARRAS BRAVAS

 JUAN CARLOS QUEZADAS

MÉXICO · BARCELONA · BOGOTÁ · BUENOS AIRES · CARACAS · MADRID
MONTEVIDEO · MIAMI · SANTIAGO DE CHILE

BARRAS BRAVAS
Primera edición, noviembre de 2016

D.R. © 2016, Juan Carlos Quezadas

D.R. © 2016, Ediciones B México, por las ilustraciones
  Ilustraciones: Richard Zela

D.R. © 2016, Ediciones B México, S.A. de C.V.
  Bradley 52, Anzures CX-11590, México
  www.edicionesb.mx
  editorial@edicionesb.com

ISBN 978-607-529-102-4

Impreso en México | Printed in Mexico

Todos los derechos reservados. Bajo las sanciones establecidas en las leyes, queda rigurosamente prohibida, sin autorización escrita de los titulares del *copyright*, la reproducción total o parcial de esta obra por cualquier medio o procedimiento, comprendidos la reprografía y el tratamiento informático, así como la distribución de ejemplares mediante alquiler o préstamo público.

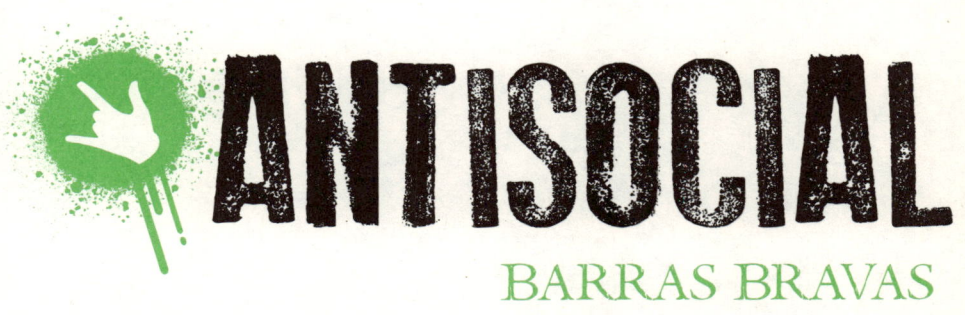

ANTISOCIAL
BARRAS BRAVAS

PARTE I

CÓMIC E ILUSTRACIONES: **RICHARD ZELA**

BARRAS BRAVAS
ANTISOCIAL

CONTINUARÁ...

Casi siempre es el dedo de otro el que jala
el gatillo que habrá de condenarnos.

WILLIAM SHAKESPEARE

(siempre y cuando la pistola
se haya inventado antes del siglo XVI)

Aquí vienen los botas negras
Nos gusta el rock and roll
Nos gustan esas fiestas que
revientan con el sol
Nos gusta la naturaleza, la hierba y el amor
Nos gustan las protestas justas
Odiamos la opresión.

RADIO KAOS
"Botas negras"

1

Dicen que hay bueno o malo,
dicen que hay más o menos,
dicen que hay algo que tener,
y no muchos tenemos.

ANDRÉS CALAMARO
"Estadio Azteca"

Lo único que aprendí en la escuela, lo único en verdad, fue un poema.

Nunca entendí la razón de pasar horas y horas mirando hacia un pizarrón verde lleno de fórmulas incomprensibles y mapas de lugares a los que jamás podría llegar. Y eso era cuando me iba bien y me quedaba en el salón, porque cuando las cosas no funcionaban y el imbécil del prefecto me agarraba en fuera de lugar, había que pasar horas en la dirección archivando exámenes o calificaciones.

Lo único que aprendí en la escuela fue un poema. Y me lo aprendí de principio a fin, con todo y sus comas y sus puntos y sus signos de admiración. Se llamaba "Si" y enumeraba una serie de cualidades que debías tener para ser considerado un hombre.

Lo que me gustó del poema fue que no era un manual de instrucciones de uso de la vida; no te explicaba cómo alcanzar esas cualidades: solamente te las iba mencionando. En pocas palabras: o se tenía o no se tenía la actitud que te convertía en un hombre. Igual sucede en el futbol: o eres bueno y entras a la cancha a defender los colores del equipo, o eres malo y te quedas en la tribuna, también a defenderlo, pero desde otro sitio.

A mí nunca me ha gustado que me digan lo que tengo que hacer. Nunca. Supongo que por eso jamás me acomodé en la escuela.

Distanciaportiemposunodostres.
Mexicanosalgritodeguerra.
Selevantaenelmástilmibandera.
Mediavueltaportiemposunodostres.

Son frases que nunca comprendí; nunca supe lo que significaban en realidad. Y luego estaba la monserga de aprender tanto dato inútil. Y los festivales. Y los himnos.

Sólo me aprendí el "Si" y creo que con eso bastó. Fue en la clase de civismo.

—Tienenquememorizarparamañanalapágina128 —dijo el maestro.

Yo, por supuesto, lo ignoré, y llegué al otro día sin siquiera haber abierto el libro, pero como el profesor era un imbécil, no tuve problemas en aprenderme el poema, porque cada uno de los alumnos pasó al frente a recitar la obra de Rudyard Kipling. Así se llama el autor, y yo me llamo Juan Pablo Quim, número 22 de la lista.

Tendría que haber sido muy estúpido para no aprenderme de memoria algo que dijeron veintiún imbéciles antes que yo, aunque es cierto que al principio no hacía caso a las palabras que mis compañeros iban repitiendo como merolicos. Sin embargo, cuando le tocó el turno a FernándezPiñaJaimeAlfonso, las palabras que antes me habían parecido sonidos sin alma se convirtieron en algo real y emocionante.

Hay gente así: que transforma lo que lo rodea y lo llena de una luz especial. Así era Salvador Cabañas, por ejemplo. No era el mejor jugador, ni el más técnico ni el más veloz, pero cuando tocaba la pelota lograba que la barra se convirtiera en un manicomio.

Ya lo dijo don Rudyard: se tiene o no se tiene.

Yo creo que FernándezPiñaJaimeAlfonso era así. Tenía chispa. Terminó de declamar el "Si" y a mí se me hizo muy largo el tiempo para volver a escuchar al siguiente compañero: quería oír de nuevo aquellas verdades. Los segundos que pasaron entre recitación y recitación se me hicieron eternos, como el tiempo de compensación cuando vas perdiendo por un gol y el rival ataca con rabia.

El siguiente compañero no tuvo la misma fuerza, pero de algún modo aquellas palabras de Kipling ya eran mías. Y lo mejor de todo es que yo sentía que era un hombre —o por lo menos podría llegar a serlo— porque cumplía con la mayoría de las reglas. Estaba feliz y emocionado. Por primera vez en mi vida sentía eso que tantos maestros me habían

ANTISOCIAL

dicho que provocaban los libros, pero que yo, hasta ese momento, jamás había sentido. Ese Kipling era un chingón.

Y entonces llegó mi turno.

—QuimJuanPablonúmeroveintidóspasealfrenteadeclamarnoselSi.

—La verdad no me lo aprendí, profe. El poema me pareció una mierda —respondí, y entonces pasé aquella mañana archivando calificaciones.

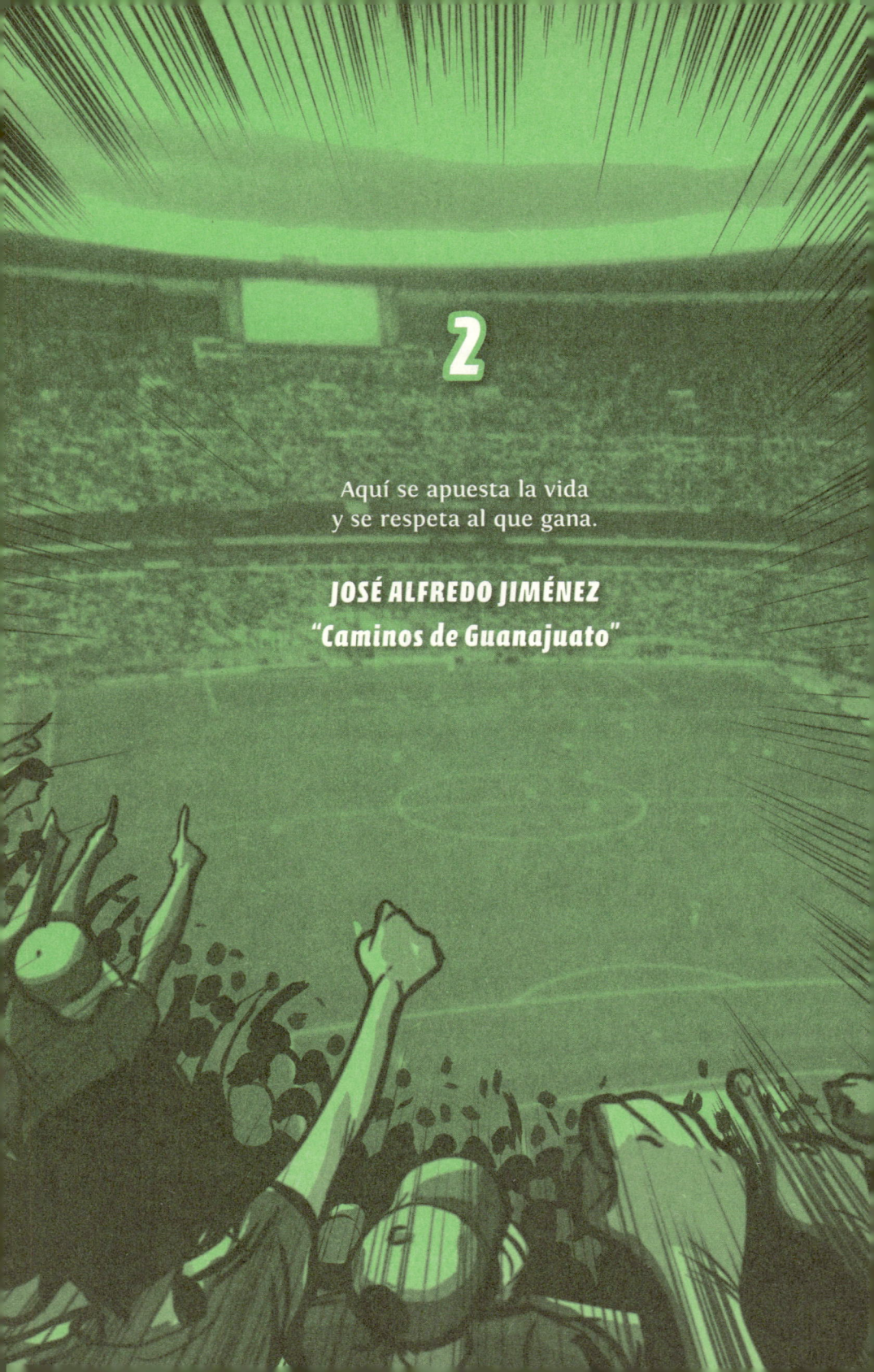

"Si puedes estar firme cuando en tu derredor todo el mundo se ofusca y tacha tu entereza". Así empezaba el "Si", con un montón de palabras elegantes y complicadas. Tuvieron que pasar seis o siete estudiantes hasta que uno se atrevió a decirle al profe que no entendía nada de lo que estaba declamando. Entonces el maestro comenzó a explicar una a una las palabras que no comprendíamos: *derredor, ofusca, entereza, flaqueza, brida* y muchas otras más. Allí fue cuando empecé a comprender que el poema de don Rudyard tenía que ver con los güevotes que hay que tener para salir adelante en la vida. Después llegó FernándezPiñaJaimeAlfonso con su chingonsísima declamación, y entonces todo se me iluminó porque me di cuenta de que, de alguna forma, aquellas palabras estaban escritas para mí.

Me había pasado que me identificara con algunas canciones del Tri, sobre todo en las que se cuentan historias de jodidos, y también con la *Dosis perfecta* del Panteón, pero nunca con un poema.

Y allí estaba FernándezPiñaJaimeAlfonso diciéndome que para ser un chingón había que mantenerse firme cuando a tu lado se estaba armando un buen desmadre. Y yo, sin saberlo, lo había hecho muchas veces en el Ritual: a mi lado se podía desatar el infierno y a mí me seguía valiendo madres, y yo cante y cante, grite y grite. Mientras más cabrón se ponía el pedo, más lo disfrutaba. Creo que el peligro era lo que más me gustaba. Jugar de visitante. Sentirme solo. Abandonado. Es fácil hacerte el sabrosito cuando estás en casa y tienes sobre ti a ciento diez mil cabrones que de algún modo te defenderán si algo sale mal. El chiste está en meterse al Volcán, al Tec, a cu, y armársela de pedo a todo el que te encuentres en el camino. Allí sí que tu derredor... qué chingona palabra: *de-rre-dor*... estará lleno de cabrones ofuscados y con ganas de partirte la madre.

Y cuando eso sucedió, cuando se nos dejó venir una marabunta de cabrones armados con palos, piedras y trozos de butacas, yo siempre me mantuve firme.

Mirándolos llegar.
Provocándolos.
Sosteniéndoles la mirada.
Mentándoles la madre a ellos y a sus pinches equipitos de mierda.
Restregándoles nuestros trapos en la cara.

Ya fuera la tira, ya fuera la Rebel, ya fueran todos ellos juntos, yo jamás me rajé, a pesar de ser un chingado morrito caguengue. Yo creo que por eso me fui ganando el respeto de la banda. Allí está la clave de todo, en el respeto. La tribuna es igual que la cancha: en los dos lugares, como dice la canción de José Alfredo, se respeta al que gana... o por lo menos al que no se abre ante los putazos. Porque acá arriba, como allá abajo, no siempre se puede ganar.

La banda sabía que podía contar conmigo y yo sabía que podía contar con la banda. Y ese sentimiento es rebonito porque te hace sentir protegido. Mil veces vi cómo los policías dejaban abandonado a uno de los suyos. Corrían, los muy putos, a protegerse detrás de sus camiones y sus escudos, y allí quedaba el pobre granadero ante una multitud de pasados de lanza.

Nosotros podíamos ser lo que tú quisieras menos unos cobardes. Jamás dejamos a un soldado abandonado tras las líneas enemigas. Me acuerdo de una vez en el Jalisco. Fue en un Atlas-América de una noche que cayó un diluvio. Éramos bien poquitos. No llegábamos ni a cincuenta cabrones, pero nos lanzamos hasta Guadalajara porque traíamos de bajada a los pinches zorritos. Creo que les habíamos ganado diez partidos al hilo y había que írselo a gritar a su estadio. Y entonces aparecieron los pinches policías jalisqui-

ANTISOCIAL

llos con su mamada de Tienenqueabandonarlasinstalacionesporsuseguridad, y que empieza el desmadre. Y unos que sí, y otros que no, y total que nos sacaron en chinga. Te digo que éramos repoquitos. El caso es que los pinches tiras, no sé si por pendejos o por cabrones, nos fueron a meter a la cueva del pinche lobo: fuimos a dar justo al túnel por donde estaban saliendo los de la Barra 51, y que se arma la campal. De un momento a otro, sin tiempo para ponernos de acuerdo en la estrategia.

Tres pinches bandos enfrentados: el Ritual del Kaoz, la 51 y los pinches policías. Todos contra todos, como en las películas del oeste. Cuando los tiras vieron que la cosa se estaba poniendo fea dijeron "patas pa' qué las quiero" y empezaron a retroceder poco a poco, dejándonos que nos partiéramos la madre a gusto. Y entonces sucedió algo bien bonito: yo me estaba rajando el hocico con un güey de la 51; a un ladito teníamos a un policía que nomás por diversión nos estaba madreando con su macana. Dos madrazos a uno, dos madrazos al otro. Lo chingón fue que por andarnos golpeando no se dio cuenta de que sus compañeros lo habían abandonado, y entonces, en un momento dado, el chavo del Atlas y yo nos miramos a los ojos, nos dejamos de partir la madre y, como si fuéramos amigos de toda la vida, nos abalanzamos contra el tira, le quitamos la macana y le cobramos hasta con intereses la madriza que nos había estado poniendo. Cuando al granadero ya no le vimos ganas de seguir chingando, el güey del Atlas y yo regresamos a partirnos la madre. Fue algo bonito, te digo. Como del tiempo de los caballeros.

La vida es como un partido de futbol: nunca nadie sabe lo que va a ocurrir. Porque en la cancha, como en la realidad, el menor detalle puede cambiar el rumbo de las cosas. Un árbitro se hace pendejo, no marca un penal a tu favor y pierdes el partido, o puede ser que el pendejo seas tú, que no te fijes al cruzar una avenida, y adiós, mundo cruel, ya nunca te veré.

Yo entré al Ritual por culpa de una serie de extrañas situaciones. Ahora que lo pienso, se podría decir que unas orejas y unas conchas fueron las causantes de todo el desmadre en mi vida, el penal no marcado que habría de transformar mi existencia. Chale.

Yo estaba bien morro, tendría oncedoce años. Era un sábado por la tarde. Jugaba el América contra los Jaguares, pero como pasaban el partido por Sky, no había forma de verlo por la tele abierta. "Son chingaderas", exclamé cuando el imbécil del Perro

ANTISOCIAL

Bermúdez, con su voz de pendejo, confirmó la noticia: "ElAméricaJaguaresdeestatardeseráenexclusivasóloporSky".

Enrique y yo no éramos mucho de ir al estadio y además ese día apenas juntábamos veintisiete pesos, así que la tarde pintaba más aburrida que una clase de trigonometría. Salimos a la calle buscando una víctima que pagara los platos rotos y la encontramos nada más dar vuelta a la esquina.

—Vamos a chingarnos unas conchas —propuso el Quique.

—¿Como para qué?

—Pues nomás por chingar.

Hay que decir a nuestro favor que el panadero era un gandalla: cobraba las bolsas de plástico, se les quedaba viendo las nalgas a las muchachas, y además ese día llevaba una playera de las pinches Chivas.

Estuvo chingón el bisnes. Juro que entramos con la intención de chingarnos un par de panes, y al final salimos con todo el dinero que don Alva tenía en la caja. Sucede que junto con nosotros entró a la panadería Nora, la esposa del judicial, y entonces el pinche panadero cabrón se quiso hacer el chingoncito. Les digo que era un pinche cuzco de lo peor.

—¿Qué pan le voy a dar, Norita? Qué bien le están sentando las clases de zumba... Con todo respeto se lo digo, ¿eh?...

Y así como el pinche panadero no dejaba de verle las nalgas a Norita, el Quique y yo no dejábamos de ver la caja abierta en el mostrador. Se veían varios billetes rositas de cincuenta pesos y algunas monedas de diez.

El Quique me lanzó una mirada que quiso decir "Nomás quédate parado donde estás para que yo pueda meter la mano en la caja". Eso hice. Me quedé quietecito, dizque analizando qué oreja estaría más crujiente, mientras que el Quique metía la mano en la caja y la vaciaba toditita: hasta las cinco pinches monedas de diez se llevó el cabrón. Una vez consumado el atraco, yo agarré dos orejas y el Quique agarró dos conchas.

—¿Cuánto es de cuatro panes, don Alva?

—Veinte —respondió sin voltear, pendiente del movimiento de nalgas de Norita.

—Aquí se lo dejamos —dijo Quique poniendo dos de las monedas que acababa de robar sobre el mostrador—, veinte pesotes.

—Está bien.

Yo quería salir de allí en chinga, pero Quique, bien cabroncito, todavía le preguntó al panadero si tenía leche.

—Sí, en el refrigerador —respondió don Alva.

—Mejor no. Luego vengo por ella. Se nos hace tarde para irnos a ver a las águilas —dijo mi amigo, después de dizque pensarlo muy bien.

Salimos de la panadería, Quique con paso lento, muy dueño de la situación, y yo un poco más rápido.

—Calma y nos amanecemos, Jota Pe. Tranquilo.

—El pinche viejo se va a dar color.

—Nel, don Alva está enculado con la Norita. Tenemos tiempo para huir.

Lentamente caminamos media cuadra, que a mí se me hizo eterna. El Quique tuvo la sangre fría de pedirme que me detuviera para meter la bolsa de los panes en la mochilita que yo cargaba en la espalda.

—¿Como cuánto había en la caja? —pregunté.

—Exactamente trescientos setenta y cinco pesos.

—¿Cómo sabes si no lo has podido contar?

—Tengo dedos de ladrón, súper sensibles; es de familia. Creo que es una enfermedad —respondió el Quique lanzando una carcajada—. Y mejor pícale, porque justo ahora el pinche panadero se estará dando cuenta de que nos lo chingamos.

Y así fue. En ese mismo instante oímos un chiflido a nuestras espaldas. Salimos como pedos corriendo hacia la calzada de Tlalpan. Yo no volteé, pero el Quique sí.

—¡En la madre, no es don Alva, es el pinche judicial!

Ahí sí que sentí culero, porque una cosa es que te persiga un pinche panadero cuzco con su playerita de las Chivas y otra muy distinta un chingado policía con todo y su pistolota.

Y entonces ocurrió el milagro, o lo que yo en ese momento pensé que era un milagro, porque a la larga resultó más bien una maldición. Al llegar a

Tlalpan aparecieron cinco microbuses repletos de cabrones del Ritual que se habían detenido a subir a sus compañeros que salían del metro Portales. De cada ventana surgía un torso desnudo, y hasta en el techo iban algunos güeyes echando desmadre. Y entonces el Quique, sin pensarlo dos veces, se quitó la camiseta para camuflarse con los miembros de la barra, y de un salto se trepó al micro, que comenzaba a avanzar.

Yo me quedé apendejado sin saber qué hacer, mientras a mi espalda sonaba otro chiflido: el judicial andaba peligrosamente cerca; entonces sentí tremendo jalonzote y de golpe quedé encaramado en uno de los estribos de un microbús.

—¡Quítate la pinche camiseta, cabrón! Así no podrá reconocernos —me ordenó Enrique.

Le obedecí como pude (no es fácil encuerarse con una sola mano sobre Tlalpan y a sesenta kilómetros por hora). Justo en ese momento la banda comenzó a cantar aquello de "Vayas donde vayas, yo estaré"... Quique y yo, como si lleváramos cien años practicando, nos unimos a aquel coro de inadaptados.

Cuando cruzamos Taxqueña ya éramos parte del desmadre y ni nos acordábamos del chingado judicial que nos había sacado un pedote.

4

Mi patria y mi guitarra las llevo en mí.
Una es fuerte y es fiel, la otra un papel.

JOAN MANUEL SERRAT
"Vagabundear"

Lo más importante para una barra son sus trapos. Así se llaman las pancartas y banderas que se cuelgan en las rejas o se dejan caer sobre los balcones de las tribunas.

Hay trapos que son verdaderas obras de arte. Murales de tela y aerosol que rinden homenaje a un jugador histórico o recuerdan algún campeonato. También hay trapos que anuncian el barrio del que proviene la barra: Ecatepec, Iztacalco, Culhuacán, la Diecisiete, Usatama, o que mandan algún mensaje político o social, y así por medio de la barra la tribuna se convierte en una pantalla en la que se pueden leer muchas cosas.

Para entender a la barra hay que hablar desde adentro. Estar allí. Bañarte de sudor y de meados. Si tú la ves desde afuera te parece un grupo de energúmenos medio encuerados que nada más están echando desmadre... y puede ser, pero en el fondo de ese pinche despapaye hay una ideología muy cabrona. No hay barra sin ideología.

Unas, como Los Irreductibles del Lazio de Roma o la Ultra Sur del Real Madrid, son fascistas, y por lo tanto perfectos hijos de la chingada; otras, como las Brigadas Autónomas Livornesas o los Bucaneros del Rayo Vallecano, son de la izquierda más a la izquierda de la izquierda.

Suásticas e imágenes del Che Guevara, retratos de dictadores y de Emiliano Zapata iluminan (u oscurecen, según tu punto de vista), domingo a domingo, las tribunas de los estadios del mundo.

Yo creo que los Ultras Sankt Pauli, la barra del Sankt Pauli de Hamburgo, son la barra más chingona del mundo. Son antirracistas, antisexistas, antihomófobos y antiFIFA. Su escudo es una calavera pirata, están a favor de la inmigración, la legalización de las drogas, y alguna vez tuvieron como presidente a un activista gay. A mí la neta me gusta que cada quien haga lo que quiera mientras no esté chingando a los demás. Por eso me cae rebién el chingado Sankt Pauli.

El pedo es que a mí me puede caer rebién el chingado Sankt Pauli, pero no creo que opine lo mismo un cabeza rapada de Madrid. Y entonces, cuando en una estación de metro o en un callejón cercano al Santiago Bernabéu se encuentran los ultras del puto Real Madrid con los ultras del Sankt Pauli, la cosa se empieza a poner interesante. O para no ir tan lejos: cuando afuerita de la Biblioteca de la UNAM nos encontramos la Rebel y el Ritual. Es lo mismo.

A veces me parece que el futbol es un pretexto para que la barra lance sus consignas. Es un poco como la mafia: de aquí nunca puedes escapar. Un partido dura noventa minutos y tú eres del Ritual las veinticuatro horas de los trescientos sesenta y cinco días del año.

5

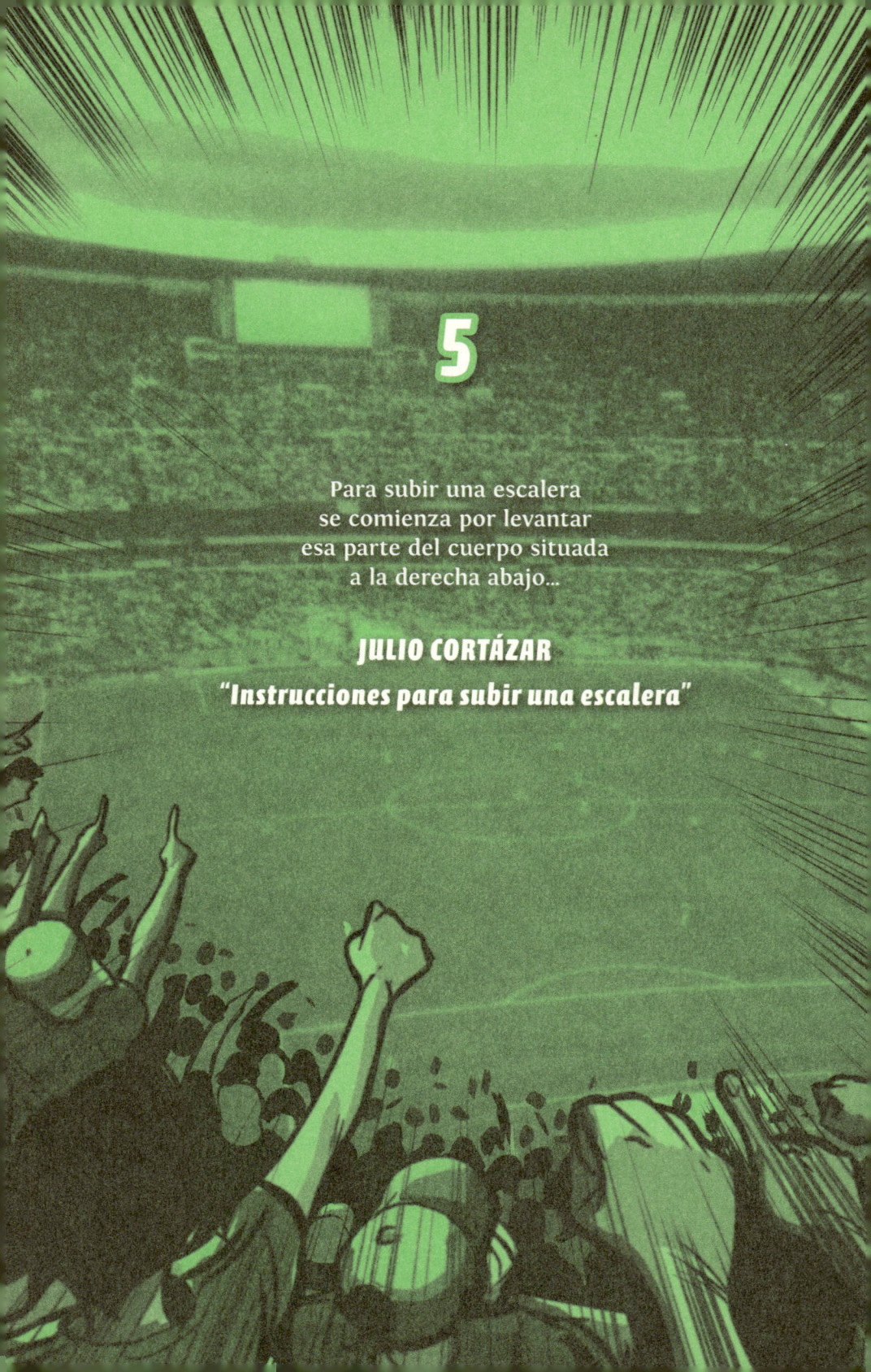

Para subir una escalera
se comienza por levantar
esa parte del cuerpo situada
a la derecha abajo...

JULIO CORTÁZAR
"Instrucciones para subir una escalera"

Empecé esta historia diciendo que lo único que aprendí en la escuela fue un poema de Rudyard Kipling. La escuela, con todos sus maestros y sus boletas y su banderita tricolor, nunca me enseñó nada. Un triste poema y a tomar distancia. La barra, en cambio, me enseñó algo muy importante: que los buenos no eran tan buenos y que los malos podían ser maravillosos.

En la escuela no hay una materia que se llame Amistad 1 o Lealtad 2 o Valor 3 o Lucha contra la injusticia 4 o Chingue a su madre la puta policía 5. En la barra sí. En el Ritual aprendí a convertirme en un hombre muy parecido al que soñó Kipling. No lo logré. Nadie lo logra nunca, pero sabes que existe ese molde y el chiste es tratar de acercarte a él.

En la escuela escuché —ni siquiera leí— un único poema, mientras que en el Ritual me encontré con un chingo de libros, con bastantes rolas y con una alineación de héroes súper cabrones que nomás de mencionarlos levantan las cejas de las buenas conciencias.

Piensa nomás en el nombre de la barra: Ritual del Kaoz. Tiene nombre de banda de ska de la SanFe; podrías ir caminando por Iztapalapa y encontrar un grafiti que dijera "Aki comienza el territorio del Ritual del Kaoz", y puede que hasta sintieras culero, pero en realidad el nombre de la barra proviene del título de un libro, una colección de ensayos de Carlos Monsiváis.

En mis escuelas, la primaria y la secundaria, los libros se guardaban bajo llave como en un cementerio de ideas: aquí yacen Cervantes y su loco; aquí yace dios, que en realidad no existe; aquí yace la poesía con sus fonemas, lexemas y no sé cuánta chingadera más. Supongo que mis maestros creían que los libros eran objetos malditos.

Yo por eso los veía como algo que estaba más allá, muy lejos. Como un microscopio, un matraz o una regla T. Los libros no te servían para caminar por la calle ni para ligarte a una chava. Eran, ya lo dije, jaulitas de ideas olvidadas. Y no es que el Ritual fuera una tertulia de intelectuales hablando de filosofía, pero inscribirme en esa escuela de dementes me ayudó a encontrarme con libros que me enseñaron cosas tan cabronamente complicadas como subir una escalera, darle cuerda a un reloj o las cuatrocientas variantes que tiene un beso.

Claro que eso fue con el tiempo, gracias al boca a boca —y juro que lo digo sin albur—, a los pedos a los que nos íbamos enfrentando y que resolvíamos con una lectura o una canción. Si en lugar de cantar la mamada esa de "selevantaenelmástilmibandera" en la escuela nos enseñaran que hay canciones que salvan, que hay novelas que enloquecen, que hay güeyes peleando por ti ahorita mismo y no en milochocientosnoventaymevaleverga, otro gallo cantaría.

Monsiváis, desde su chante de San Simón —casi casi era vecino mío— escribía lo que le salía de los güevos, mientras que la imaginaria banda de ska de la SanFe, el Ritual del Caos que no existe, también cantaría lo que le saliera de los güevos. Y ambos tendrían algo que contar. No hay ideas buenas ni malas, palabras bonitas ni feas, el chiste nomás es saber interpretar lo que te dicen tus güevos y después volcarle al mundo esas palabras.

Si tú te vas al estadio mañana y te pones a observar a la barra, claro que verás a un chingo de encuerados gritando leperadas, pero es sólo lo que ves, y no siempre lo que vemos es la realidad.

6

Qué pasará, qué misterio habrá...

RAPHAEL
"Mi gran noche"

El micro nos dejó en la explanada del estadio. Unos granaderos hasta nos hicieron valla para ir acercándonos a la entrada. El Quique y yo nos pegamos a la banda de los güeyes que venían en el micro, pero luego luego uno de los lidercillos se dio cuenta de que nosotros no éramos del Ritual.

—Ustedes dos, ¿qué pedo?

—Veníamos en el micro —respondí lo primero que se me ocurrió.

—Ya sé que venían en el micro, pendejo, ¿qué crees que estoy ciego? A ver cabrones, párense ahí —nos ordenó, al tiempo que hacía un ademán para apartarnos de la fila.

Yo pensé que todo valdría madres porque seis-siete cabrones con cara de hijos de la chingada se acercaron a nosotros. No nos quitaban la vista de encima, mientras que los granaderos nomás se hacían pendejos y volteaban para otra parte. Lo cuento no porque esperara ayuda de la policía, sino para dejar constancia de lo hijos de la chingada que son los pinches tiras.

—¿A poco creen que aquí se llega nomás así? ¿Que para entrar con el Ritual al estadio nomás hay que formarse en la filita como pinches niños de primaria?

Yo me acordé de la chingadera del mediavueltaportiemposunodostres, pero el horno no estaba para bollos.

—¡Ahora sí que me salieron chingones! Ni que fuéramos la Rebel o los Libres y Lokos. Éste es territorio para puro pinche cabrón —dijo el líder, y después, sin importarle que estaba rodeado de un millón de granaderos, sacó una pipa con la forma de un aguilita, la encendió y se dio un jalonzote.

—Nosotros también somos barrio —dijo el Quique, muy seguro de sí mismo.

—Ah, sí, ¿de qué la giran?

—Asaltamos panaderías.

Mitad porque la respuesta estuvo muy cagada y mitad por los efectos de la mota, al pobre güey le vino un ataque mezcla de risa y tos.

—No hay pedo, güero. Aquí en el Ritual no juzgamos, cada quien su bisnes... Además lo cabrón se les ve desde bien lejos —respondió con ironía una vez que se recuperó del colapso.

Ahora sus compañeros fueron los que estallaron en una carcajada.

—¿Quieren entrarle al Ritual?

—Pues sí —respondió el Quique por los dos.

—Acá el pedo no es como en la Monu y todas esas barras culeras que se juntan nomás pa' echar desmadre. El Ritual del Kaoz es una barra con ideología. Acá somos antifascistas, antirracistas, antiTelevisa y sobre todo antipendejos. Después de ver ganar al Águila lo que más nos gusta en la vida es verles la cara a los pendejos. Es nuestra filosofía. Está chido, ¿no? ¿Cómo ven?

Yo entendía lo que querían decir las tres últimas cualidades de los miembros de la barra, pero no sabía exactamente lo que significaba ser antifascista. Era un morro apenas. Me sonaba a algo relacionado con Hitler y la Segunda Guerra Mundial, pero para no cagarla preferí quedarme callado.

—Suena chingón —volvió a responder el Quique por los dos.

—¿Chingón sí o chingón quién sabe?

"¿Qué podemos perder?, chance y hasta nos divertimos", leí clarito en la mirada de mi amigo.

—Va, le entramos —respondí.

—Pues ya están, cabrones. Bienvenidos a este puto desmadrote... y ahora cáiganse con cincuenta varos por piocha porque ésa es otra de las diferencias del Ritual: aquí nos pagamos nuestro boleto porque no nos gusta andar pidiéndole chichi a la directiva.

El Quique sacó dos billetes rositas que habían sido del panadero y se los entregó al Mostro, así nos dijo que se llamaba. Entonces nos extendió cuatro boletos con la foto medio despintada de Guillermo Ochoa, el portero del América en aquellos tiempos.

—¿Por qué cuatro? —pregunté.

—Porque son falsos —respondió el Mostro restándole importancia al asunto.

—¿Para qué queremos boletos falsos?

—Para verles la cara a unos pendejos, revenderlos y ganar una lana —y entonces el miembro de la barra me arrebató los boletos y señaló hacia un punto impreciso de uno de ellos—: ¿Ya viste de qué zona son? Preferente plus. Aquí dice que valen trescientos varos. Me cae que cualquier pinche villacoapo, si le dices que ya no hay boletos en la taquilla, te anda dando hasta cuatro varos sin pedos.

—¿Quién se va creer que un América-Jaguares va a llenar el Azteca? —preguntó el Quique.

—Pues un pendejo, eso es precisamente lo que ustedes tienen que buscar. Ya les dije que una de las principales metas de la barra es la explotación de la pendejez humana. Hasta está escrito en nuestros estatutos... Y ahora, a chingarle, porque la función está a punto de empezar.

El puente que conecta la estación del tren ligero con la explanada del estadio comenzó a llenarse de aficionados. La mayoría, los que ya tenían sus boletos, se dirigían muy seguros a los torniquetes de entrada; otros se formaban en las kilométricas filas de las taquillas, y unos más bajaban la rampa del puente y se detenían confundidos cerca de los puestos de playeras, banderines y todo tipo de piratería azulcrema. Ese último grupo era el que debíamos atacar.

—Allí los tienen: un chinguero de pendejos que no saben cómo está la transa. Seguro vienen al estadio cada tres años —dijo el Mostro señalando hacia los indecisos—. Allí están sus víctimas.

—¿Y si nos cachan?

—Quiere decir que el pendejo eres tú y que por lo tanto no puedes ser parte del Ritual. No hay pierde. Es como en la teoría esa del Pasteur, del Einstein o de un pinche sabio de ésos: siempre sobreviven los más cabrones.

—Creo que fue Charles Darwin el que lo dijo —me atreví a explicar.

Yo sabía aquel dato no por la escuela —allí sólo aprendí un poema, no lo olvides—, sino por el futbol: Carlos Darwin Quintero era un jugador al que apodaban el *Científico del Gol*. Cada vez que anotaba, el comentarista contaba la misma historia: "El padre de Carlos era un gran admirador de Charles Darwin, el científico que formuló la teoría de la evolución... Y hoy, gracias al gol de Darwin, los changos y los macacos están de fiesta". Nunca entendí muy bien la relación entre Charles Darwin, la felicidad de unos monos y un gol del Santos Laguna, pero era tan bueno el Científico del Gol, conseguía tantas anotaciones, que a cada rato teníamos que soplarnos la misma cantaleta.

ANTISOCIAL

—¡Ay, no mames! Otro pinche sabio —se burló el Mostro de mi explicación.

—Siempre que anota Darwin lo cuenta el Perro Bermúdez —intenté justificar mi comentario.

—¿No te digo?, puras tonterías, por eso en el Ritual somos antiTelevisa. A los pinches comentaristas nomás les interesa apendejar a la banda, y creo que contigo ya lo lograron —dijo el Mostro, y soltó una de sus sonrisas mariguano-divertidas-tosolientas.

En ese instante el Quique me lanzó otra de sus miradas parlantes. Desde sus ojos me llegó un mensaje muy claro: "Es hora de que dejes de decir pendejadas".

—¿Qué nos estabas diciendo, Mostro? —preguntó mi amigo con el porte de un embajador.

—Que aquí, como en la selva, solamente sobreviven los que tienen los colmillos más afilados.

Yo estaba a punto de decir algo que tenía que ver con la Caperucita Roja, pero por suerte me quedé callado.

—Se acercan a la zona de los puestos, buscan a dos güerillos que no se vean muy cabrones, como de su misma edad, y que traigan camisetas originales, de preferencia de esta misma temporada; les inventan que sus primos los dejaron plantados y les ensartan los boletos dizque con rebaja: de trescientos cada uno, les dejan los dos en quinientos, así en caliente, porque ya quieren meterse al estadio. Y luego ya con la lana se regresan pa' acá con el Negro —dijo señalando hacia uno de sus acompañantes— y dividen las ganancias. No somos manchados. Fifti fitfi. Dos cincuenta pa' ustedes, dos cincuenta pa' nosotros; de pilón les damos los boletos buenos y se clavan al estadio con la bandota del Ritual. ¿Cómo ven?

Casi siempre, en todos nuestros desmadres, como había sucedido en la panadería, era el Quique quien daba el primer paso. Era más aventado que yo. Incluso creo que más listo. Tomaba las decisiones sin pensar, y cuando me daba cuenta ya estábamos en medio de un pedo o huyendo de él: agarrándonos a patadas contra unos policías en una fiesta o escapando de un judicial encabronado después de chingarnos a un panadero.

El Quique tenía la capacidad de analizar rápidamente los desmadres que encerraba cualquier pedo. Como una pinche computadora, escaneaba las señales de peligro, *pim, pum, pam*, y una vez examinado el asunto lo atacaba por el lado más favorable. En esta ocasión, sin embargo, el Quique pareció dudar un poco. No me lo decían sus ojos... pero casi.

—Órale —respondí muy seguro, adelantándome al juicio de mi amigo.

—Chido —exclamó el Mostro, y me regresó los cuatro boletos—. Yo ya me voy a meter al estadio, pero aquí se queda el Negro pa' lo que se les ofrezca. Nos vemos allá adentro.

7

Estoy esperando mi camión
en la terminal del ADO;
quiero que me lleve muy lejos,
y a la chingada de aquí.

EL TRI
"ADO"

—¿Y ahora? —le pregunté al Quique cuando nos dirigíamos a la zona de puestos.

—Pues no sé, tú eras el que andaba de chingón. Va a estar difícil hacer la transa, estas pinches entradas están remal hechas.

Miré mis boletos y los vi más falsos que un billete de cuatrocientos treinta y siete pesos.

—Sí es cierto: el pinche Ochoa parece un Mickey Mouse humanizado. Se pasaron de lanza con las greñas, parecen las orejotas de un ratón.

—Eso no es lo peor —dijo el Quique—, ¿ya viste contra quién jugamos?

—Contra Jaguares —respondí.

—¿Ya leíste bien?

—Sí, dice: "América-Jaguares de Chapas".

—Ahí está.

—¿Ahí está qué?

—Es *Chiapas,* no *Chapas*. Lo escribieron mal.

ANTISOCIAL

—¿Cómo va a ser *Chiapas*? Se dice *Chapas*. Jaguares de Chapas.

—*Chiapas,* con *i*.

—Estás bien pendejo.

—¿Quieres apostar los quinientos que ganemos?

—Órale.

—Tú dices que es *Chapas* y yo *Chiapas* —confirmó el Quique la apuesta.

—Pues sí, ¿de dónde sacas esa pendejada de *Chiapas*? ¿Qué es eso? Vas a ver que ya te chingué quinientos varos.

—Quien te los chingó fui yo, pero primero tenemos que vender los pinches boletos.

—¿Y ahora? —pregunté regresando a la cuestión original.

—Pues hay que hacerle caso al Mostro y encontrar unos pendejos.

—Nos estamos volviendo unos pinches criminales: primero la panadería de don Alva y ahora vamos a revender unos boletos falsos.

—Pues ya qué.

—¿Los vendemos juntos o separados?

—Yo creo que mejor separados. Un cabrón solo da más confianza. Es más fácil creerle el choro de que sus amigos no llegaron.

—Yo voy a inventar otra cosa. No me gustaría contar que me dejaron plantado. Me da como tristeza —le confesé a mi amigo.

—¿Qué vas a decir?

—No sé, algo se me ocurrirá.

—A mí sí me gusta la historia del plantón.

Llegamos al final de la rampa y, tal y como nos había dicho el Mostro, nos encontramos con muchos grupitos que se veía que no tenían idea de cómo conseguir sus boletos. Había dostres güeyes que se veían más o menos cabrones, pero la mayoría parecía fácil de engañar.

—Tú vas primero y yo me quedo a las vivas por cualquier cosa —me dijo el Quique, y con los ojos me señaló a un par de gorditos que parecían las víctimas perfectas: llevaban playeras nuevas, igualitas las dos, y traían una bolsa de pan Bimbo llena de sándwiches acomodados en filita.

—Te vendo mis boletos —le dije al que se veía más listo de los dos y se los di para que viera que eran de buena zona—: al centro y hasta abajo.

El primero de los gorditos examinó los boletos con desconfianza, como si en lugar de boletos fueran pescados podridos, y cuando terminó de revisarlos se los dio a su amigo con cierto desdén, como dando a entender que sospechaba bastante de su autenticidad. Allí fue cuando supe que me los acabaría chingando, porque en lugar de miedo me dio coraje, y el coraje, en ciertas circunstancias, es el combustible más potente.

—Se los regalaría, pero no tenemos cómo regresarnos a Chapas. Mi hermano y yo vinimos a lanzar las cenizas de mi abuelo al estadio —dije señalando hacia la mochilita que colgaba de mi hombro—, así lo pidió en su testamento. Solamente nos alcanzó para el ADO de venida y para unos boletos chingones: al centro y hasta abajo... —recalqué de nuevo la excelente ubicación, con el orgullo que sólo puede tener un nieto que está cumpliendo la última voluntad de su abuelo.

—¿Y cómo van a entrar al estadio si nos vendes los boletos?

—Tuvimos un chingo de suerte porque quién sabe cómo la directiva del América se enteró de la historia, les pareció rebonita y nos van a dejar entrar gratis a un palco, y en el medio tiempo nos van a dar chance de lanzar a mi abuelo... bueno, a sus cenizas, en el centro de la cancha. Mi hermano ya está adentro con el Perro Bermúdez, él fue el que nos hizo el paro —dije casi temblando de la emoción.

Los dos gordos se voltearon a ver mutuamente. No sé qué se habrán dicho entre ellos —las miradas de otros a veces son intraducibles—, pero algo en su cara me hizo darme cuenta de que empezaban a creer mi choro.

—Íbamos a regresarnos a Chapas de aventón, pero luego se nos ocurrió que si vendíamos los boletos podríamos volver más fácil y en una de ésas hasta nos sobraba una lanita para darnos una vuelta a la basílica y darle gracias a la virgen.

Volví a experimentar lo que al salir de la panadería de don Alva: una mezcla de miedo, felicidad y odio concentrados. Un golpe de adrenalina que me hizo sentir más vivo que nunca. Los colores eran más brillantes, las estrellas más fugaces, el viento hacía ondear las banderas con un ritmo de oleaje marino, como si unos angelitos con los cachetes inflados estuvieran soplando sobre ellas.

Y no era por el dinero que me iba a ganar, era por otra cosa. Vender esos boletos era como volver a poner orden en algo que había estado desacomodado desde hacía tiempo.

Colocar las cosas en su sitio.

Hacer justicia.

Recobrar lo que el destino me había robado alguna vez.

Encontrar en el rompecabezas no la última pieza sino la pieza clave: la que empieza a darle forma a eso que unos segundos antes no entendíamos bien qué chingados era.

—Valen trescientos cada uno. Órale, anímense, ya para meternos al estadio —les insistí—. Se hace tarde y todavía tengo que encontrarme con el Perro Bermúdez.

—¿Son buenos? —indagó el listo.

—¿Quieren que les enseñe las cenizas? —les pregunté, e inmediatamente hice el amago de quitarme la mochilita, donde en realidad iban unas conchas que ya habrían de estar bien aplastadas.

—No, no, déjalo así —dijo uno.

—Te damos quinientos por los dos —propuso otro.

ANTISOCIAL

—Quinientos y los sándwiches —ataqué yo.

—Cuatrocientos cincuenta y los sándwiches —fijó el tonto.

Y entonces, jugándomela como buen apostador, intuyendo que un par de gordos como aquéllos no llevarían al estadio sándwiches chafas, acepté el trato.

—Órale, y pa' que vean, cuando estemos esparciendo las cenizas de mi abuelito les voy a mandar un saludo desde la cancha.

—Cuatro cincuenta —dijo el listo entregándome dos billetes verdes y uno moradito.

Yo les di sus boletos y estaba a punto de pintarme de colores cuando el tonto me hizo una pregunta.

—¿Cuánto tiempo se hace hasta Chiapas?

—No se dice *Chiapas,* se dice *Chapas* —le corregí—, y el ADO hace como dieciséis horas.

—Es *Chiapas,* con *i.*

—Se dice *Chapas,* ¿cómo no voy a saber el nombre del lugar dónde nací?

—¿*Chapas*?

—Sí, *Chapas;* préstame tu boleto —le pedí.

Me extendió el papelito con la foto del ratón Ochoa y le señalé el lugar donde se leía el rival al que se enfrentaría el América.

—¿Qué dice aquí? —le pregunté.

—No, pues sí, es *Chapas.* Tenías razón.

—Ahí se ven, mis güeros, gracias por el paro —les dije, y de inmediato me perdí en la multitud.

Quique también logró vender sus boletos, aunque con el viejo truco del abandonado por los amigos.

A él sí le dieron los quinientos varos, pero los dos estuvimos de acuerdo en que mi mentira había sido más elegante, y que si hubiera sido la olimpiada del engaño yo me habría ganado la medalla de oro porque el grado de dificultad de mi transa era mayor.

—Se siente poca madre.

—Sí, está verguísima este pedo.

Después nos fuimos hasta donde nos estaba esperando el Negro. Nos recibió con palmadas y felicitaciones.

—Pinches morritos, cabrones. Me cae que desde lejos se les ven la inteligencia y los güevotes. Eso es lo que necesitamos en el Ritual, sangre nueva. Bienvenidos.

Y entonces nos entregó un par de boletos auténticos: a la imagen de Guillermo Ochoa le brillaban los ojitos, no parecía un Mickey Mouse humanizado, y el rival del América eran los Jaguares de Chiapas, así con i: *Chia-pas*.

Chiapas de *Soy un chingón*.

Nunca habría de olvidarlo.

8

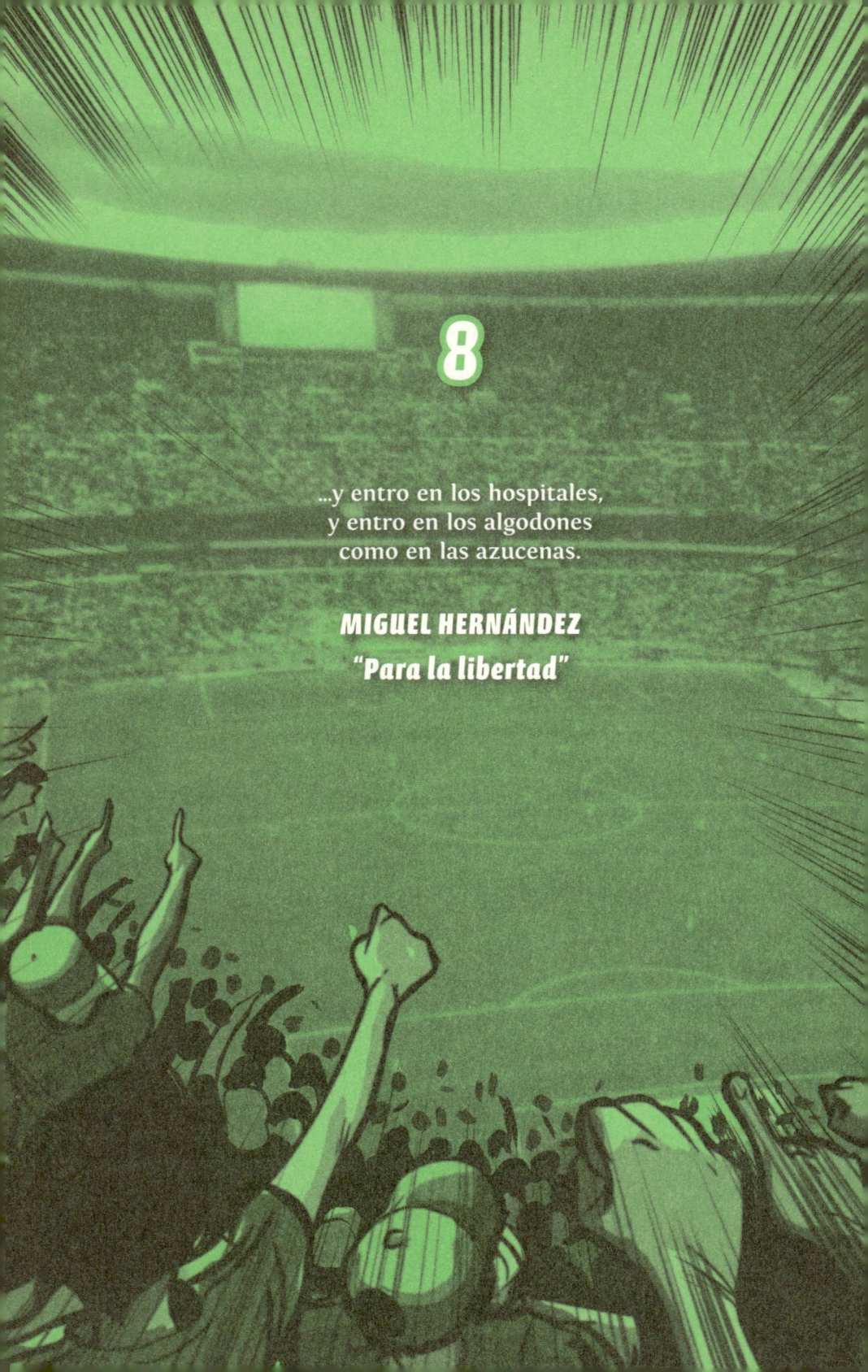

...y entro en los hospitales,
y entro en los algodones
como en las azucenas.

MIGUEL HERNÁNDEZ
"Para la libertad"

El Negro agarró quinientos pesos. Nos descontó doscientos por los boletos auténticos y al final nos quedaron doscientos cincuenta de la transa.

—Métanse a la fila —nos ordenó.

La retaguardia del Ritual estaba a punto de entrar al estadio y nosotros formábamos parte de ella. En ese momento no lo sabía, pero en cuestión de una hora mi vida había cambiado radicalmente.

—¿Qué es *fascista*? —le pregunté al Quique sin que nadie me oyera, mientras la fila avanzaba.

—Sabe —respondió, dejando en claro que no le importaba en lo más mínimo.

—Hay que averiguar, ¿qué tal si nos preguntan?

—Ni que fuera la escuela, no mames.

—¿Qué tal si es algo culero? Algo como de una secta religiosa.

—No puede ser tan culera una organización que es antirracista, antiTelevisa y antipendejos.

ANTISOCIAL

—Pues sí —respondí, y seguí avanzando rumbo al torniquete.
—...
—...
—...
—Creo que tiene que ver con la Segunda Guerra Mundial.
—¿Qué?
—Lo del fascismo.
—Sabe.
—En las películas los aliados siempre se pelean contra los fascistas.
—Pelean contra los nazis, no mames. Eso cualquiera lo sabe.
—Es que creo que los fascistas y los nazis son los mismos.
—Pues allí está. Yo tenía razón. Ser antifascista no puede ser algo culero.
—...
—...
—Creo que tiene que ver con Mussolini.
—¿Qué?
—Lo de los fascistas.
—Ya deja de pensar en eso, no es importante.
—Según yo los nazis eran los de Hitler y los fascistas los de Mussolini.
—De verdad, Jota Pe, no es importante. Disfruta el momento. En todo caso, deberías estar preocupado por la característica principal de la barra.

—¿Cuál?

—Pues la lucha contra la pendejez, de ese pie cojeas bien cabrón —explicó Enrique, y entonces estalló en una explosiva risa idéntica a la del Mostro.

Era la sonrisa del Mostro, pero al mismo tiempo era una sonrisa nueva, original. Una de las cualidades de Enrique era que lograba mimetizarse con las personas con que se encontraba, y de un modo tan sutil que después de un rato no sabías a quién pertenecía el gesto original, si al Quique o a su víctima.

La mención de los pendejos me recordó a los gorditos que había estafado y entonces me empezó a entrar una culpa horrible. ¡Hasta sin sándwiches los había dejado! Imaginé que ahora mismo les estarían negando la entrada al estadio, pero la pena se me acabó unos metros adelante, cuando nos topamos con el Mostro, quien desde lo alto de una alambrada organizaba el acomodo en la grada. Nos dio la impresión de que le había dado gusto vernos, porque nos guiñó el ojo y levantó el pulgar en señal de bienvenida.

En ese entonces el Mostro no tendría más de dieciocho años, pero tomando en cuenta que yo era un morrito, aquel gesto me hizo sentir súper acá. Y entonces, paso a paso, nos fuimos acercando a nuestro lugar en la tribuna del Azteca.

Hay puertas sencillas que uno cruza casi sin darse cuenta y que sin embargo conducen al otro lado de la vida.

9

Me dicen el Clandestino
por no tener papel.

MANU CHAU
"Clandestino"

Es como para que Monsiváis escriba un ensayo, pero Monsiváis ya se murió, y de Kipling mejor ni hablamos.

Estaría bueno que alguien nos explicara el asunto de la frontera, porque siempre que se piensa en ella se piensa en la barda o reja o río que separa México de los Estados Unidos. Y entonces odiamos a los pinches gringos por dejarnos del otro lado de la felicidad.

De un lado tortilla con chile y del otro hamburguesas gigantes.

De un lado chozas de adobe y del otro casas con jardín al frente.

De un lado el Súper Tazón y del otro la Liga MX.

De un lado la silla eléctrica y del otro una hoguera de llantas y diésel (porque hasta para asesinar los gringos tienen control de calidad).

Pero no te confundas, es pura pinche propaganda, porque para encontrarnos con una frontera no es necesario viajar a Tijuana o a Ciudad Juárez.

ANTISOCIAL

La Ciudad de México está llena de fronteras. División del Norte es una frontera y Vértiz, el eje central y la calzada San Panchito también son fronteras. No es lo mismo ser de la Del Valle que de la Narvarte, de la Narvarte que de Portales, de Portales que de la Diecisiete. De un lado también hay hamburguesas más grandes y jardines y hasta bicicletas públicas como en Nueva York o Ámsterdam, y del otro pura grisura y antenas de Dish abandonadas porque los suscriptores no pudieron pagar la mensualidad.

A mí también me gustaría montarme en una de esas bicicletas rojas y mamonas, pero no tengo pasaporte ni tarjeta de crédito.

Dependiendo del lado de la frontera que nazcas desarrollarás diferentes odios. Lo que más odian las señoras de la Del Valle es que los perros se caguen en sus prados; los cabrones de la Narvarte odian que otros coches les ganen su lugar de estacionamiento; los ñeros de la Portales odian que los demás se den cuenta de que viven precisamente en la Portales, y en la Diecisiete, de donde yo soy, se odia a la policía.

Yo creo que es genético: mientras que en el Parque de los Venados los niños querrán ser policías (o bomberos), entre los andadores de la Diecisiete los niños querrán ser ladrones que para consumar su atraco tienen que matar a varios policías (y a algún bombero que pasaba por allí).

Los tiras y nosotros somos como gatos y ratones: nomás de olernos los meados nos reconocemos. O casi.

Y por eso una vez casi casi me carga la chingada.

10

Ya vas a ver cómo van sanando
poco a poco tus heridas.

SHAKIRA
"Día de enero"

El Quique y yo, unos cabrones del Ritual y dostres güeyes de la Diecisiete fuimos a una fiesta de los Extinguidores, la barra americanista de la Unidad Iztacalco.

Era una de esas fiestas en que cobran la entrada y adentro te venden caguamas con todo y envase. Se puede fumar mota en lo oscurito y nadie se mete con nadie.

De vez en cuando las barras hacen ese tipo de eventos dizque para sacar fondos, y aunque al final nunca se sabe adónde va a parar la lana, ahora sí que lo bailado nadie te lo quita. La neta, casi siempre se pone bueno el cotorreo.

Los Extinguidores se la rifaron con un sonido bien chingón y la cosa estaba chida. Además yo un poco alucinaba porque por fin se me estaba medio haciendo con Lesly, una morrita que me gustaba un chinguero, y que me había topado dostres veces en el estadio porque uno de sus carnales era de los lidercillos de la chingada barra americanista de Iztacalco.

Nos saludábamos a la distancia, nos sonreíamos, pero la cosa no pasaba de allí porque yo sabía que tenía novio y a todas luces se veía que Lesly no era una vieja desmadrosa de las que le andan poniendo el cuerno a su güey. Me dediqué a esperar mi oportunidad como el suplente que desde la banca aguarda el "Calienta porque vas a entrar" que tarde o temprano su entrenador habrá de decirle.

Y aquella noche llegó mi oportunidad, porque nada más entrar al terreno Lesly se acercó hasta donde estábamos el Quique y yo, me saludó muy sonriente, y Rocío, su amiga, lanzó una indirecta con la que quería decir que habían ido a la fiesta a celebrar la reciente soltería de las dos.

Ni tardos ni perezosos nos lanzamos a la barra por un par de caguamas. El Quique y yo muy modositos, hasta parecíamos putos, tomábamos de una, y Lesly y Rocío de la otra.

La primera caguama se nos fue en hablar de futbol. Ésa era una de las cosas que más me gustaban de Lesly: le gustaba mucho el fut, y hasta creo que sabía más que muchos cabrones que se hacen los expertos.

Está bien chingón poder hablar con una chava del 4-4-2 o de la línea de cinco o de las ventajas y desventajas de jugar con una media con dos contenciones. Lesly, incluso, podía hablar de futbolistas que nunca vio jugar, como Cristóbal Ortega o Alfredo Tena, y te platicaba de ellos como si sus partidos hubieran terminado hacía quince minutos y no hacía veinte años.

Yo creo que si las mujeres supieran lo importante que es el futbol para algunos cabrones, hasta se inscribirían a cursos de futbología. Nada de que a los hombres se nos conquista por el estómago, ni madres: para los enfermos de futbol no hay nada que enamore más que una morrita que entienda perfectamente lo que es un fuera de lugar.

La Lesly estaba rebién, pero era de esas viejas que hasta la belleza les sobra porque lo que de ellas enamora va por dentro. No sé si me explico.

El Quique y yo fuimos hasta la barra por otro par de caguamas.

—Ahora ustedes tomarán de una —le dije a Enrique refiriéndome a Rocío y a él—, y nosotros de la otra.

Nos recargamos en un rotoplás abandonado y la estrategia de que cada pareja bebiera de su propia botella funcionó muy bien, porque Lesly hasta se repegó un poco a mí para estar más cómodos.

La cosa empezó a pintar chingona.

Entonces fue que el Quique y yo comenzamos a representar nuestro número sobre el cabronismo. Una sencilla rutina que nunca nos había fallado y que nos servía para saber si la estábamos haciendo o no con las chavas que nos queríamos ligar.

ANTISOCIAL

Primero expliqué el concepto del cabronismo.

Luego dije que el cabronismo, tanto femenino como masculino, era una de las virtudes que enamoraban.

Y después el Quique me preguntó:

—Muy cabroncito, ¿no? —pero antes de que yo le respondiera fue Lesly la que contestó:

—Pues sí, Juan Pablo sí se ve cabrón.

¡Nunca fallaba! Si le estabas gustando a una chava, decía que, efectivamente, eras cabrón, pero si se quedaba callada quería decir que le estabas valiendo madres y que lo mejor era emigrar hacia un nuevo puerto.

—Tú también me pareces cabrona —le dije a Lesly mirándola a los ojos, y entonces, como para cerrar la frase, le di un trago a nuestra caguama.

A partir de allí todo empezó a deslizarse como en la fantasía de la pinche Cenicienta, con la diferencia de que aquí no había una calabaza estacionada sobre el eje tres, pero tampoco era cierto que el hechizo se fuera a acabar a las pinche doce de la noche.

Parecía como si me hubiera tragado a un poeta-comediante, porque todo el rato andaba diciendo cosas, a veces súper profundas, a veces súper divertidas, y la Lesly risa y risa o suspire y suspire.

La cosa entre el Quique y Rocío también empezaba a funcionar, pero era claro que nosotros les llevábamos una buena ventaja. Con el pretexto de ir a gorronear unos cigarros nos dejaron solos.

Pusieron una pinche canción de Shakira, una de las románticas. Al principio esa vieja me gustaba, pero ahora me cagaba los güevos la pinche voz de loca que hacía. Parecía un marrano con retortijones: "Iiiiiiiiaaaaaiiiiiiioooooo".

Pero esta vez Shakira me gustó un chingo porque Lesly me comenzó a cantar en el oído una canción que hablaba de heridas que se cierran, de sentirte extranjero en tu propio país y de sales marinas que habrían de evaporarse.

Cuando terminó la canción me separé del rotoplás, dejé la caguama sobre el piso de tierra, me paré frente a Lesly y le planté un beso. Fue un beso chiquito, pero chingón.

Un beso de ésos.

La neta, no has vivido si nos has visto salir una uñita de luna por entre los edificios de la Unidad Iztacalco.

11

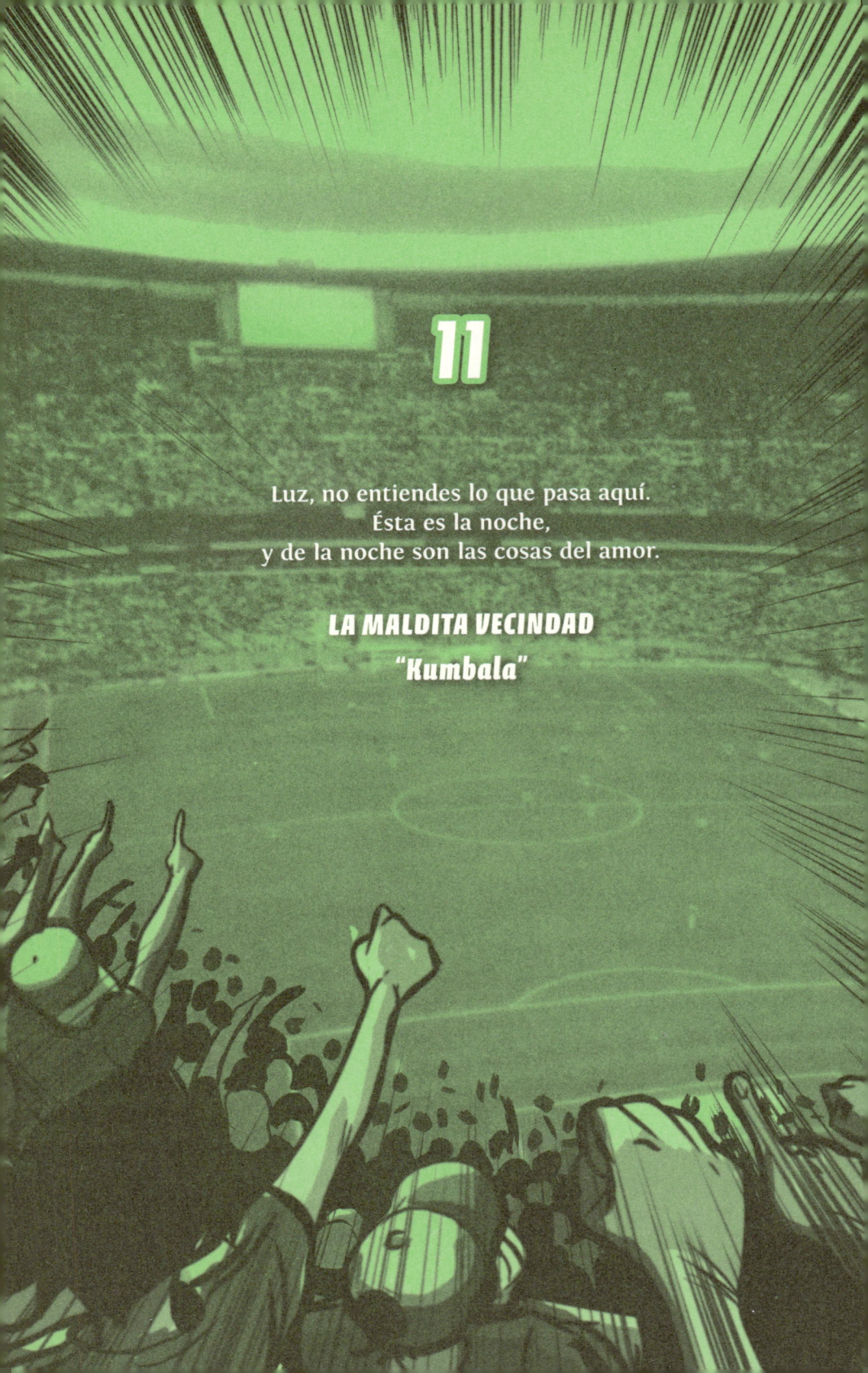

Luz, no entiendes lo que pasa aquí.
Ésta es la noche,
y de la noche son las cosas del amor.

LA MALDITA VECINDAD
"Kumbala"

Después del beso, Lesly y yo nos quedamos callados un rato. Ahora sonaba un reguetón, pero yo sentía que en realidad estaba escuchando a Vivaldi. La verdad, nunca he oído una canción de Vivaldi, pero yo me sentía flotar como entre hierbas y hadas, y supongo que eso es lo que provoca la música más chingona.

Hierbas y hadas.

Rocío y el Quique regresaron sin cigarros. A mí me dio la impresión de que ellos también se habían ido a morrear por allí, porque andaban resonrientes y agarrados de la mano.

—¿Otra chelita?

—Nos la chingamos.

Las viejas aprovecharon para ir al baño, yo creo que pa' contar cómo le había ido a cada una, y nosotros fuimos a la barra por la tercera caguama de la noche. Unos pendejos que andaban por allí nos vieron medio feo, pero como yo andaba recontento no le di importancia. En otras circunstancias les habría hecho caso a mis instintos de pit bull terrier de la Diecisiete, les habría dicho alguna frasecilla hiriente o mamona, pero andaba bien pendejo porque aún sentía la vocecita de Lesly susurrándome al oído.

Regresamos al rotoplás y ya nos lo había ganado otra parejita cachonda, pero en el fondo resultó bueno porque en ese momento empezaron las canciones pa' bailar apretadito. Con una mano sostenía la caguama y la otra la tenía sobre la cintura de Lesly. No podía imaginar un mejor escenario. Comenzamos a bailar bien chingón.

Entre canción y canción —"La cumbia sobre el río", "Siguiendo la luna", "Radio criminal"— aprovechábamos para darle tragos a la caguama. Yo quería darle un nuevo beso a Lesly, pero ella me separaba con una risita que me volvía loco. Era como un círculo vicioso, pero al revés: baile-intento de beso-risita-trago de cerveza, y así un buen rato.

"Pobre de ti", "Dormir soñando", "El maldito duende". La fiesta de los chingados Extinguidores estaba resultando mejor de lo que me esperaba.

Entonces empezó "Kumbala", de la Maldita. Esa pinche rola siempre me ha gustado bien cabrón. Me imagino, no sé por qué, que el Kumbala es un antro de espíritus y demonios, no de personas. Cuando suena el sax, me imagino que lo está tocando un diablo verde, un diablo buena onda, verde como esos higos que apenas acaban de brotar. No sé por qué a veces me da por imaginar pinches mariguanadas.

"Mar, todo el ambiente huele a mar", cantaba el Roco, cuando sentí que junto a mí dos cabrones se empezaron a agarrar a madrazos. Tardé un poquito en darme cuenta de que el Quique era uno de los que se estaban rajando la madre, y si tardé en reaccionar fue porque segundos antes me encontraba en la pinche gloria, en un lugar distante, tranquilo y feliz. No había nada más en el mundo que Lesly, yo, nuestra chela compartida y un saxofón tocado por un diablo verde limón partido, dame un abrazo que yo te pido.

El cabrón con el que el Quique se estaba peleando era un pelón del grupito que nos había visto con malos ojos cuando fuimos por las chelas. Yo no entendía bien qué pedo, pero el tiro era parejo y legal. Alguien gritó que nadie se metiera y hasta les abrimos cancha para que se madrearan a gusto.

Yo le dije a Lesly que se fuera con Rocío y que no se preocupara, porque ahorita se arreglaba el pedo. Las dos morras se veían muy preocupadas y eso provocó que yo también, de golpe, regresara al mundo de los vivos.

En un momento estás balanceando tu cintura al ritmo de un danzón y al otro andas en medio de unos güeyes que se están partiendo la madre. Como una metáfora de la vida. ¡Chale!

ANTISOCIAL

Pero muy rápido el Quique empezó a poner las cosas a su favor, *pim, pam, pum,* y sin mancharse, muy decente el güey, nada de artimañas. Le daba sus buenos coscorrones al pelón y luego se salía del abrazo, como hacen los boxeadores.

Madrazo y me alejo.

Me acerco y madrazo.

Madrazo y me alejo.

Parecía una danza lo que se estaba marcando el pinche cabrón del Enrique.

Yo volteé hacia Lesly, como para calmarla, como para decirle con los ojos que aquello no iba a durar mucho y que no debía preocuparse, pero la vi como muy madreada. Tomada de la mano de Rocío se veía entre triste y desesperada. La verdad, pensé que aquello no era para tanto: una fiesta no era fiesta si dos no se rajaban la madre.

Daba la impresión de que el pelón estaba a punto de decir "¡Ahí muere!" cuando otro de los pendejos que nos habían visto feo se salió de la bolita y a traición le dio una patada al Quique.

Nunca lo hubiera hecho. Allí se acabó la buena voluntad y se armó la campal. Yo me fui primero contra el pelón que había empezado el desmadre, lo agarré distraído y le reventé el hocico con el envase de caguama que traía en la mano. Cayó como fulminado, sangre y sangre. Luego me le aventé al segundo cabrón, al gandalla traicionero, y ahí la cosa estuvo más pareja: nos dimos dostres buenos chingadazos.

En ésas estábamos cuando alguien gritó que tuviéramos cuidado porque eran tiras —por eso eran pelones los hijos de la chingada—, pero a mí me valió madres y nos seguimos golpeando. Yo pensaba que mientras no sacaran el cuete no habría pedo. El tira, lo que sea de cada quien, era bueno pa' los guamazos, pero al final me lo acabé chingando.

Andaba con un ojo al gato: cuidándome de los putazos y repartiendo algunos, y otro al garabato: tratando de encontrar a Lesly, a quien en el desmadre había perdido de vista, pero no era fácil mantener la concentración porque había madrazos por todas partes.

Casi casi la cosa era pelones contra el resto del mundo. Dostres güeyes nos habíamos topado en el estadio o en otras fiestas y ya medio nos reconocíamos, pero había mucha banda de la que no teníamos ni puta idea de quiénes eran porque aquel no era nuestro rumbo.

Resumiendo: tú le pegabas al que le vieras cara de tira. Y así, poco a poco, fuimos sacando a los policías de la fiesta. A algunos hasta los agarrábamos entre tres o cuatro y, como en las películas del oeste, los aventábamos a la calle.

Debo aclarar ahora mismo, antes de que se me olvide, que yo también soy pelón, siempre me ha gustado ese *look*. Soy retelacio, nunca me aprendí a peinar, y además, no sé por qué, la ausencia de cabello hace que te veas más cabrón.

ANTISOCIAL

Dentro de aquel terreno de Iztacalco la consigna fue: "¡Pelones a la verga!"

Vuelvo a resumir: ahora, al que le vieron cara de tira fue a mí, y de muy mal modo unos pendejos me sacaron del lugar. Tuve la mala suerte de que todo sucediera en un momento en que no había conocidos a mi lado.

Traté de explicarles que antes que ser policía me tendrían de matar, que era barrio de la Diecisiete, que militaba en las filas del Ritual, pero fue inútil, porque en situaciones así no hay explicaciones que valgan.

En la calle, en la cancha, en la cárcel, en un chingo de lugares no aplica aquella frasecita pendeja de "Hablando se entiende la gente".

Ajá, cómo no, ahorita te dejo de madrear porque tus palabras me han conmovido. Ni madres.

Hay muchos lugares y situaciones en los que las únicas frases que puedes articular son las que tus puños y dientes y piernas expresen. Y eso no está ni bien ni mal: es la parte de bestia que le gana la carrera al hombre que don Rudyard soñó.

El caso es que de pronto me vi en la calle, abandonado a mi malísima suerte. Me sentía como el pinche soldado gringo de las películas que se queda atrapado en medio de territorio talibán.

Lo bueno es que aquí afuera también había mucho desmadre y pude pasar medio desapercibido: tiras madreados, gente que quería entrar a la fiesta, viejas gordas llore y llore, y hasta algunos vecinos que se habían acercado a ver de qué se trataba el relajo. A lo lejos ya se oía el sonido de las sirenas que se iban acercando.

12

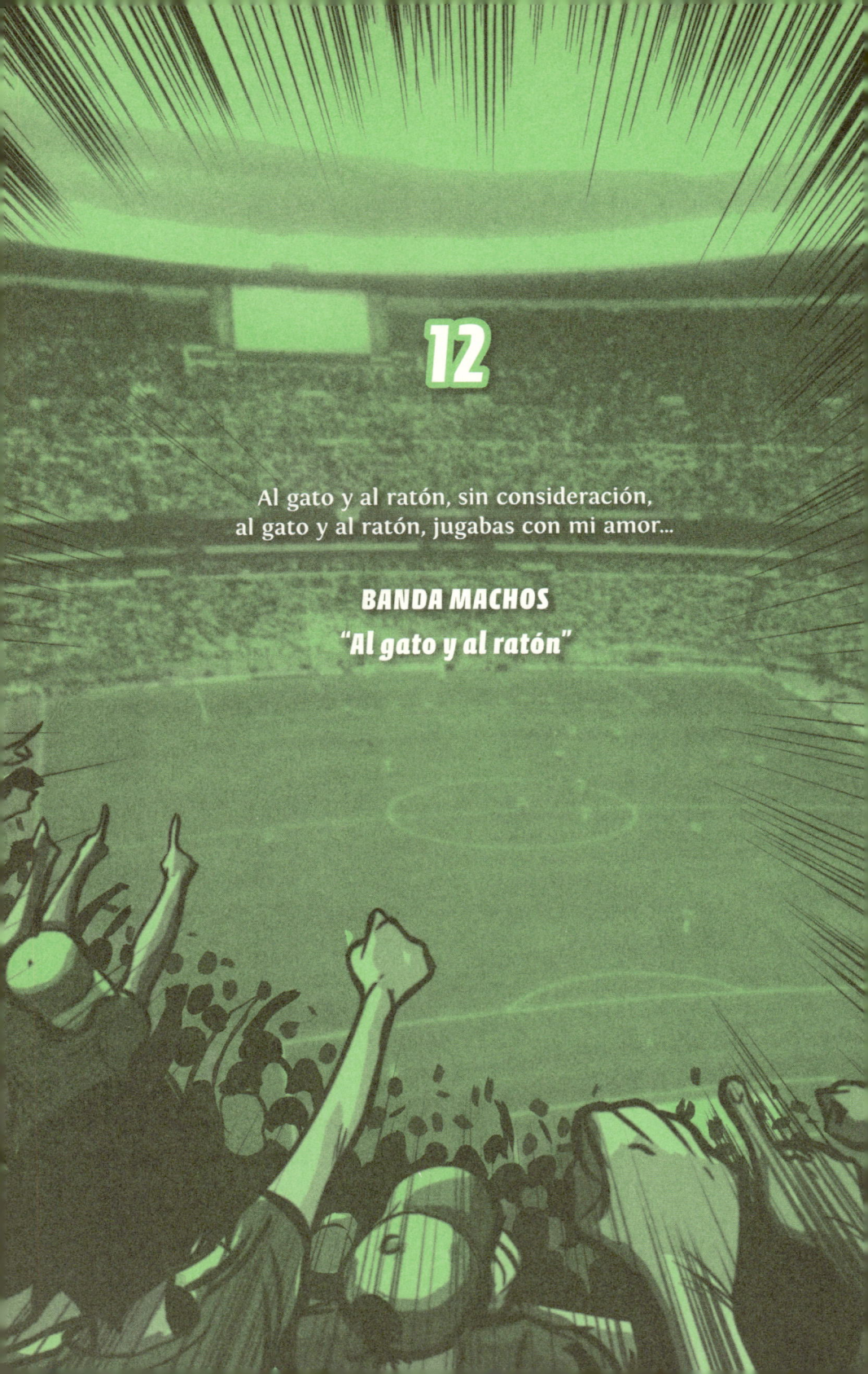

*Al gato y al ratón, sin consideración,
al gato y al ratón, jugabas con mi amor...*

BANDA MACHOS
"Al gato y al ratón"

Yo quería hacerme invisible. Los Extinguidores habían logrado cerrar la puerta; todos mis valedores se habían quedado adentro y yo allí afuera, abandonado en un pinche callejoncito de la Unidad Iztacalco. Pegadito a un árbol, como queriéndome fundir con él y sin saber qué hacer.

De vez en cuando, por arriba de la barda se asomaba alguien para ver cómo estaba el pedo allá afuera, pero siempre era alguien a quien yo no conocía. La barda estaba muy alta como para tratar de saltarla. Corría el peligro de fracasar en el intento y entonces llamar la atención de los tiras, y además nada me aseguraba que de lograrlo cayera, literalmente, en blandito. Podía salirme caro el chistecito porque los de adentro podían creer que yo era un tira tratando de recuperar el territorio perdido.

¿Saltar o no saltar?, he ahí el dilema.

Y de pronto, arriba de la barda, surgió la mirada del Quique. Casi se le salen los ojos al verme del otro lado de esa frontera que dividía perros y gatos, pero su sorpresa duró tan sólo un segundo y después me lanzó otra mirada que quería decir "Aguanta, cabrón, qué algo se nos ocurrirá".

Las sirenas se oían cada vez más cerca. Parecía que todos los pinches tiras de la ciudad venían a hacerles el paro a los pinches pelones. A mí me dio coraje esa putería, y como tenía a dostres güeyes cerca y medio descuidados, pensé rajarles el hocico a traición y que fuera lo que dios quisiera, pero por suerte me calmé. Además los pinches ojos del Quique me habían anunciado que la película ya se estaba poniendo chida porque los marines ya venían por mí.

Llegaron las patrullas y también algunas julias y la cosa se calmó un poco, pero el ambiente se sentía, como diría el poeta, muy cerquita del infierno. Ya nadie quería entrar a la fiesta, las viejas gordas seguían llore y llore, y los vecinos se retiraron a una distancia prudente pero siguieron de chismosos.

Y yo allí, en medio de los pinches perros, como un Don Gato que hubiera equivocado el camino y en lugar de doblar a la izquierda para entrar a su callejón hubiera tomado rumbo directo hacia la chingada guarida de Matute y sus valedores.

Nomás era cosa de que uno de esos pendejos me reconociera para que todo valiera madres.

Como a cinco metros de mí estaba el pelón al que había descontado con la caguama. Ya se estaba recuperando de la chinga, y por la cara de diablo que traía y por la espuma que le salía del hocico era muy claro que comenzaba a entrar en los terrenos de la rabia y el encabronamiento.

Uno de los organizadores de la fiesta, un pinche ruco bien marrano con cara de rufián, se asomó con muchos trabajos por arriba de la barda. Yo lo había visto algunas veces en el estadio, pero no fue hasta ese momento cuando lo reconocí: era uno de los líderes de los Extinguidores.

—¡Ya estuvo! —les gritó a los policías.

—Contigo no es el pedo, Lagartijo —le respondió el segundo pelón, que también andaba entrando en los terrenos del encabronamiento, pero todavía le faltaba la espuma para poder declararlo rabioso.

Yo, por más que lo intenté, no pude relacionar de ninguna forma a un lagartijo con aquel viejo panzón que apenas y lograba sacar los ojitos por arriba de la barda. Sería un buen sapo, un cochino, un hipopótamo y hasta una chinche, pero jamás un lagartijo.

—Por eso, carnal, ahí muere —insistió el organizador—. Llévate las patrullas; no es para tanto, me vas a meter en una broncota.

—Le rajaron el hocico al Jonás.

Como sonido de fondo se oían las conversaciones en clave que salían de los radios de las patrullas y todo el callejón se iluminaba con la luz rojaazulrojaazulrojaazul de las torretas.

ANTISOCIAL

—Por andar de sabrosito —dijo el Lagartijo.

—¡Ni madres, cabrón! Tú vistes todo —estalló el primer pelón, es decir, el triste Jonás—. Esos güeyes estaban de perros con Lesly.

—Nomás estaban bailando, no mames.

—Pero es mi vieja.

—Mi sobrina no es tu vieja; hasta donde yo sé ya habían valido madres.

—Es mi vieja —respondió el Jonás con muy poca convicción, y todos allí comprendimos que, en efecto, Lesly y él ya habían valido madres, pero el pinche policía no podía aceptarlo.

Entonces comprendí el comentario de festejar la soltería que había hecho Rocío. Yo creo que allí terminé de enamorarme de Lesly. Era la mujer perfecta: lista, guapa, americanista... ¡y además oficialmente se la estaba bajando a un pinche tira! Me juré que si salía vivo de ésta le pediría su mano cuanto antes.

Ante la magnitud del chisme, las viejas que andaban llore y llore dejaron de hacerle a la sufridera y abrieron tremendos ojotes de sorpresa; los vecinos que se habían alejado regresaban de nuevo para no perderse ningún detalle.

—No seas necio, pinche Jonás.

—Te lo juro, Lagartijo, nomás saca al cabrón que me madreó y nos vamos sin pedos —prometió de nuevo el policía, con un tono de voz que oscilaba entre el llanto y la furia.

Yo la verdad sentí muy, pero muy culero. Había unos sesenta tiras que venían a rajarme la madre y lo peor es que yo estaba en medio de ellos. Como en una de esas pinches pesadillas en las que las piernas no te responden y el chingado monstruo se acerca más y más.

El pinche Lagartijo, en su papel de Poncio Pilatos de Iztacalco y con peligro de desbarrancarse, volteó hacia el terreno para intentar encontrarme. A final de cuentas, de algún modo yo había echado a perder su fiesta, y la tira es la tira. Algo les dijo a unos güeyes que estaban dentro del terreno, pero no pude escucharlos. Supongo que les ordenó que me buscaran. Por un momento me pareció más conveniente estar afuera que adentro.

—Neta, Jonás, que por acá no se ve —dijo el Lagartijo después de un ratito—. Se me hace que salió con el desmadre. Ha de andar por allá afuera, ¿ya lo buscaste?

Ahí sí que sentí que todo valía madres, porque instintivamente los tiras empezaron a voltear a su alrededor. Incluso el de la patrulla más cercana preguntó como era yo para avisar a las unidades que andaban en la zona.

—Un pinche pelón con una chamarrita de piel negra, medio ajustadita, como de putito —explicó el amigo del Jonás.

—Un cuatro con cincuenta y dos, catorce negra de cuarenta y uno —anunció el tira por el radio, y me sorprendí al darme cuenta de que los pinches policías tenían claves para todo, hasta para las dizque chamarritas de puto.

En ese momento, del otro lado de la barda, es decir, dentro del terreno, se oyó un rumor de voces, como si hubieran empezado unos nuevos madrazos. El Lagartijo volteó de nuevo hacia la fiesta, pero ahora sí el equilibrio le falló, dejamos de verlo y sonó un catorrazo medio cabrón.

—¿Qué chingados pasa allá adentro? —preguntó el Jonás, pero nadie le respondió.

Se vivieron instantes de confusión; en eso se abrió la puerta del terreno y salió Lesly. Detrás de ella estaban el Quique y Rocío.

—El cabrón al que buscan se llama Juan Pablo y no está acá adentro. Todo el tiempo lo han tenido frente a sus narices, pero como son unos pendejos ni cuenta se han dado.

Y entonces Lesly señaló hacia mí.

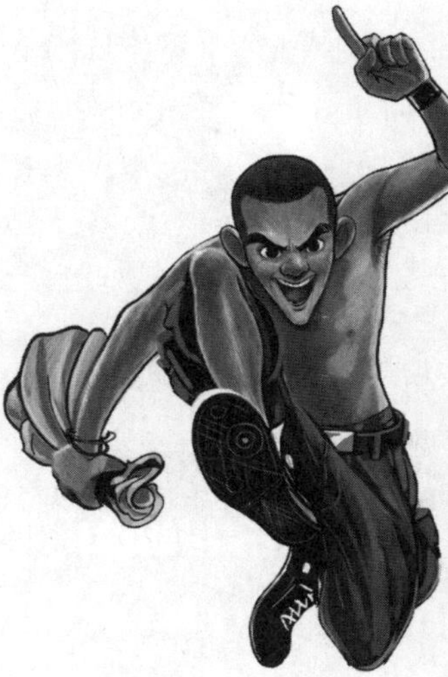

13

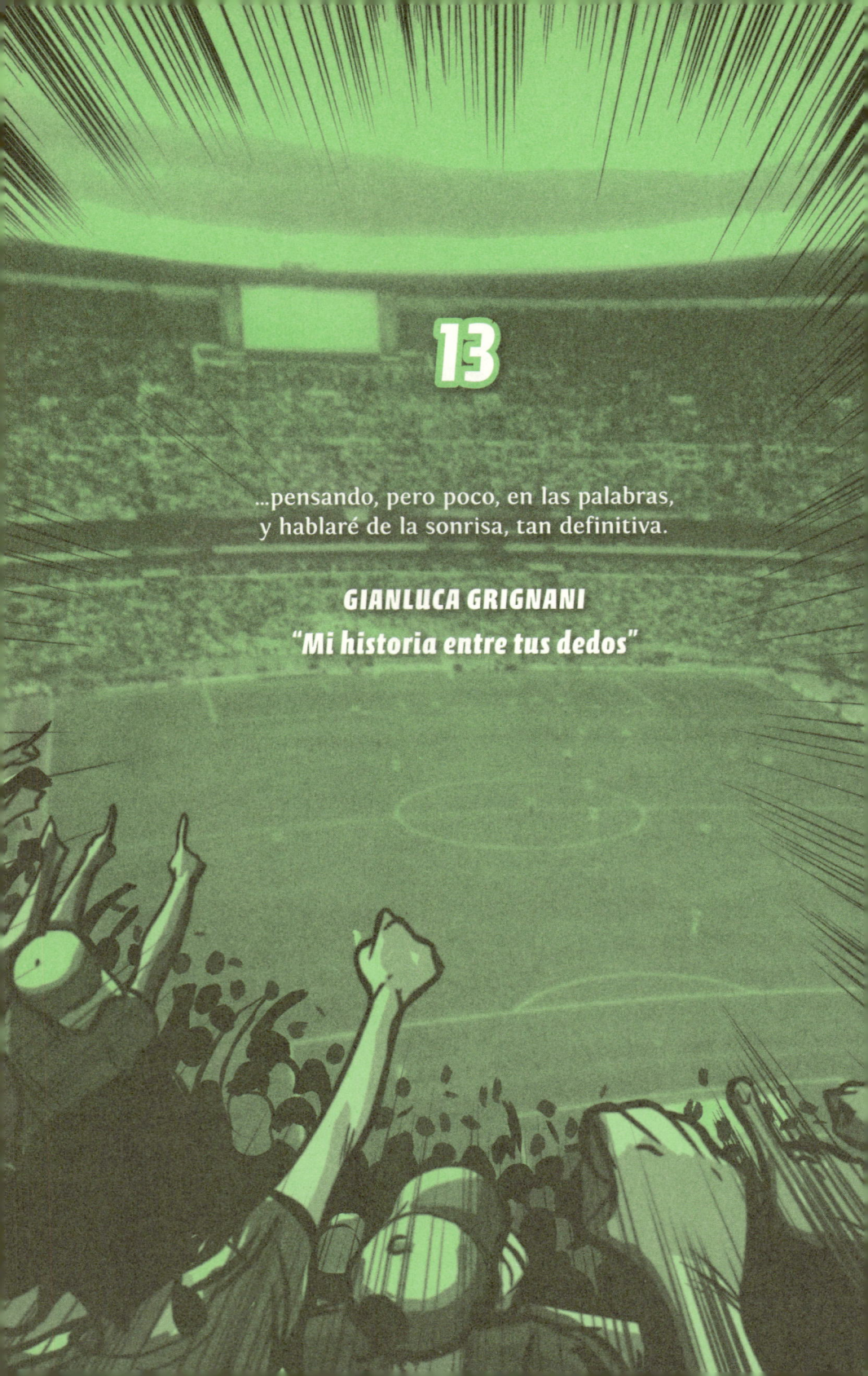

...pensando, pero poco, en las palabras,
y hablaré de la sonrisa, tan definitiva.

GIANLUCA GRIGNANI
"Mi historia entre tus dedos"

Un policía que estaba en una de las patrullas hasta me alumbró con un estrobo bien potente. En lugar de un pinche malandrín, parecía una quinceañera a punto de empezar el vals. Después el Quique me dijo que me veía bien cagado en medio de tremendo circulote de luz.

—Déjenmelo a mí solito —pidió el Jonás.

Y entonces me preparé para la madriza. Sabía que tenía dos únicos golpes, *pim* y *pam:* dos únicos putazos que bien utilizados me bastarían para ponerles en la madre a un par de tiras. Ya después la furia caería sobre mí, pero mi objetivo era madrearme por lo menos al Jonás y después al segundo policía que saltara.

Sentí culero porque Lesly me había traicionado, pero ya nada podía hacer. Además acabábamos de conocernos, y si me había ilusionado tan cabrón era mi pedo y no de ella.

ANTISOCIAL

Me puse en guardia para que el Jonás no la tuviera tan fácil. Él se andaba quitando la chamarra dizque para tener más agilidad, y yo mientras aproveché para voltear a ver al Quique, como despidiéndome por un largo rato, pero me sorprendió lo que pude leer en su mirada. Los ojos de mi amigo me estaban diciendo "Tranquilo, que no va a haber pedo. Ahorita se resuelve la cosa".

El Jonás dio unos pasitos hacia mí. Pasitos de putito, diría yo. Él no me preocupaba, pero sí sus sesenta compañeros empistolados y el peso de la ley, que siempre acababa por ponerse del lado del poderoso. No había duda de quién sería el culpable y quiénes los guardianes del orden que habrían logrado sofocar la violencia.

La luz blanca de la patrulla seguía iluminándome como si yo fuera la estrella de un téibol o de un cabaret.

De vez en cuando se oía el *crushcrushcrush* de las radios y las pendejas claves de los policías. "Uncuarentaconuncincocambio".

Jonás dio otros dos pasitos, como midiéndome. Como buscando el ángulo por el que atacar. Yo me planté bien para poder imprimirles buena fuerza a mi par de madrazos; instintivamente volví a mirar al Quique y volví a leer en sus ojos la misma muestra de tranquilidad; pensé que se había vuelto loco porque nadie puede librarse de un pedote como en el que yo estaba metido.

El tira dio un último paso y entonces sí quedamos a distancia de comenzar a rajarnos la madre. Yo no sabía cuál era la intención de Jonás, pero tenía muy claro que sería un izquierdazo el que lo tumbaría. Un único izquierdazo seco y machín en medio de su pinche nariz de ratón. Caería al suelo inconsciente. Y luego sería el tira que tenía a mi derecha el que se me aventaría y a quien correspondería el segundo de mis madrazos. Ya lo tenía todo pensado, o mejor dicho la primera parte de la batalla, porque en la segunda era claro que me iría de la súper chingada. En una de ésas, al día siguiente en la madrugada podía aparecer mi cadáver flotando en las aguas negras del gran canal que pasa detrás de la terminal de Taxqueña.

"Nadie supo cómo se peló el vato ni quién lo mató y lo tiró al río", dirían en el barrio, en cualquier barrio. Lo diría López-Dóriga; con otras palabras, pero lo diría, y también el procurador y el delegado y hasta el presidente. Mi muerte sería noticia hasta que otro cuerpo surgiera flotando o quemado o cercenado o no apareciera y se esfumara como un montón de ceniza esparcida por el viento.

"Que sea lo que dios (que no existe) quiera", pensé, y levanté la guardia. Y entonces muy cerquita de nosotros se escuchó la voz de Lesly. Supongo que por andar anticipando estrategias, ni el tira ni yo nos dimos cuenta de que ella también había entrado a la parte iluminada por el foco de la patrulla.

—¿Qué parte de "Vete a la chingada" no acabaste de entender? —le preguntó al Jonás, muy dueña de la situación.

El círculo de luz dejó de parecer absurdo porque ahora una estrella lo llenaba con su actuación.

Jonás y yo bajamos la guardia.

—Te dije que no quería volver a verte en mi vida. Y a ti te valió madres y te presentaste en la fiesta de mi tío para armar un desmadre.

Ahora Jonás bajó también la mirada.

Yo no sabía qué hacer. La situación había tomado un rumbo inesperado. En cinco minutos pasaron un chinguero de cosas. Quizá no la vida, pero sí la fiesta, había dado muchas vueltas. Igualito que en el futbol: estás viendo un partido súper aburrido, te paras a echar una meada y cuando regresas, quién sabe cómo, pero el marcador está 4-3 y el estadio hierve. Lo mismo pasó acá: un chingo de emociones en unos cuantos instantes.

Opté por quedarme quietecito, para no despertar el coraje de los tiras. Mientras menos me diera a notar, mejor. Me quedé en el circulote de luz, pero en un segundo plano.

—¿Estás tonto o qué? —le preguntó Lesly, y hasta a mí me pareció un exceso. El pobre Jonás se veía todo vencido, seco, sin vida. Sus pelos parados, como diminutas púas de un cactus, lo hacían ver como una plantita nocturna a punto de morir por falta de luz de luna.

—Es que... no sé... siento que... —comenzó a balbucear el tira lleno de tristeza y confusión.

—Es que nada —le arrebató las palabras Lesly—, los problemas que podamos tener tú y yo son nuestro pedo. Ahora por tus tonterías el pobre Lagartijo salió embarrado.

—Creo...

—¡Creo madres! Si no puedes soportar que hayamos terminado, es tu problema. Ya estás grandecito para saber que la vida es dura y que a veces se gana y a veces se pierde.

Todo lo triste que me sentí al creer que Lesly me había traicionado se convirtió en felicidad al escuchar estas últimas palabras. En el partido imaginario ya no iban 4-3 sino 5-6, y el árbitro había marcado un penal.

—Lo que pasa... —intentó responder el Jonás.

—Lo que pasa —volvió a interrumpirlo Lesly— es que ahorita mismo tú y tus amigos se van a ir por donde vinieron, con todas sus patrullas, sus camionetas y sus rifles. Así deberían actuar frente a la delincuencia.

—Pero es que tenemos que proceder conforme a la ley —explicó uno de los comandantes, que entró al quite cuando se dio cuenta de que Jonás no estaba en condiciones de responder.

—¿Ah, sí? Qué gusto. Entonces le pido, por favor, que detenga a este joven por escandalizar en una fiesta privada —ordenó Lesly señalando a Jonás—.

ANTISOCIAL

Nosotros nos la estábamos pasando muy bien hasta que este loco llegó con sus agresiones. ¿Quiere que los acompañe a la delegación para levantar cargos?

—Ahí muere, ya ni le muevas —le dijo el despechado policía a su compañero—. Ya mejor vámonos.

En ese momento todo quedó en pausa. Bañado por la luz blanca del estrobo, el callejón parecía una foto antigua. Una foto que reflejara fantasmas. Ni siquiera el ruido de los radios rompía el efecto; es más, lo hacía más grande. Parecía que la noche o el tiempo o la uñita de luna se habían tomado una tregua para asimilar lo que acá abajo estaba sucediendo.

—Treintaenundoscuatro —anunció el comandante por la radio, rompiendo el hechizo, y entonces, poco a poco, los tiras y sus patrullas comenzaron a retirarse del lugar.

Cuando por fin se apagó el círculo de luz me acerqué a Lesly y le di una palmadita en el hombro.

—Déjame sola —pidió con voz de piedra, y a mí me quedó claro lo que tenía que hacer.

Me alejé un poco y me quedé parado junto al arbolillo flaco que me había servido de camuflaje. Entonces por atrás de mí sentí una presencia: era el segundo policía, el que había empezado todo el desmadre con su madrazo a traición.

—Esto no se va a quedar así. Ya sabemos quién eres. Ya valiste madres —me susurró al oído, y después se llevó al Jonás.

A mí, la verdad, su comentario me dio hasta risa. En el estado de emoción en el que me encontraba, nada podía preocuparme. Frente a mí sólo quedaba una vieja chingonsísima y cabrona y guapa que se había arriesgado por mí. Lo que unos policías pensaran no me importaba en lo más mínimo.

Las patrullas se fueron, al igual que las viejas lloronas y los vecinos chismosos. La banda regresó a la fiesta y la música volvió a sonar. Nunca podré olvidar la canción con la que se reanudaron las hostilidades: la cantaba un italiano del que nunca pude aprenderme el nombre, Giani no sé qué chingados, pero la letra de la rola dice: "...porque conozco esa sonrisa tan definitiva, tu sonrisa que a mí mismo me abrió tu paraíso".

Y si recordaré por siempre esa canción es porque en ese instante Lesly lloraba, no sonreía, y porque no había nada más alejado del paraíso que un callejón de la Unidad Iztacalco, un callejón sin círculo de luz y sin sirenas que se iba vaciando poquito a poco.

14

Barrilete cósmico, ¿de qué planeta viniste
para dejar en el camino a tanto inglés?

VÍCTOR HUGO MORALES
(cronista argentino que enloqueció
con el gol de Maradona)

No es el más cabrón ni el más fuerte. Darwin, el científico, no el goleador, se habría ahorrado muchos viajes e investigaciones si hubiera volteado hacia la cancha. Si hubiera visto, por lo menos, a un grupito de niños jugando futbol en un parque de Londres, París o donde sea que haya trabajado.

Si a Darwin le hubiera gustado el futbol habría comprendido más rápido el truco de los inmortales.

No es el más cabrón ni el más fuerte, como se suele decir: es el más resistente. El que puede adaptarse mejor a las chingaderas que lo rodean. Es la bacteria más rebelde; es el águila que más negra se vuelve a la hora de camuflarse en la oscuridad, o la más roja a la hora del crepúsculo, o la más brillante en medio de la lluvia de estrellas; es la rata o el rata más rápido, y es el mediocampista enano y pasado de tamales que, sin embargo, se escabulle entre seis gigantes ingleses y les anota el gol más chido de todos los tiempos. Quedó Maradona y

ANTISOCIAL

nadie se acuerda del nombre de los seis ingleses a los que se chingó en su recorrido. Quedó Maradona porque se adaptó. Se hizo uno con la cancha. El balón echó de menos a Maradona cuando se fue, y en cambio nadie lloró a los ingleses.

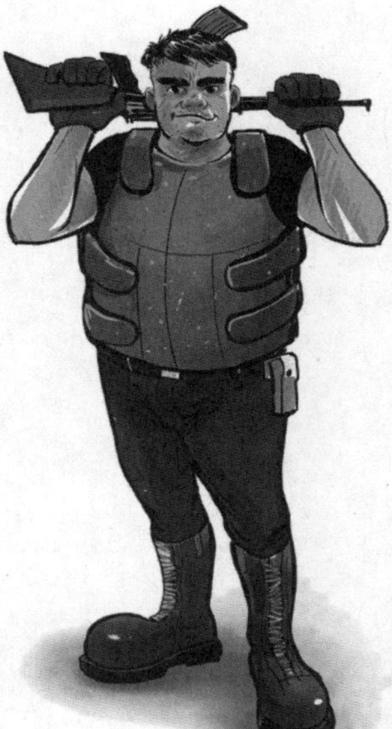

15

Soy lo prohibido.

EL PIRULÍ
(sin albur)

"Soy lo prohibido"

La ideología de un equipo y de sus seguidores queda muy clara gracias a los trapos que le embarran en la cara al mundo. Para la barra el trapo lo es todo, y lo muestra orgulloso dondequiera que va. A veces creo que la banda quiere más a sus trapos que al equipo, lo cual no está ni bien ni mal: es lo que hay.

La SEGUNDA cosa más chingona del mundo es lograr burlar la vigilancia de los granaderos, meter tu trapo en la cancha del rival y poder colgarlo en lo más alto del estadio, para que todos lo vean, para que no quede duda de quién es el que manda.

¿Y cuál es la PRIMERA cosa más chingona del mundo? Fácil: robarle un trapo a la pinche Rebel, colgarlo de cabeza en CU, rociarlo de gasolina y ver cómo poco a poco se va convirtiendo en cenizas.

El hecho de poder siquiera imaginarlo es una demostración de que la vida puede ser maravillosa, pero no siempre fue así. Antes cada barra tenía sus mantas, sus banderas y pancartas, como siempre

ANTISOCIAL

las habían tenido las porras familiares, pero no eran codiciadas por los rivales. Tuvieron que llegar las pinches autoridades que gobiernan este país para regalarnos un poquito de diversión.

Te explico: antes las guerras por los trapos eran apenas un ingrediente más dentro del mundo de las barras, casi una casualidad. Te encontrabas con una banda rival, pitera y flaca, le ponías sus madrazos, te robabas sus trapos y luego los llenabas de cagada o los tirabas a la basura, y la cosa no pasaba de ahí. Las broncas fuertes seguían siendo, básicamente, por el honor de defender unos colores o por adentrarte en zonas prohibidas. Los trapos eran algo secundario, o casi.

El pedo fue que un buen día a un pinche delegado pendejo se le ocurrió la idea de prohibir la entrada de los trapos a los estadios, dizque para que la banda no se calentara. Como si las pinches barras existiéramos sólo por nuestras banderas, como si no tuviéramos alma. El caso es que el trapo, digámoslo en términos económicos, se encareció.

Los pinches políticos no se dan cuenta (o quizá sí y precisamente allí está el bisnes) de que al prohibir algo lo único que logran es hacerlo interesante. Llámese droga, llámese chupe, llámese juego, llámese como se llame, si tú prohíbes algo lo harás atractivo para la banda.

Ya te dije, o te diré, o lo mantendré en secreto, ya no me acuerdo, que un día iré a la ONU, y la segunda cosa que les pediré, después de la que ahora olvido u olvidaré, es que me prohíban. Que prohíban la existencia de Juan Pablo Quim.

Y entonces en ese momento me volveré deseable y todos querrán tenerme junto y se rajarán la madre por mí y pagarán una lanota por que les haga compañía. Es que lo prohibido enamora.

Llegó el delegado, firmó un documento con las autoridades de la Federación Mexicana de Futbol en el que se prohibía el ingreso con mantas y pancartas a los estadios, y entonces los trapos comenzaron a multiplicarse como hongos. Si antes había diez, ahora había treinta, cuarenta, un millón de trapos ondeando en la tribuna.

La banda empezó a encargarles a sus cuates grafiteros trapos cada vez más chingones. Verdaderas obras de arte comenzaron a aparecer en las gradas. Había trapos monumentales que desafiaban todas las reglas: las del arte, las de la gravedad y hasta las piteras reglas de la autoridad.

Recuerdo un trapo que colgamos en el Estadio Jalisco, cuando las putas Chivas todavía jugaban en ese cementerio. Lo metimos por partes y lo armamos allá adentro. Era la imagen de Cuauhtémoc Blanco fingiendo que meaba como perro en el poste de Félix Fernández, pero en lugar del poste, el destino de la meada era un escudo de las Chivas con la cara del pendejo de Vergara en lugar de la armadura.

ANTISOCIAL

Lo fabricamos en súper chinga: cosiendo aquí, pegando allá, jaloneando y estirando a la orden de los que lo iban armando, y al minuto diez lo desplegamos por la tribuna.

"Sesuplicaalosaficionadosdel Américaqueporseguridadretirensubandera", pidió el sonido local. Hasta ese momento casi nadie nos había pelado; nomás bastó que nos mencionaran para que comenzara el desmadre.

Así sucede siempre: la banda es estopa, la otra banda gasolina, y viene la autoridad y prende el cerillo. El estadio entero nos empezó a silbar y a mentar la madre, pero nosotros nos manteníamos zarandeando el trapo para que se viera más chingón: hasta olitas hacía.

Una vez más nos pidió el sonido local que quitáramos el trapo, y una vez más le respondimos que ni madres. Eso fue calentando al Jalisco entero, al grado de que ya casi nadie pelaba el partido porque el espectáculo estaba acá arriba con un Cuau gigante meándose sobre el escudo del chiverío.

Cuando se dieron cuenta de que por las buenas no iba a funcionar, lo intentaron por las malas. El pedo es que los pendejos de la seguridad nos habían metido en un rinconcito de la tribuna alta que nomás tenía un par de entradas (o salidas). Fue bien fácil atrincherarse. Con ochodiez cabrones bloqueando cada puerta pudimos resistir todo el partido. Cuando los camaradas se cansaban de andar empujando policías, otros nuevos camaradas los relevaban en la misión. A mí me tocó resguardar la entrada dos veces.

Todo el partido estuvo nuestro ídolo de tela meándoles la cara a Vergara y a sus súbditos. No les quiero ni decir lo que pasó cuando el verdadero Cuauhtémoc anotó el gol y se vino a festejarlo frente a nosotros: la tribuna se convirtió en un manicomio.

Yo creo que esa noche fue cuando empezó verdaderamente la guerra de los trapos. Antes arañabas por tus pinches telas, mientras que a partir de ahora, sin duda, meterías una punta en la espalda de alguien con tal de defender tus trapos.

Y si te agarraban encabronado, hasta una bala entre ceja y ceja y media madre.

16

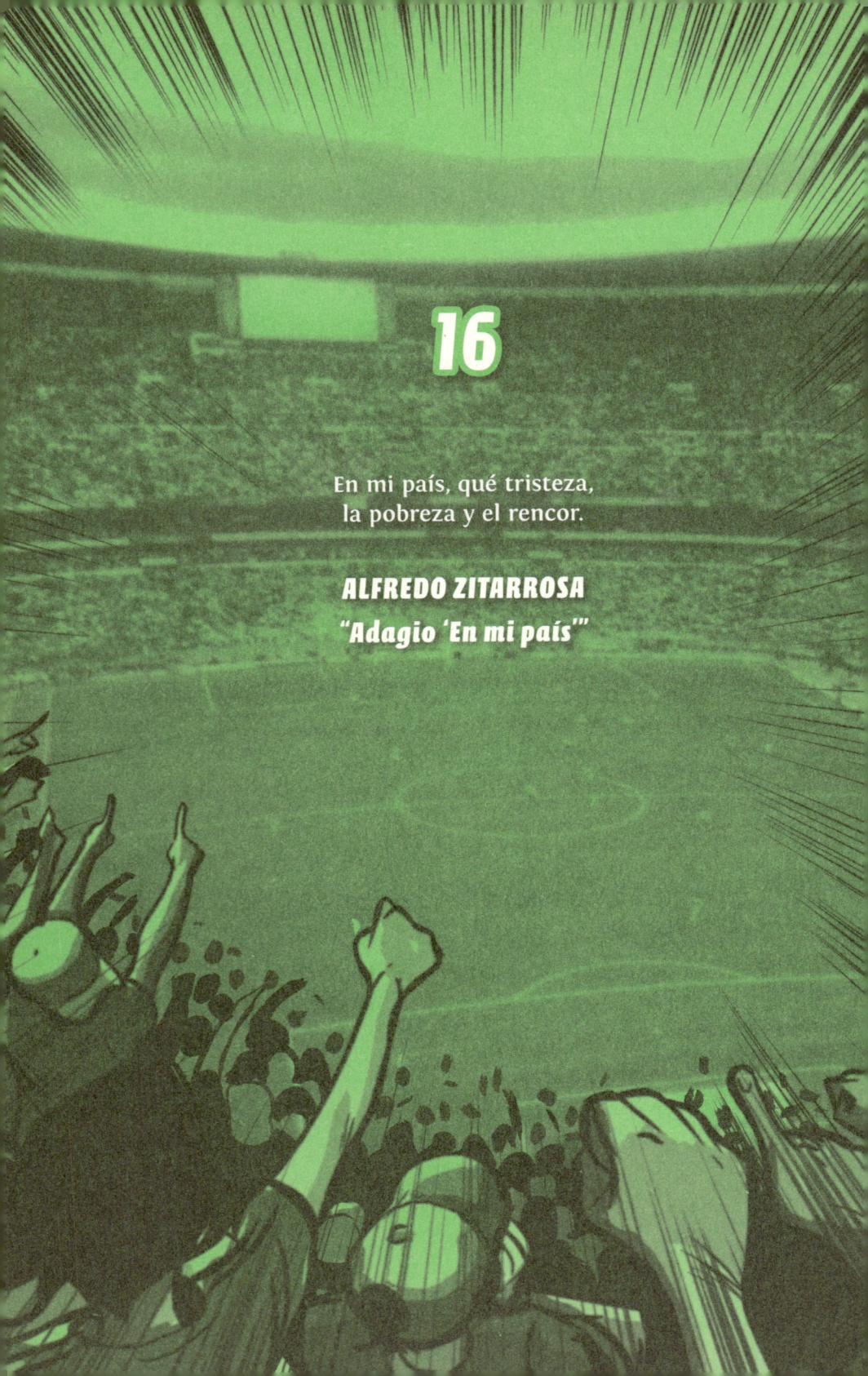

En mi país, qué tristeza,
la pobreza y el rencor.

ALFREDO ZITARROSA
"Adagio 'En mi país'"

Memorable fue también la tarde en que nos partimos la madre en el centro del Universo. Así, sin más: en el meritito centro del cosmos náhuatl.

Las cosas venían muy calientes desde hacía semanas. Apenas un mes atrás, en Monterrey los Libres y Lokos habían dejado con muerte cerebral a un policía, y en Puebla unos culeros de Los Malkriados se acababan de meter a la cancha a perseguir a un abanderado.

El ambiente estaba muy tenso y, para poner las cosas más interesantes, se venía una jornada de alto riesgo: los Tigres visitaban al Monterrey, los putitos del Atlas recibían a los putitos de las Chivas, y por si fuera poco los Pumas, con un chinguero de ganas de cobrarse cuentas pendientes, jugaban en el Estadio Azteca contra el América.

Un diputado hasta planteó la posibilidad de jugar toda esa jornada a puerta cerrada, pero una cosa es Juan Domínguez y otra muy distinta "no me chingues", y cuando los presidentes de los equipos se dieron cuenta del dineral que iban a perder por no abrir las taquillas, les valió madres la seguridad y echaron la bolita a las autoridades.

En la semana hubo declaraciones desde todos lados: que sí, que no, que no es mi responsabilidad, que es la tuya, y entonces se determinó que las barras de los equipos y las autoridades de las diferentes ciudades se reunieran para fumar la pipa de la paz... o por lo menos para tranquilizar las cosas en cada una de las plazas.

En esa época, tendría dieciséisdiecisiete, yo ya era de los lidercillos del Ritual, y me citaron a las diez de la mañana de un miércoles en las meras oficinas del gobierno del De Efe. Cada barra llevaría diez elementos que desayunarían con el jefe de gobierno y después firmaríamos un papel donde nos comprometeríamos a no armarla de pedo ni en el partido ni en lo que quedaba de la temporada.

En esa época el Peje era el jefe de gobierno y yo tenía muchas ganas de ver a ese güey. En ese momento no me caía ni bien ni mal, nomás tenía curiosidad de ver si en corto era tan mitotero como en la tele.

A los diez representantes de cada equipo nos pasaron a una salota de espera en la que había una tele puesta en Bandamax, pero sin sonido. En la pantalla sólo se veían sombrerudos moviendo los labios mientras unas modelos buenotas bailaban a su alrededor. Un trajeado dizque buena onda nos explicó que el Peje no tardaría en llegar y luego nos dejó solos.

—Espero que se porten bien —nos dijo haciéndose el gracioso, y después cerró la puerta del salón.

En respuesta uno de la Rebel sacó una pluma Bic y de un certero piquete desmadró la funda del sillón. "Aquí tienes, hijo de tu rebién portada madre", dijo mirando hacia la puerta que se acababa de cerrar. El corte fue tan grande que hasta el relleno le sacó al asiento. La puntada estuvo tan chingona que americanistas y pumas celebramos la ocurrencia.

—Ahorita va a venir tu tío el Peje a hacértela de pedo —le dije al güey que había clavado la pluma.

—No, manchej, eje cabrón jí me da miedo —me respondió imitando el tono de Andrés Manuel.

Y de nuevo todos volvimos a carcajearnos. Ese cabrón, que se llamaba Federico, era de esos güeyes que luego luego te caen bien. Si me lo hubiera topado en una fiesta me habría hecho su amigo. El pedo es que llevaba una camiseta de los Pumas, y eso me orillaba a odiarlo nomás de verlo. Que me cagara los güevos era como una especie de obligación.

Otro tipo de frontera, pero frontera al fin, era la que nos separaba a Federico y a mí, a Juan del Doc, al Patas del Pekas.

Pensé que si de pronto nos entraba la loquera de cambiarnos las camisetas, las águilas nos convertíamos en pumas y los pumas en águilas, nadie se daría cuenta, ni siquiera el trajeado buena onda que nos acababa de cerrar la puerta notaría nada extraño cuando regresara a la sala de espera.

En realidad no existía nada que nos hiciera diferentes. Nuestro odio era producto de una gran casualidad. Ellos les iban a los Pumas como yo le iba al América. Los colores de nuestras camisetas se parecían mucho, a todos nos gustaba el futbol y podíamos reírnos de las mismas pendejadas, y sin embargo algo nos separaba. Una frontera de tela, de sueños, de rencores... Sabrá dios (que nunca sabe nada) de qué extraños tabiques estaba construida nuestra frontera.

Y allí nos quedamos, los líderes de la Rebel y el Ritual, echando desmadre dentro de un salón del Palacio del Peje de gobierno. Tanto desorden organizamos que el funcionario buena onda entró dos veces a pedirnos tranquilidad:

—Les suplico porfa que guarden silencio, compañeros.

Y ante cada salida del encorbatado, era el sillón de piel el que pagaba los platos rotos. Parecía un negro y gigante queso gruyere.

Cuando cumplimos hora y media de estar esperando al chingado Peje, apareció, por cuarta ocasión, el licenciado buena onda.

—Me apena informarles que al jefe de gobierno le surgió un contratiempo de última hora y no podrá atenderlos.

A mí, la verdad, sí me cagó la noticia, porque la desmañanada había estado buena y lo único que yo quería era conocer al chingado Peje.

Nos ofrecieron mil disculpas y después nos pasaron a un salón muy acá, lleno de espejos y muebles dorados por todas partes. Nos sentaron en una mesa larga larga y nos sirvieron el desayuno: una pinche carne toda dura, chilaquiles, jugo y café aguado. Se veía que el achichincle de Andrés Manuel no sabía nada de futbol porque hizo dos o tres chistes que nadie entendió; cuando se dio cuenta de que ni los de la Rebel ni nosotros estábamos de humor para sus pendejadas, se quedó callado y mejor se dedicó a pelearse con su carne chiclosa y sin gracia.

Yo no sé si fue la ausencia del Peje o qué chingados, el caso es que se sentía un ambiente muy pesado de las tres partes. Cuando terminamos de tragar nos pasaron a otro salón, en donde estaba un jefezote de la policía, un pinche viejito que parecía árbol de Navidad de tantas condecoraciones que le colgaban. Se veía todavía medio cabrón, pero era claro que sus mejores tiempos ya habían pasado.

—Soy el capitán Pedro Córdoba —nos dijo con una voz muy acá, gruesa y profunda, como salida de un chingado calabozo.

Pedro Córdoba, dijo, y a mí se me quedó grabado aquel nombre porque me pareció un nombre perfecto para el cabrón que teníamos allí enfrente. Ese pinche viejo no podía llamarse de otra manera. Sus chingados papás habían acertado con el nombre: el capitán Pedro Córdoba tenía la cara que debe tener todo Pedro Córdoba que se respete.

¿Ya te lo imaginaste? Pues así era el chingado vejestorio que quiso ganarse nuestra confianza contándonos que él también había sido retedesmadroso. Nos platicó unas historias de cuando se peleaba defendiendo a los Burros Blancos del Poli contra los Pumas en los clásicos del futbol americano de la prehistoria. Sin venir a cuento nos contó que había sido cuate de Tin Tan y el Loco Valdés y que hasta había salido en una película de la época; nos dijo que llevaba casado sesenta años, que tenía cinco hijos y catorce nietos, uno de nuestra edad que también se llamaba Pedro. Luego como que retomó el camino y empezó a decir que la pasión era buena, pero que debíamos canalizarla hacia cosas positivas. El mismo discurso de toda la vida: que si el deporte, que si las drogas, que si la familia. En fin: las mismas chingadas pendejadas de siempre.

—La seguridad de las familias es la prioridad de las autoridades —lo interrumpió el funcionario mamón cuando se dio cuenta de que el abuelito estaba durmiendo a la concurrencia.

Nos explicaron que habían preparado la reunión con la idea de que las familias regresaran al estadio y yo no entendí muy bien lo que quería decir. ¿Qué familias? ¿Adónde se habían ido?

Después nos leyó el documento que íbamos a firmar, pero yo ya ni lo oía y era claro que los demás camaradas tampoco: puro pinche choro mareador. Yo no sabía quién había estado peor, si el soldadito de Navidad o el trajeadito pendejo.

Al final del numerito unas edecanes, bien buenas, eso sí, nos pasaron unos fólders muy elegantes y el viejito nos pidió a los líderes que firmáramos el compromiso de no rompernos la madre el domingo.

Allí sí el comandante me dio hasta lastimita. Era imposible contener la furia y el desmadre con base en un papelito pitero. A lo mejor a él, con sus chingados policletos, le bastaba firmar y firmar para que las cosas medio funcionaran, pero la barra es un animal distinto: no hay contrato que pueda controlar la ira de ese monstruo.

Mientras llegaba mi turno para la firmadera me puse a pensar en el Pedo, así con mayúsculas, el Pe-do, y llegué a la conclusión de que uno de los grandes problemas de nuestras autoridades es que no saben cómo funciona el alma. Imaginan que nomás con leyes y bardas y prohibiciones van a meter en cintura a la banda, que así van a solucionar todas las broncas. Los pendejos no se dan cuenta de que las leyes con que pretenden controlarnos no fueron escritas para nosotros.

ANTISOCIAL

Acá, de este lado de la realidad, en las calles, en el micro, en la fábrica, en el jale, nos movemos por el sentimiento, por la pasión, por el instinto, por el hambre. Somos animales industriales, despojos de individuos, una extraña cruza entre máquinas y hombres... La neta, no sé bien qué chingados somos, pero lo que sí sé es que no somos esos ciudadanos de plástico a los que van dirigidas las leyes: títeres con credencial para votar.

Un día la banda se va a encabronar y se va a meter hasta el fondo de sus palacios, y no para agujerear sillones con una pluma Bic, sino para arrancarles las máscaras de farsantes, y entonces, con las máscaras en las manos, nos daremos cuenta de que desde siempre hemos sido gobernados por unos fantasmas sin alma, unos pedos del diablo humanizados que lo único que saben es aplaudir cuando se levanta en el asta mi bandera.

Pero llegó mi turno y firmé el documento.

Juan Pablo Quim Quim, decía abajo de una rayita, y allí dibujé un águila con el número 22. Después nos tomaron como chingomil fotos: con el viejito y sin el viejito, con edecán y sin edecán, con el funcionario y sin el funcionario, juntos Rebel y Ritual, y también separados. Incluso a mí me hicieron dizque firmar como tres veces porque no salía una buena fotografía. Ya traía los ojos rojos rojos de tanto flashazo.

Al final a cada uno le regalaron unos pants bien culeros con los colores del PRD, nos abrieron la puerta del Palacio de Gobierno y con una simbólica patada en el culo nos devolvieron a la calle, a nuestro territorio natural.

Por fin volvimos a respirar.

17

Si no das el trancazo tú,
te lo da el de la esquina:
lo sabes.

TIJUANA NO
"Pobre de ti"

Y ahí fue donde para desaburrirnos comenzamos a mentarnos la madre. Primero de una forma amistosa, pero con el tiempo la cosa se empezó a calentar. Del Ritual seríamos unos treinta cabrones y de la Rebel bastantes más, porque se les habían pegado en el metro los chavitos de no se qué pinche prepa.

En el estadio casi siempre hay rejas o fosos o de perdis una fila de granaderos que con sus escudos aíslan a las barras, pero aquí en el Zócalo no había nada que nos separara. Nos teníamos frente a frente, grite y grite, cante y cante.

¿Has visto a los chingados aborígenes retándose mientras hacen caras espantosas? La *chaca,* la *maca,* la *haka,* algo así se llama el ritual. Pues haz de cuenta, con la diferencia de que en lugar de ser una ceremonia ancestral, aquí nomás nos mentábamos la madre.

Al principio la cosa era casi un juego, ya te dije, pero no hay cábula que dure cien años ni gandalla que la aguante, y casi sin darnos cuenta ya nos estábamos agarrando a cabronazos.

Fue una madriza histórica, en el mero centro de la realidad nacional. No hay nada como aventarte un tiro en el ombligo de la patria. *Pim, pum, pam* y voltear pa' arriba y encontrarte con la banderota tricolor ondeando orgullosa en el cielo azul azul.

De vez en cuando, como para calmar los ánimos, una patrulla lanzaba un pitidito dizque intimidador, pero era imposible frenar el ímpetu de más de cien cabrones felices y salvajes. Más que una campal, aquello era una fiesta disfrazada. De eso se dieron cuenta unos gringos mariguanos y se acercaron a tomarnos unas fotos que con el tiempo hasta ganaron un premio internacional. Después fueron algunos de los periodistas que cubren las notas del gobierno del De Efe los que se atravesaron al Zócalo para ver cómo estaba el pedo. Yo creo que eso fue lo que nos acabó de prender, lo que nos inspiró.

No dábamos miedo, dábamos gusto.

Imagínate a más de cien cabrones moviéndose al vaivén de los putazos: corretizas por aquí, patadas a un güey en el suelo por allá, un ojo reventado bajo la sombra de la Catedral.

¡Una cosa bien chingona!

Pero una bronca, aunque sea amistosa, es una bronca, y siempre quieres ganar. Aquí no había trapos que robar (las autoridades nos habían pedido que no los lleváramos a la reunión), así que el triunfador sería el que más bajas lograra en el bando enemigo.

Te digo que nosotros éramos bien poquitos, así que tuvimos que apechugar. Cuando nos dimos cuenta de nuestra inferioridad numérica nos fuimos agrupando. Además trescuatro de nuestros compañeros ya estaban bien madreados y fueron custodiados por los gringos mariguanos, que funcionaron como una especie de Cruz Roja Internacional porque nadie podía agandallarse a los cabrones que caían en sus manos. "No more! No more!", gritaban, y como si se tratara de un juego de antiguos caballeros, las dos barras comprendimos que quienes caían con esos pinches güeros ya eran intocables.

El Diego, uno de nuestros compas más veteranos, se la sacó ordenando la cosa. A base de gritos nos fue acomodando en una especie de circulito de fuerza. Rápidamente comprendimos que si no nos organizábamos, los pinches pumas nos iban a romper la madre enfrente de toda la nación. Reponernos de ese putazo nos costaría muchísimo. Sería, yo creo, peor que perder una final de campeonato.

El pinche Diego se vio tan cabrón que poco a poco nos organizó en dos círculos: uno grande y, adentro de éste, otro más chico, y en medio no quedaba nada y quedaba todo.

Ambas barras sabíamos que si un pinche puma llegaba hasta allí quería decir que habían roto nuestras líneas y habíamos valido madres. Ese metro cuadrado del Zócalo, anónimo y gris, significaba, sin embargo, el triunfo. La dignidad de la barra se guardaba en ese espacio vacío. Pisar allí, diría el astronauta, sería un pequeño paso para un puma pero un gran salto para la Rebel... Pero no lo pisaron. Nos mantuvimos bien ordenaditos escuchando los gritos del Diego. "¡Ábranse! ¡Ciérrense! ¡De dos en dos! ¡Izquierda! ¡Derecha!"

Alguien que lo viera desde afuera hubiera creído que todos aquellos movimientos los teníamos preparados de antemano, que los habíamos ensayado una y otra vez, pero en realidad era la primera vez que los hacíamos. Nuestro terreno natural eran la grada, los pasillos, las rampas, los espacios cerrados llenos de recovecos que te encuentras afuera de los estadios y sin embargo aquí, a campo abierto, de cara al país entero (al puto del presidente si es que se asomaba por su balcón), estábamos aguantando.

"¡Aguante, Ritual!" Qué pinche lema más bonito.

"¡Aguante, Ritual!", gritaba alguien, y a ti te hervía la sangre.

Yo creo que la vida es siempre aguantar. Desde el pinche doctor que te recibe con un cabronazo hasta el puto horno que te convierte en cenizas, todo el secreto está en saber aguantar. En no doblarte, en mostrar los dientes. En hacer un circulito de fuerza y no permitir que nadie entre en ese vacío que sólo a ti te pertenece, en ese territorio sagrado que eres tú.

"¡Aguante, Ritual!", gritaba el chingado del Diego, y allí nos tenías a treinta tristes águilas sin trigo y sin trigal rompiéndonos la madre por un trocito de nada.

Los pumas querían entrar, tocar ese vacío, y nosotros no los dejábamos. Nadie sabía muy bien de qué se trataba el juego, ni ellos ni nosotros. Nadie sabía, siquiera, si había juego o si valía la pena estar rompiéndose la madre a riesgo de que los tiras o los soldados o la guardia presidencial o todos juntos a la vez se cansaran de nuestro numerito y arremetieran, macanas en mano, contra nosotros.

Yo creo que el secreto de la vida, la razón por la que estamos metidos en este gran pedo, se esconde cerca de ese vacío, cerca de ese pedacito de nada en donde cada quien guarda su alma (porque supongo que es el alma lo que tratamos de proteger). Puede ser un centímetro cuadrado del Zócalo o el tabique número 345 de tu celda o una sombra que se extingue en el patio de una escuela. Cada quien guarda su alma, su espacio en blanco, en un lugar secreto, y aguanta y aguanta y aguanta en torno a ella. No deja que nadie traspase sus límites, que nadie se acerque a profanar con su planta tu suelo.

Durante la vida, si acaso, dejamos entrar en ese espacio a dostres personas, y al hacerlo nos encontramos desarmados, desnudos, vulnerables. Por eso hay que andarse con cuidado.

ANTISOCIAL

—¡Aguante, Ritual, aguante! —gritó alguien a mí lado, y así nos mantuvimos aguantando, firmes y feroces ante el vendaval de pumas que se nos venía encima.

¿Cuántas batallas habrá presenciado ese metro cuadrado de nada? ¿Cuánta sangre se habrá acumulado en su vacío?

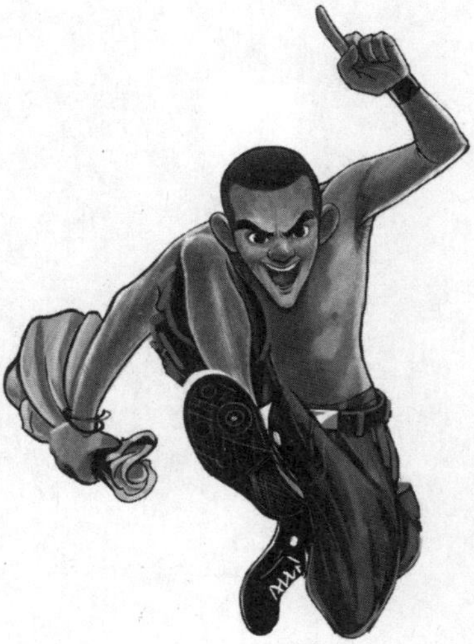

18

El diablo está aquí en la puerta;
por qué no te haces la muerta,
por qué no bailas cancán para mí.

FOBIA

"El diablo"

¿Qué otra cosa es el futbol sino intentar profanar el arco del rival? Chingártelos, como un día ordenará u ordenó o estará ordenando en este mismo momento el comandante o el capo o el presidente municipal.

La portería está fuera de la cancha, en un territorio extraño como la muerte. Si te metes a tu portería, estás muerto, no cuentas, no sirves de nada. La portería es una fosa común, una fosa abierta a los ojos del mundo. Por eso es transparente, para que todos descubramos a quien se quiera esconder en ella. A las porterías siempre las he visto como una mezcla entre una celda de cuerdas y una chingada máquina de torturas invisibles.

Yo creo que si una cárcel y un hospital psiquiátrico tuvieran un hijo nacería una portería.

La vida en el futbol está allá afuera, sobre el pasto o la tierra, en ese rectángulo de setenta metros por cien o de cinco por cinco, no importa. La vida allí dura noventa minutos o hasta que alguien avisa que el que mete gol gana. Silba el árbitro o se anota el gol entre las piedras, y por un instante se detiene el girar del mundo. Cada vez que se termina un partido, ya sea en el Azteca o en una pinchurrienta canchita de Senegal, la vida se muere un poquito y alguien se pone triste... Pero entonces, allá o acá o en sabe dios qué puto terregal, la bola vuelve a girar y alguien se pone contento porque de nuevo se tiene la oportunidad de penetrar la portería, esa diminuta embajada del infierno.

Los estadios son monumentales, las canchas parecen campos de batalla y acá arriba cien mil contra cien mil se gritan y se escupen. Todo es enorme y poderoso dentro del futbol, y sin embargo un gol es la cosa más pinche chiquita que existe.

¿Cuánto mide un chingado gol? ¿De qué color es? ¿Dónde empieza y dónde acaba? A veces creo que yo nunca he visto un gol y que el día en que de verdad lo vea me quedaré ciego o loco o tarado, que es lo que pasa cuando miras el cuerno del unicornio.

Un día escuché la voz del diablo. "Soy el diablo", me dijo. Sólo eso. Ni me amenazó, ni me maldijo, ni quiso impresionarme. "Soy el diablo", se presentó como te presentarías tú o yo si nos encontráramos con un desconocido.

Y el diablo se puso uno a cero contra mí. Me anotó un gol tempranero porque yo apenas tenía siete años. Profanó ese pequeño espacio que nadie debía pisar. Y vino el diablo y lo pisó y me dijo, así, casi con pinche descuido, "Soy el puto diablo y te chingas".

No fue un golazo de esos que marcan Maradona o Messi, fue un pinche golecito sin gracia. Un toquecito a la red que sin embargo cimbró la estructura de mi estadio. Yo era apenas un niño y el diablo vino y me dijo "Soy el diablo" justo en el momento en que yo estaba cagando en el baño de la casa de mi abuelo.

La existencia te anota goles que nunca puedes remontar. Goles que cargarás durante toda la vida. Goles que se repiten y se repiten y se repiten como esos GIF de internet en los que un pinche gordo se cae eternamente en un río.

Yo creo que allí me cargó la verga o me chupó el diablo, como decíamos de chavitos cuando algo se caía al piso y valía madres; allí, en el baño de la casa de mi abuelo, mientras cagaba leyendo un cuento de Periquita, me chupó el diablo, me anotó gol y me chingó para siempre.

Yo creo que por eso soy más del infierno que del cielo. A lo mejor si hubiera sido dios o por lo menos un ángel el que me hubiera agarrado cagando, hoy sería bueno y en mi vida no habrían ocurrido tantos desmadres, pero el diablo me agarró como al Tigre de Santa Julia, se puso uno a cero en el marcador y ya nunca pude reponerme.

ANTISOCIAL

A lo mejor, ahora que lo pienso, ya vamos diez a cero y yo ni cuenta me he dado de las veces que el diablo me ha anotado gol. Como todo en mi vida ha sido rápido, al contragolpe, ni tiempo he tenido de voltear a ver el marcador. Es seguro que el diablo me va chingando, pero por lo menos me ha dejado hacer dostres cosas chidas, dostres cosas con las que voy llenando las hojas de este Scribe de forma italiana.

Porque de una cosa estoy seguro, y es que cuando dios se pone sus shorts y se baja a la cancha, le gusta jugar de portero o de defensa. Se coloca allí, cerca de la zona de atrás, porque a dios le pone de buen humor que las cosas no sucedan: no matarás, no desearás a la buenota vieja de tu vecino, no chuparás, no jurarás, no echarás desmadre... No, no y no.

Yo creo que "No anotarás gol" debería ser el undécimo mandamiento, pero a Moisés (fue Moisés, ¿no?) le dio güeva seguir escuchando tanto "no y no y no" y se bajó en chinguiza de la montaña y la cosa se quedó en esos pinches diez mandamientos que de todas formas nadie cumple.

Seguro que a dios no le gustan los goles, seguro que los goles son cosa de Lucifer, porque el gol es violencia. El gol es una invasión. El gol es un regalo maldito. El gol es una granada que hace estallar el grito de un millón de gargantas. El gol es pisotear el alma de los otros. Yo creo que por eso duele tanto que de pronto aparezca un enemigo y te clave un gol.

Al final el futbol se trata de mancillar, de quebrantar, de mearte encima de los muertos de tu rival. Se trata de profanar el reducido espacio de la muerte. Penetrarlo, además, con una bolsa llena de aire. Herir la nada con la nada. Evitar caer para que no te chupe el diablo. De eso, más o menos, se trata el futbol.

Y yo creo que también la puta vida.

19

América y Cali a ganar,
aquí no se puede empatar...

GRUPO NICHE
"Cali pachanguero"

Y yo que quería contar del Peje y la madriza del Zócalo y acabé contando de Moisés y de que el diablo me agarró cagando.

Pues total que al final no dejamos que los chingados cabrones de la Rebel profanaran con sus plantas tu suelo, mi suelo, el pedacito de suelo que los miembros del Ritual habíamos hecho nuestro.

Estuvimos un buen ratote dando y recibiendo madrazos, ante la mirada valemadres de todos los que pasaban por allí. El Zócalo me cae bien por eso, porque entre sus cuatro no-paredes puedes hacer todo lo que se te hinche la gana: puedes mentarle la madre al presidente, puedes jugar futbol, puedes rajarte la madre, puedes acampar, puedes patinar en hielo, puedes protegerte del sol sobre la línea de sombra de la bandera... Puedes hacer casi casi lo que quieras, y por más pacheca que esté tu aventura, la banda que pase por allí apenas te volteará a ver.

ANTISOCIAL

Fue el Antoño Maury, uno de los jefecillos de la Rebel, todo hay decirlo, el que empezó a propagar el grito de "Ahí muere". Dostres cabrones nos seguimos dando nuestros chingadazos, pero entre "Ahí muere" y "Ahí muere", la cosa se fue enfriando poco a poco.

Cuando la tranquilidad había vuelto a la comarca y los orcos regresaban a sus cuevas apareció la tira, nomás pa' chingar. Agarraron a cincoseis cabrones de cada banda. Hacía un rato habíamos estado partiéndonos la madre chingomil güeyes, pero hasta que la cosa se calmó fue que apareció la tira —¡pinches putos!— para amenazarnos con llevarse a doce o trece cabrones a la delegación.

Que sí, que no, estuvieron alegando un rato los pendejos de la Rebel y dostres compas del Ritual, pero, la verdad, eran los putos pumas los que llevaban la voz cantante en la negociación. Yo nomás veía las cosas desde lejos, esperando que no se hiciera realidad aquella enseñanza que dice que con pendejos ni bañarse porque pierden el jabón.

Y al final resultó que los pinches pendejos de la Rebel, dizque muy licenciados y leídos los cabrones, acabaron extraviando el Rosa Venus.

—Vamos a tener que remitir a sus compañeros a los separos —anunció después de un rato el jefecillo del operativo.

Y entonces tuve que intervenir. Muy seriecito, me acerqué al desmadre, y con toda la buena voluntad colgando de mi cara empecé a marearme al tira.

—¿Pa' qué hacemos más grande el pedo, oficial? Nos estábamos rajando la madre ahorita, pa' no rajárnosla en el estadio y así evitarle más problemas a la autoridad.

—Es que ahora sí nos armaron un buen desmadre, güero.

—¿Cuál desmadre?

—Agarrarse a cabronazos en el corazón de la patria.

—Nosotros nomás estábamos cumpliendo órdenes.

—¿Cómo que órdenes? ¿Órdenes de quién?

—¿De quién va a ser?

—Pues no sé, güero, tú fuiste el que sacó el tema.

—No importa, oficial. Proceda como corresponda. Yo después me arreglo con el capitán.

El Quique andaba por allí y me lanzó una miradita que quería decir que había comprendido todo el plan y que estaba listo para entrar al quite cuando fuera necesario, y entonces di un paso al frente para que también a mí me llevaran a los separos.

—Proceda, oficial, cumpla con su trabajo —exigí muy en mi papel de ciudadano responsable, y hasta le ofrecí mis muñecas para que las inmovilizara con unas esposas imaginarias (porque en ese tiempo los chingados policías tenían prohibido usarlas).

—¿Y a ti por qué te voy a llevar?

—Usted sabrá. Supongo que por desmadroso y por cumplir órdenes de una autoridad.

ANTISOCIAL

—¡Otra vez con lo de las órdenes! ¿De qué estás hablando, pinche escuincle pedorro? Ya medio me estás haciendo encabronar.
—No te calientes, plancha, tranquilo.
—Es que te pones muy misteriosito.
—Así son las cosas en este negocio.
—No te digo.
—Yo sólo sé que si la Rebel y el Ritual nos estábamos partiendo la madre era por cumplir una orden de uno de sus superiores, pero no hay pedo: usted proceda y después yo me arreglo con el capitán.
—¿Con qué capitán?
—Con el que nos ordenó partirnos la madre aquí en el Zócalo —respondí, y con un giro de cabeza señalé hacia el palacio del Peje de Gobierno—; llevo un ratote tratando de explicárselo, oficial, pero no hay peor ciego que el que no quiere ver.
—No te entiendo.
Y entonces detrás de mí apareció el Quique cumpliendo su parte del plan improvisado, en vivo y en directo y sin red de protección:
—Ya, Peter, ¿por qué no le explicas al señor que el capitán Pedro Córdoba es tu abuelo?
—Ya sabes que me caga parecer el típico cabrón de "No sabes quién soy yo".
—¿El capitán Córdoba es tu abuelo? —me preguntó directamente el policía.
—Eso no importa. Yo soy un ciudadano común...

—...que estaba cumpliendo las órdenes de su abuelo —completó el Quique.

—¿Qué órdenes?

—Ya le dije: las de partirnos la madre hoy para no partírnosla el domingo.

—¿El capitán les ordenó que se agarraran a cabronazos?

—Y además nos pidió que lo hiciéramos exactamente debajo de la bandera, para que se viera más acá —señalé hacia el lábaro patrio, que ondeaba orgulloso sobre nuestras chingadas cabezas.

—Es que a nosotros nadie nos avisó —se justificó el policía.

—Era una misión medio secreta —dije.

—Como de contraespionaje —agregó el Quique—; precisamente por eso participó en ella el nieto del capitán Córdoba.

—¿De verdad eres nieto del capitán?

—Así es. ¿A poco no me parezco?

—¿Traes identificación?

—Comprenda que no voy a traer mi IFE a una misión.

—No, pus, no, tienes razón —dijo el policía rascándose la cabeza, confundido. Era muy claro que estábamos a punto de convencerlo.

—¿Cómo le hacemos entonces, oficial?

—Pues aquí hubo un problema de comunicación institucional y yo no soy nadie para obstaculizar una orden de don Pedro, así que vamos a dejarlo así, pero por favor...

ANTISOCIAL

Y entonces, cuando parecía que lo habíamos logrado, detrás de mí apareció de nuevo el chingado Antoño y le sugirió al tira una gran idea:

—Ya que estamos tan cerca de su oficina, ¿por qué no se comunica personalmente con el capitán Córdoba y le dice que acá abajo está su querido nieto? A lo mejor hasta viene a saludarlo y todos nos quedamos más tranquilos.

Al pan, pan y al vino, vino: hay que reconocer que el Antoño se la sacó. Sacrificó a cincoseis de sus muchachos, pero a mí me chingó bien y bonito, con una delicadeza súper cabrona, sin mancharse las manos. El Antoño vio la oportunidad y no dudó un segundo en atraparla, calva y lisita lisita, como nalga de bebé.

Pinche Antoño, hijo de su rechingadamadre.

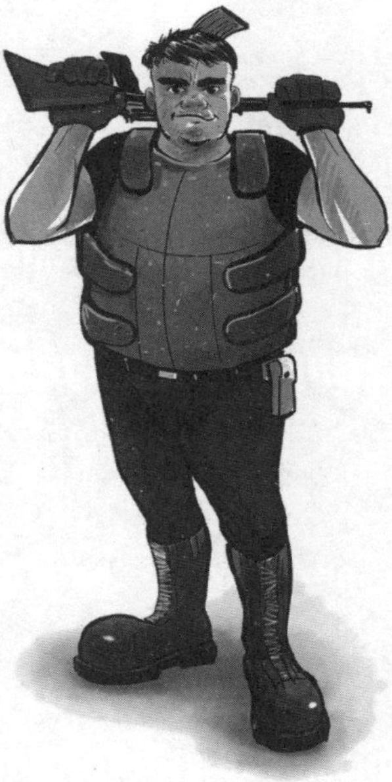

20

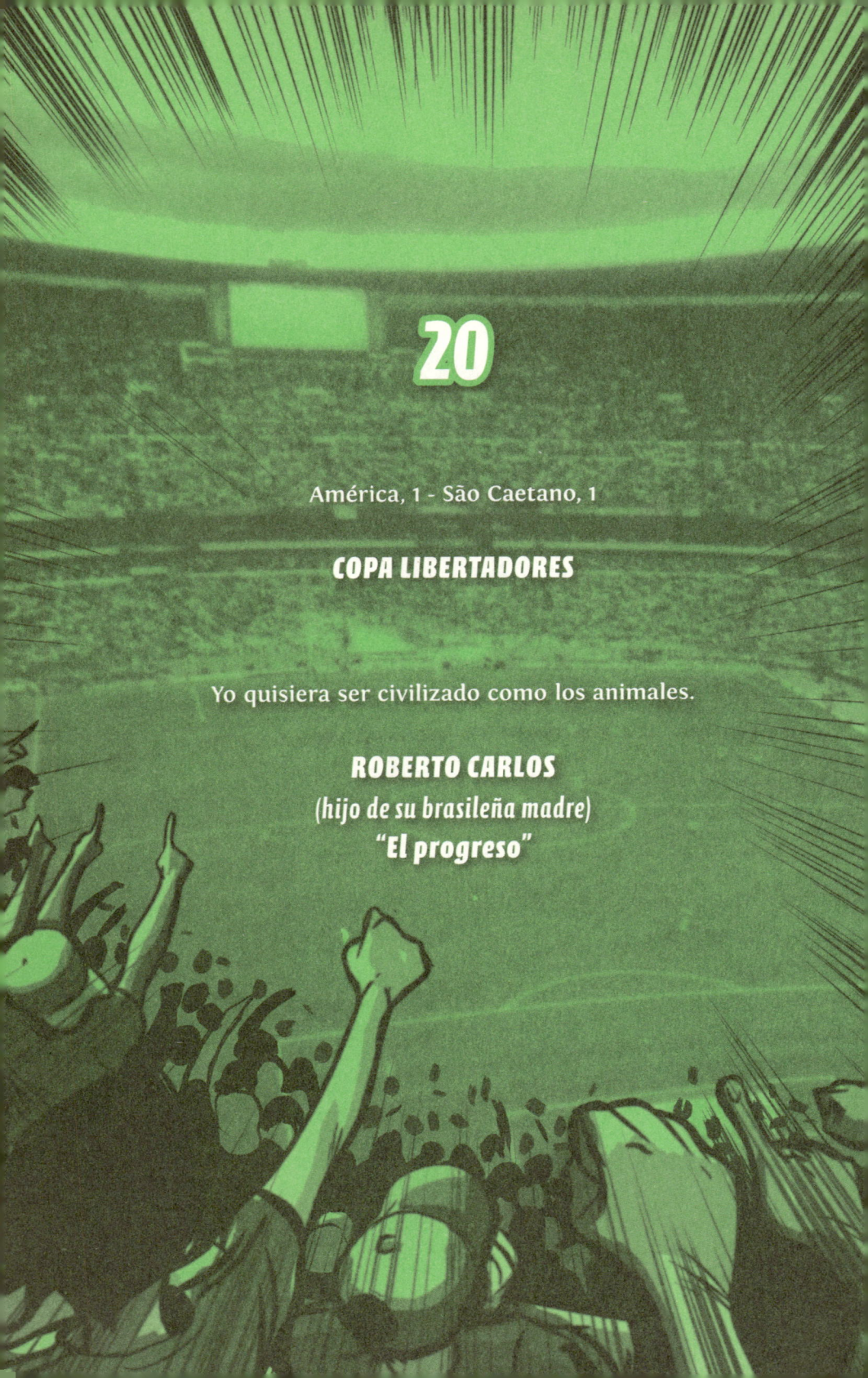

América, 1 - São Caetano, 1

COPA LIBERTADORES

Yo quisiera ser civilizado como los animales.

ROBERTO CARLOS
(hijo de su brasileña madre)
"El progreso"

La gente, toda la gente: tú, ella y el de enfrente, se cree muy civilizada, muy pensante, muy acá. Los violentos son los otros. Yo soy retepacífico, mis vecinos son los pederos. Yo, ni madres.

La mayoría de las personas sienten como si pertenecieran a otra especie. Como si hubiera leones que tragan humanos y leones a los que puedes invitar a tu casa a tomar el té. ¡Nel! Los leones son siempre leones, y a los humanos nos gusta mancharnos las manos de sangre. Así de fácil.

Yo he oído a güeyes dizque muy sabios, muy inteligentes (escritores, catedráticos y científicos) lanzar gritos salvajes desde la tribuna. De verdad. Los he oído pidiendo sangre, exigiendo venganza, como si fueran un miembro más del Ritual, como si no tuvieran tantas medallas adornando sus cerebros. La neta, yo a esos güeyes no les encontré la intelectualidad por ningún lado.

ANTISOCIAL

Jugaban América-São Caetano en el Azteca unos cuartos de final de la Copa Libertadores. La cosa pintaba aburrida porque la barra de los brasileños no había hecho el viaje y entonces no teníamos con quién partirnos la madre. Y así, libres de la responsabilidad de repartir putazos, los del Ritual fuimos esa noche nomás a animar al águila gritando como unos pinches locos.

Como no había rival en la tribuna aproveché para ir al estadio con Lesly, pero en plan de novios. Desde hacía tiempo un compa que trabaja en la seguridad del estadio me había ofrecido clavarme a la tribuna VIP.

La neta, se veía bien chingón desde allí. Daba la impresión de que estabas en otro estadio. Era una zona muy fresa, tan cerca del palco de honor que hasta si volteabas pa' atrás podías ver a todos los televisos haciéndose los chistositos. Había un güero gordo al que yo le veía cara de Azcárraga, pero Lesly aseguraba que era el Piojo Herrera. ¿Quién sabe?

La tribuna VIP, donde estábamos nosotros, también era mamonsona. Hasta había una viejota bien buena que te llevaba a tus asientos y te regalaba una botellita de tequila de no sé qué marca chingona.

Se veía bien y te daban de chupar, pero yo me sentía en la ópera. A la ópera nunca he ido ni iré, como dijo aquél, pero así me sentía. Nos tocaron lugares separados por un pasillo: Lesly quedó junto a unos gringos y a mí me tocó junto a unos güeyes bien mamones.

Para olvidar la pena y aclimatarme, yo me chingué mi botellita de tequila —y también la de Lesly— de chingadazo, a lo pinche Pedro Infante. Antes del partido pasaron en las pantallas gigantes la serie de penales con la que el River Plate de Argentina echó fuera de la copa al Santos. Fue un robo tan descarado el que sufrieron los cabrones de Torreón que la multitud se empezó a calentar antes de tiempo culpando a los chingados sudamericanos de todos los males del mundo. La banda es así: no ve pelo ni tamaño. Cuando estás encabronado te da lo mismo un argentino que un brasileño, un uruguayo que un chileno; no entiendes razones, tú lo único que quieres es que rueden cabezas, que alguien pague los chingados platos rotos.

Yo luego luego vi que aún no empezaba el juego y los gringos ya se estaban poniendo nerviosos.

Salieron los equipos y mis compañeros de palco se quedaron quietos, sin expresar la menor emoción. Me daba un chingo de envidia voltear hacia la zona del Ritual y ver el desmadre que se traían los cabrones: serpentinas, cohetes y bengalas comenzaron a estallar cuando el águila piso la cancha. Desde acá se veía rebonito el desmadre.

Luego tocaron los himnos. Yo me quedé sentado cuando comenzaron con la mamada esa de "Mexicanos, al grito de guerra" y en cambio mis compañeros de sección se pararon y se pusieron la manita en el pecho. Chale.

Cuando sonó el himno brasileño se quedaron parados y yo aproveché para mentarles la madre a los cariocas. Dostres cabrones me vieron feo, pero a mí me valió madres. ¿A qué chingados vas al estadio si no es para apoyar a los tuyos y cabulear a los otros?

Y entonces empezó el partido y, como si fuera una conferencia, mis compañeros de butaca empezaron plátique y plátique: que si yo toqué unos tambores con no sé que chingada tribu de África, que si yo escribo libros bien cabrones, qué si yo conozco todo el mundo. En lugar de ir a animar al águila, esos cabrones parecían sacados de una conversación del Canal 22. Yo estaba a punto de mandarlos a la verga, pero me acordé de que iba con Lesly e hice de tripas corazón.

Como al minuto quince, un pinche brasileño metió unas manotas descaradas dentro del área y el pinche árbitro colombiano nomás se hizo pendejo. Clarito vi que el abanderado que nos quedaba de este lado también había visto la falta del defensa, y entonces no me quedó de otra más que mentarle la madre.

"Tevasmuchoalachingadahijodetupinchecolombianamadre", le grité desde el fondo de mi corazón. Yo pensé que la mentada ayudaría a romper el hielo con mis compañeros de tribuna, pero estaba bien equivocado: se hizo un silencio a mi alrededor y trescuatro cabrones voltearon a verme como con asco.

—Pinches payasos, se *vieran* ido mejor al teatro —dije entre dientes, y la Lesly nomás se rio.

Continuó el juego, y ahora mis vecinos hablaban de que si París era más chingón que Londres, de que si el vino tinto de no sé que pinche año había salido muy agrio, de que el pinche Octavio Paz tenía razón en no sé qué chingadera... En fin, puras pinches mamadas. Lesly se dio cuenta de que me estaba encabronando y decidió sentarse en el pasillo para quedar más cerca de mí. Nomás empezaban a hablar esos pinches fresitas, me tomaba la mano para tranquilizarme. Gracias a ella pude meterme otra vez al juego.

El águila necesitaba ganar para pasar a la final, pero desde un principio el partido se empezó a complicar. Nada nos salía bien: ni al América en la cancha ni a mí en la tribuna. Los únicos que se la estaban pasando de poca madre eran los del Ritual, que con sus cánticos trataban de prender al estadio entero. Cuauhtémoc Blanco lo intentaba todo, pero los chingados brasileños eran un costal lleno de mañas: hacían tiempo, fingían lesiones, reclamaban todo, y así el partido iba pasando sin que el América pudiera hacerles daño.

Y para colmo, a cinco minutos del final Cuauhtémoc fue expulsado por darle un codazo a un rival.

ANTISOCIAL

Cuando lo vimos perderse por el túnel, todos en el estadio nos dimos cuenta de que la cosa ya había valido madres. A mí me valió verga y empecé grite y grite y baile y baile. Aunque me vieran feo, yo quería desahogar mis instintos. Y así, el Ritual desde su cabecera y yo rodeado de puro mamoncito, no dejábamos de alentar, de gritar a todo pulmón, pero sabíamos que no había nada qué hacer. Los minutos finales fueron nada más un trámite doloroso.

Cuando el árbitro pitó el final, los chingados jugadores del São Caetano, en lugar de festejar discretamente y retirarse tranquilos al vestidor, se pusieron a burlarse del estadio entero: como pinches niñitos pendejos se pusieron a danzar en círculos mientras movían los brazos simulando unas alitas, dando a entender que en realidad las águilas no eran más que unos pollitos caguengues.

Las autoridades, siempre brillantes, argumentando que no habría aficionados rivales, determinaron mandar muy pocos policías a velar por la seguridad. Dentro del estadio había como cincuenta tiras para custodiar a cien mil energúmenos. Estaba sencillita la chamba pa' los chingados policías: cada uno tenía que vigilar nomás a dos mil cabrones, bien fácil.

Pero allí no terminó la falta de visión de las autoridades: por esa época estaban levantando un restaurante en una de las tribunas, por lo que había un chingo de material de construcción abandonado por allí: varillas, grava, cemento, tabiques... en fin, todo lo necesario para armar a una turba.

Mientras allá abajo los brasileños, sin medir el peligro, seguían burlándose de todos, acá en la tribuna la banda empezaba a calentarse bien cabrón. Algunos jugadores del América medio se las armaban de pedo a sus rivales, pero la mayoría nomás se hacían pendejos.

Y entonces desde el fondo del túnel vimos aparecer la figura de Cuauhtémoc. En el estadio se formó un murmullo que pronto se convirtió en estallido, como un incendio de suspiros que se extendiera por toda la tribuna. Nomás de recordar la escena se me pone la piel de gallina.

Nuestro capitán había emergido del inframundo, había regresado de entre los muertos para impartir justicia. De verdad que tuvo mucho de resurrección la presencia de Cuauhtémoc Blanco sobre la cancha. Recuerdo la escena muchos años después y, la neta, en mi mente aparece como un pinche gigante, como si midiera diez metros y cada uno de sus pasos hiciera temblar la tierra a su alrededor.

Al verlo, los brasileños dejaron de mover las alitas, pero era demasiado tarde: el daño estaba hecho. Nomás entrar a la cancha, el Témoc se surtió al primer brasileño que tuvo a mano: *pim, pum, pam,* y así siguió repartiendo chingadazos a diestra y siniestra. La bronca entre los jugadores de ambos equipos se generalizó: patadas voladoras, puñetazos, empujones. Unos cinco o diez minutos se estuvieron surtiendo bien chingón, y como siempre sucede, la cosa se fue enfriando poco a poco.

Cuando la situación estuvo más o menos calmada, los pocos policías que había en la cancha, con la intención de separar a los rijosos, dirigieron a los jugadores del América hacia los vestidores y les pidieron a los del São Caetano que esperaran en el centro de la cancha. Según ellos así se calmarían las cosas, te digo que son unos genios.

Y entonces fue cuando se armó el verdadero desmadre. Imagínate la escena: once chingados delfines burloncitos frente a cien mil tiburones hambrientos y encabronados.

La banda olió la sangre, ¡y sobres!

Los cabrones que estaban en la tribuna cercana a los túneles empezaron a romper la malla de protección; usaban las varillas como palancas y la chingada rejita cedió bien rápido. En cuestión de segundos había unos doscientos cabrones, todos con objetos contundentes en las manos, obstruyendo, ya en la cancha, la entrada a los vestidores.

Ahora sí que los brasileños necesitaban alitas para volar.

Los tiras, desesperados, trataban de contener a la banda, pero era imposible. Cabrones de las diferentes barras americanistas ya corrían por la cancha. Incluso unos güeyes de la otra cabecera rompieron su malla, y también desde la otra portería comenzaron a colarse. Los brasileños ya no sabían para dónde voltear, por dónde llegaría el ataque asesino.

Allí me di cuenta de que la masa es cabrona. Te juro que yo quería que la banda hiciera mierda al grupito de brasileños que se arrejuntaban en el centro de la cancha. Parecía una escena de otro tiempo, de la época del circo romano, del Viejo Oeste, de la Revolución, de esas épocas en las que la vida humana no valía tanto. Se veía clarito que nomás era cosa de segundos para que la situación se desbordara y los brasileños fueran arrasados por la turba.

A mí, la neta, me daba miedo y felicidad. Digamos que un noventa por ciento de mi alma quería que les rajaran toditito el hocico a los jugadores del São Caetano, pero un diez por ciento sufría por ellos. Yo era un demonio y un ángel en un mismo cuerpo.

Y en eso un grupo de cabrones, todos ellos del Ritual, honor a quien honor merece, se vieron bien chingones y comenzaron a utilizar las carretillas como proyectiles. Las imágenes son históricas y hay como un millón de videos subidos en YouTube, búscalos si no me crees.

Yo conozco a casi todos los batos que se ven en los videos. Allí está el Faba, el Negro, los Marianos, el Cachorro, el Patas, el Rafita, el Ferchis y su hijo el Gonchis, el Manu... en fin, la pura banda azulcrema pasando a la historia.

ANTISOCIAL

"¡Uno, dos, tres!", gritaban sieteocho cabrones balanceando la carretilla para darle fuerza, y al final la soltaban con todos sus güevos contra los tiras. Esa noche el Ritual consiguió eso con lo que toda barra sueña: que las imágenes de sus destrozos le dieran la vuelta al mundo. De verdad, pícale en internet "carretilla São Caetano" y mira qué es lo primero que te sale en la pantalla.

Lesly estaba pálida pálida, parecía una vela; dos de los gringuitos se hundían en su asiento; el otro tomaba video con una camarita bien chingona, y yo gritaba, pero como para adentro, bien raro, como que me daba cuenta de que la cosa ya iba en serio y no era nomás un desmadrito cualquiera. Y entonces me di cuenta de que los fresitas súper cultos comenzaron a gritar todo tipo de insultos: que ojalá maten a esos pinches simios —refiriéndose a los jugadores brasileños, que en su mayoría eran negros—, que le metan un palo en el culo al árbitro, que si querían ver sangre.

Te lo dije: la pinche gente siempre es cabrona, mala e hija de la chingada. No importa dónde nazcas ni cuánta lana lleves en la cartera, la sangre es siempre roja y te gusta verla correr.

Me daba risa: hacía unos minutos mis compañeros de butaca presumían de su cultura y de su tolerancia y de sus bongos africanos y de sus libros escritos, y ahora llamaban *changos* a unos cabrones igualitos a ellos. La pinche selva.

Al final los jugadores del São Caetano escaparon de milagro: cuando sintieron que no había salvación salieron corriendo y, como en una película de suspenso, apenas por poquito alcanzaron a llegar a los vestidores. Algunos de ellos, eso sí, recibieron el saludo de la banda en forma de palazos y patadas, pero en términos generales podría decirse que el saldo fue blanco.

Yo me había quedado todo nervioso. Una corriente eléctrica me recorría el cuerpo: estaba encabronado por la derrota, triste por no haber estado con los míos en un momento de gloria y con ganas de vengar las burlas de los chingados brasileños que se habían pasado al Estadio Azteca por el arco del triunfo.

—Ya pasó, no hay nada qué hacer, cálmate —me dijo Lesly cuando se dio cuenta de mi profundo encabronamiento.

Eso está bien cabrón de las mujeres: tienen un sexto sentido para adivinar lo que le pasa a uno por dentro, como si fueran dueñas de un súper poder que les permitiera leer los pensamientos.

Cuando se calmó la cosa todos comenzamos a abandonar nuestros lugares. Los ricos y los pobres, los del Ritual y los televisos, mis vecinos fresas y los gringos, que seguían bien espantados. Caminábamos en una inmensa fila hacia la salida del estadio.

La masa seguía siendo masa, pero en lugar de ser un fuego queriendo incendiar el estadio como había sucedido hacía apenas unos minutos, ahora la turba era como una corriente de agua que se deslizaba por los túneles y escaleras en un vaivén hipnótico, lento, triste.

Hasta para caminar en medio de una multitud hay que ser medio cabrón, y los pinches gringuitos serían lo que tú quieras, pero cabrones no eran. Eran dos Chaguis (¿te acuerdas del amigo de Scooby?) y una güera bien buena todos apendejados. Yo creo que desde un avión los pasajeros que se asomaran por la ventanilla se habrían dado cuenta de que allá abajo, en medio del gentío, iban tres pendejos muriéndose de los nervios.

—Se van a querer manchar con los gringos —me dijo Lesly.

—Sí, pobres.

Ni Lesly ni yo pensábamos en nadie en especial, pero sabíamos que tarde o temprano aparecerían unos gandallas queriéndoles cobrar los platos rotos a esos chingados turistas que habían llegado al Estadio Azteca de pura casualidad y que nada tenían que ver con la frustración que en ese momento sentía la nación americanista, pero así son las cosas.

Seguimos caminando, paso a paso, en esa marea llena de pirañas y uno que otro pescadito azul. Los gringos iban unos metros delante de nosotros, los podíamos haber rebasado hacía un chinguero, pero había algo en Lesly y en mí que quería seguir teniéndolos a la vista.

ANTISOCIAL

Y entonces sucedió. Fue justo sobre el puente que cruza Tlalpan, el que conduce a los paraderos de los micros que van a Taxqueña o a las escaleras del Tren Ligero. Una bandita de siete pendejos —los conté nomás descubrirlos— se comenzaron a pasar de lanza contra los gringos. Los rodearon y los empezaron a cabulear. Si hubiera estado con el Quique no habría dudado en actuar rápido, pero estaba solo, o casi, y debía ser cauteloso.

La neta, los gringos aguantaron machín las burlas y las pendejadas, que seguro ni entendían. La cosa se estaba enfriando, pero entonces clarito vi cómo uno de los gandallitas le agarró las nalgas a la gringa. Eso sí me súper encabronó, porque una cosa es chingar sanamente y otra agredir a una vieja indefensa.

Lesly también se dio color y se enojó un madral.

Uno de los gringos, creyendo que estaba entre gente decente, le cantó un tiro derecho al que le había agarrado las nalgas a la chava. Algo dijo en inglés y se puso en guardia como boxeador. Se veía reinocente el güey, dando saltitos como gallo de pelea, y como era de esperarse, no duró ni un segundo, porque desde atrás lo sorprendieron cobardemente dos cabrones: *pim, pum, pam*, y el pobre gringo valió madres, casi sin darse cuenta.

Y entonces salté yo. No me importó que fueran siete. Una cosa es una cosa y otra pasarse de pendejos. Ahora a mí me salió el *pim, pum, pam*, pero en versión doble, y en menos de lo que canta un gallo gringo y saltarín, *quiquiriquí*, me chingué a los dos traicioneros.

—¿Muy pasaditos de verga, cabrones? —les pregunté a los otros que quedaban... que ya no eran cinco porque Lesly se había surtido a uno, al más flaquito, todo hay que decirlo, con un codazo bien machín que ya hubiera querido Cuauhtémoc para chingarse a uno del São Caetano. Le reventó toda la nariz y el pobre flaquillo sangre y sangre y llore y llore.

La gringuita se abrazó a Lesly, se dijeron quién sabe qué cosa en el lenguaje visual de las viejas y se pusieron a reanimar al pobre gringo que había sido descontado en un inicio.

—¿Muy cabroncitos?

Y entonces uno de ellos, el que tenía más dignidad, supongo, dio un pasito al frente como queriendo dar la cara por la bandita. Los otros tres se quedaron parados detrás, escudándose en su valedor. Quién sabe por qué esa actitud cobarde me calentó más. Siempre he odiado las cobardías. Tú puedes ser un pasado de lanza, un ladrón, un gandalla, pero nunca un cobarde.

—El pedo no es contigo —le dije al que saltó, y entonces me encaré con el cabrón que le había agarrado las nalgas a la gringa.

—Ahora le pides una disculpa.

—Ni le hice nada —respondió mirando al suelo.

Y allí sí exploté. A mi mente llegó la injusticia contra el Santos, el gol que el América nunca pudo anotar, la expulsión de Cuauhtémoc, las burlas de los brasileños, hasta me dio tiempo de colgarle la cara de mi padre al cabrón que se había pasado de verga con la chavita, y me le lancé encima. En lugar de darle trescuatro madrazos que lo noquearan, me le lancé encima para hacer más larga su agonía. Como el chingado gato que atrapa a un ratón, pero que en lugar de matarlo de una vez se dedica a atormentarlo durante un rato. Caímos al suelo y yo sentí cómo la cabeza de mi rival golpeó machín contra el pavimento. *Crac,* sonó, como si su choya fuera un cascarón gigante, pero a mí me valió madres y le di trescuatro chingadazos en la jeta. No fuertes sino dolorosos, en los pómulos y la nariz.

—¡Yo te vi, hijo de la chingada; yo te vi, cabrón!

Y entonces, quién sabe por qué, me dio por ahorcar al güey. Así, al chilazo, como en las películas: lo agarré con las dos manos por el cuello y se lo comencé a apretar. De verdad quería matarlo. Yo ya no pensaba en nada. Todos los odios que había sentido a lo largo de la vida se concentraban en esa mirada roja roja que no entendía muy bien lo que estaba pasando.

Al ver mi furia, los cuates del agarranalgas se pelaron rumbo al paradero de Huipulco. La verdad, no sé cuánto tiempo habré pasado apretando la garganta del pendejo ese. Lo único que recuerdo

ANTISOCIAL

son los jaloneos y hasta patadas que me comenzaron a dar Lesly y la gringa para que no acabara asfixiándolo. Si ellas no hubieran estado allí, sí me hubiera quebrado al pobre chavo.

Yo quería matar al güey del puente. Neta que me lo quería chingar. Y no por agarrarle las nalgas a una vieja sino porque ese cabrón representaba todo lo que yo odiaba. Y no lo representaba por nada en especial: era un chavo igual que yo, un americanista más que fue al estadio con ganas de ver a su equipo ganar y echar desmadre con sus amigos.

Lo odié a él, como te podría haber odiado a ti o al de enfrente. Por eso es tan peligroso vivir, porque nunca sabemos lo que nuestra figura puede representar para los otros.

Cuando era más chavo y rolaba de allá pa' acá, uno de mis grandes miedos era que de pronto me confundieran con alguien que hubiera hecho una chingadera. Soy un güey común y corriente: pelón, de ojos negros y con cara de chango. Si te subes al metro ves pasar muchos Juan Pablos Quim a tu alrededor, somos un chinguero. Por eso me daba miedo que me confundieran y que en un toquín en casa de la chingada o en la esquina cuando salía a comprar las tortillas me diera cuenta de que unos cabrones no dejaban de mirarme y que se cuchicheaban cosas sobre mí, y después nada más sentir un piquete o un balazo.

Así me pasó con el pobre cabrón del puente: yo creo que lo confundí con mi pasado, yo creo que lo confundí con ese río de mierda que voy arrastrando desde que tengo uso de razón. A lo mejor, ahora que lo pienso, lo confundí conmigo: él también tenía algo de simio. Parecía el hombre más común de la Tierra.

Era mi reflejo.

21

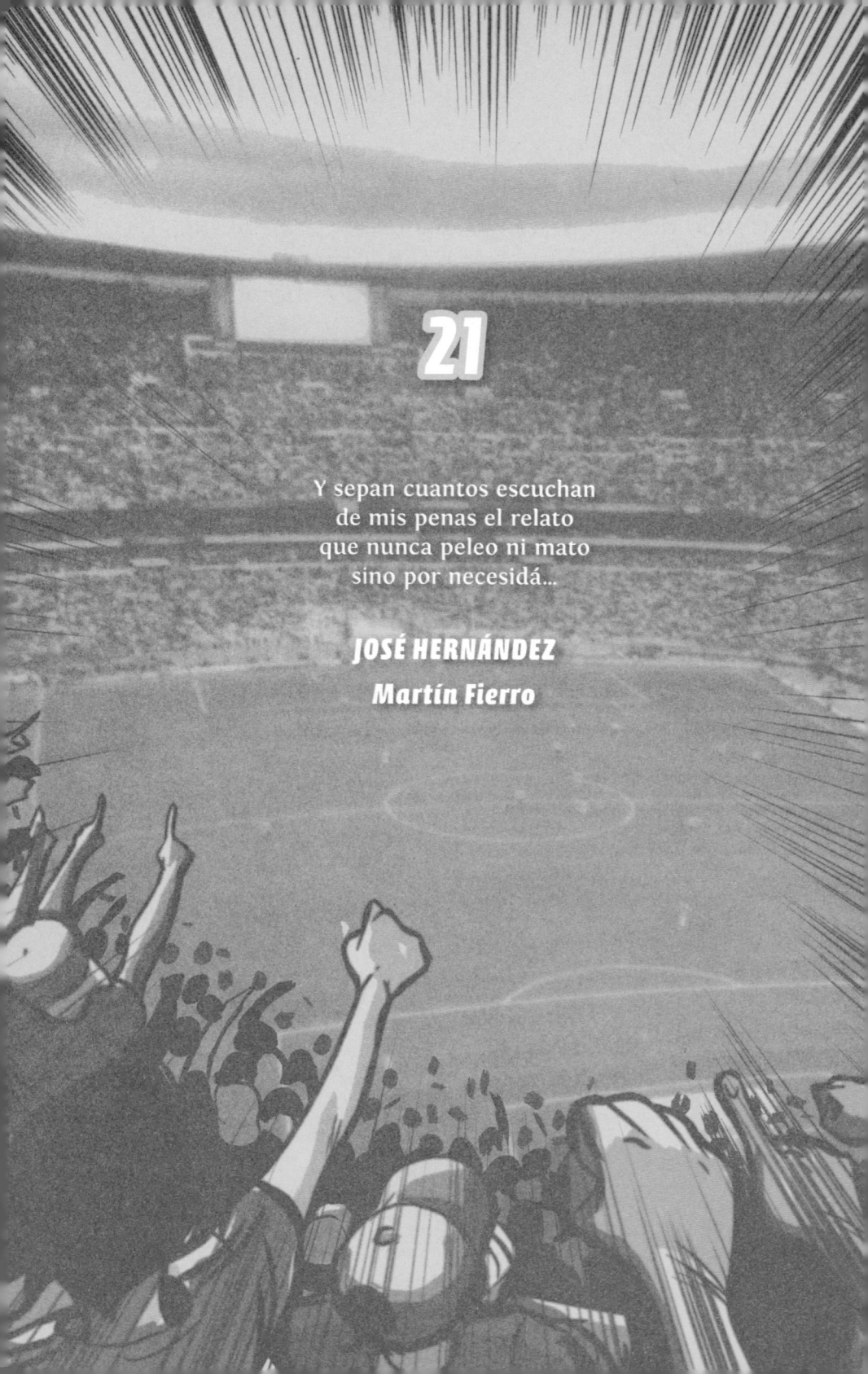

Y sepan cuantos escuchan
de mis penas el relato
que nunca peleo ni mato
sino por necesidá...

JOSÉ HERNÁNDEZ
Martín Fierro

En el futbol las faltas se castigan por la intención: dar o intentar dar. Si un delantero habilidoso logra sacarse a tiempo una patada que tú le querías acomodar, de todos modos te pueden marcar la falta. La intención es lo que cuenta.

No sucede igual en la vida: si yo tengo la intención de pagarte pero no tengo dinero, tú me puedes demandar o ponerme unos madrazos —yo preferiría la segunda opción por ser más divertida y eficaz— porque de este lado de la realidad la intención no importa, lo que importa son los hechos.

Yo quise matar al cabrón del puente.

Lo quise asfixiar. Quise sentir su último jalón de aire y saber que ya me lo había chingado. No pensaba en otra cosa más que en su muerte. Y la verdad, recuerdo esos instantes como algo bien chingón, como un placer único y eléctrico. Como si cada una de mis células fuera la célula de un dios menor que, sin embargo, tiene derecho de vida y muerte.

ANTISOCIAL

Habrán sido veinte o treinta segundos, no más. Nadie se muere por no respirar en ese tiempo. Nada más soltarlo, el cabrón se peló siguiendo a los putos de sus amigos. Ni el cabezazo en el suelo ni el ahorcamiento le habían causado nada. Se levantó y corrió como esos gatos que se vuelven de humo cuando ven a un perro que se acerca.

Tan no había pasado nada que si en ese momento hubiera aparecido la tira yo hasta habría quedado como un héroe: alegaría que todo fue en defensa propia, que ellos eran siete, y además había mucha gente a mi alrededor que vio que esos cabrones se pasaron de verga con los gringos.

Y sin embargo, si tú me lo preguntas así al chile, debo responderte que yo me quería chingar a ese cabrón. Quería matarlo. Acabar con él. No lo conocía de nada, no sabía quién era, pero me lo quería chingar. Era algo muy fuerte dentro de mí, algo que me hacía sentir mitad hombre, un cuarto de bestia y, como ya te lo dije, otro tanto de un dios chiquito.

Esa noche afuera del Estadio Azteca quise matar a un compa, y si no lo maté fue por la intervención de dos angelinas de la guarda, una morenita y la otra güera, que intercedieron por el chavo.

No hay día que no piense en esa escena. No hay día que no piense que lo mejor que me podría haber pasado era asfixiarlo. Sentir el *crac* de su cuello o de su cráneo, o ver cómo poco a poco se desinflaba, o lo que se sienta cuando por fin logras ahorcar a un cabrón.

Tuve la intención de matarlo y no lo maté. Sin embargo, si la vida fuera como el futbol, con eso bastaría para condenarme por asesinato. Tenía diecisiete años, habría entrado a la correccional, la habría pasado dostres años de la súper chingada, pero hoy sería un hombre libre y además sabría, de verdad, lo que significa quebrarse a un güey con tus propias manos.

Casi nada.

22

The end of nights we tried to die...

THE DOORS
"The end"

Ya te dije que hay misteriosas puertas que atravesamos sin darnos cuenta. Puertas con forma de libro, de canción, de cama, de arrebato. Caminas distraído por una callejuela y, *¡zas!,* ya estás del otro lado. El día del desmadre del São Caetano yo atravesé hacia otro lado: de algún modo me convertí en asesino.

Algo dijeron los gringos y se perdieron rumbo al tren ligero. Sus ojos reflejaban miedo. Estaban agradecidos, pero temerosos. Tal como te sentirías tú, imagino, si un león te salvara de las garras de un tigre: no sabrías si la siguiente víctima del rey de la selva ibas a ser tú, y lo mejor sería perderse por allí, correr sin mirar atrás hacia el andén, o hacia el pantano, que las selvas son siempre iguales.

Yo estaba muy acelerado, como si hubiera corrido diez maratones. Tenía sangre que no era mía en los nudillos y la camiseta del águila rasgada por el cuello. Dostres cabrones que pasaban por el puente quisieron ayudarme, pero yo los mandé a la verga. Me quedé sentado un ratote en uno de los escalones de la escalera que bajaba a Tlalpan. Lesly estaba a mi lado. A veces me tomaba de la mano, a veces me daba palmaditas en la espalda. Como era una chava sabia, no decía nada. Se limitaba a quedarse allí, junto a mí, apoyándome. Yo creo que entendía muy bien aquello de que la intención es lo que cuenta.

Tardé como media hora en regresar de mi viaje. La multitud que salía del Estadio Azteca se fue dispersando. Nos fuimos quedando solos. Y entonces empecé a sentir un frío de la chingada, un frío que no venía de afuera sino de adentro. Como si mi alma se estuviera congelando, como si mis venas fueran conductos por los que circulara nieve. Me cerré la chamarra, pero fue inútil. Comencé a tintinear los dientes y a temblar bien machín.

Lesly me abrazaba para darme calor, pero no lo hacía como novia o pareja: lo hacía como una madre, como esa madre que de algún modo son todas las pinches viejas.

Y entonces me solté a llorar como no lloraba desde que era un pinche morro. Me valió verga y, allí en las escaleritas de un puente de la calzada de Tlalpan, me puse a chillar en el regazo de Lesly. Ella seguía sin hablar y nomás me acariciaba la cabeza.

Hay cosas tristes que están bien chingonas y cosas dizque alegres o divertidas que nos dejan cicatrices en el alma. No sé si me entiendes. Aquel fue un mal día: el América valió madres, el estadio fue vetado por varios partidos, yo me convertí en asesino, y sin embargo lo daría todo por volver a ese puente para sentir la mano de Lesly acariciándome la cabeza.

Yo creo que nacemos para sentir dostres momentos de esos.

Nunca me he sentido tan querido como aquella noche triste triste triste.

—Vámonos —dijo Lesly, y me levantó jalándome del brazo, como hacen los futbolistas con los compañeros que se quedan tendidos sobre la cancha.

Me hizo gracia aquel gesto, más de carnales que de novios. Te digo que Lesly era una sabia.

—Van a cerrar el tren ligero —dije, preocupado al ver la hora: eran casi las doce.

—¿Y qué?

—¿Cómo que "Y qué"?

—¿No tienes piernas para caminar? —me preguntó, retadora.

—¿Hasta Iztacalco?

—Hasta la mera puerta de mi casa y luego tú caminas solito hasta la Diecisiete. Un caballero debe entregar a su doncella en el palacio.

—Chale, vamos a llegar a las cinco de la mañana.

—Pero será divertido.

Y entonces Lesly comenzó a bajar los peldaños del puente de dos en dos, de tres en tres, con un riesgo altísimo de partirse la madre.

23

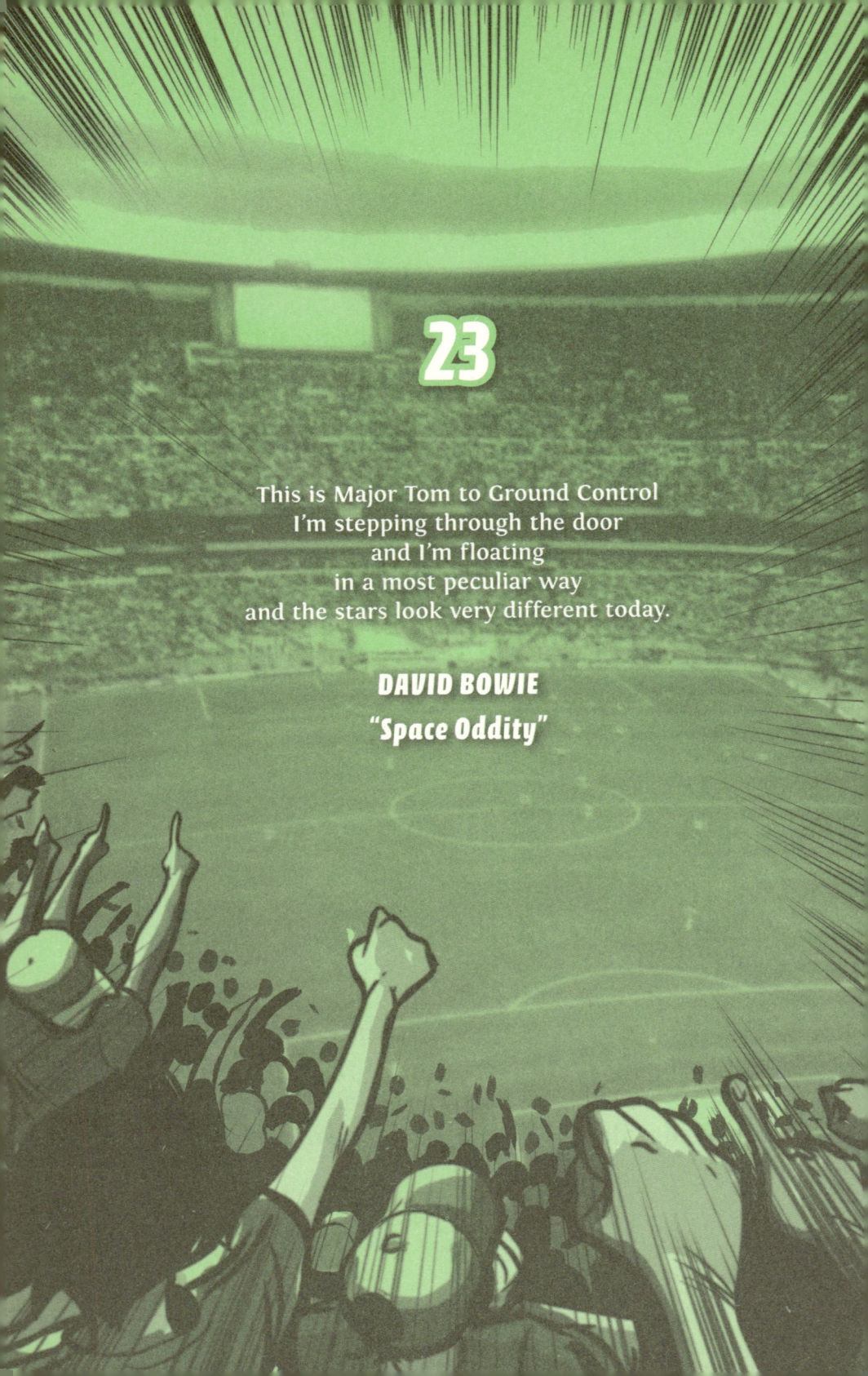

This is Major Tom to Ground Control
I'm stepping through the door
and I'm floating
in a most peculiar way
and the stars look very different today.

DAVID BOWIE
"Space Oddity"

Caminar está cabrón. Ponerte las botas o los tenis y caminar y caminar y caminar. Así como las chingadas aves vuelan y los pescados recorren el mar, el hombre debería vivir para caminar.

Bajamos el puente y nos pusimos a caminar rumbo al norte.

—Tlalpan, Churubusco, eje tres, pasamos Tezontle y ya llegamos.

—...

—Y luego me regreso por todo el eje cinco, me paso por abajo del puente de Tlalpan y bienvenidos a la Diecisiete.

—Ya ves, está fácil.

—...

Y caminamos.

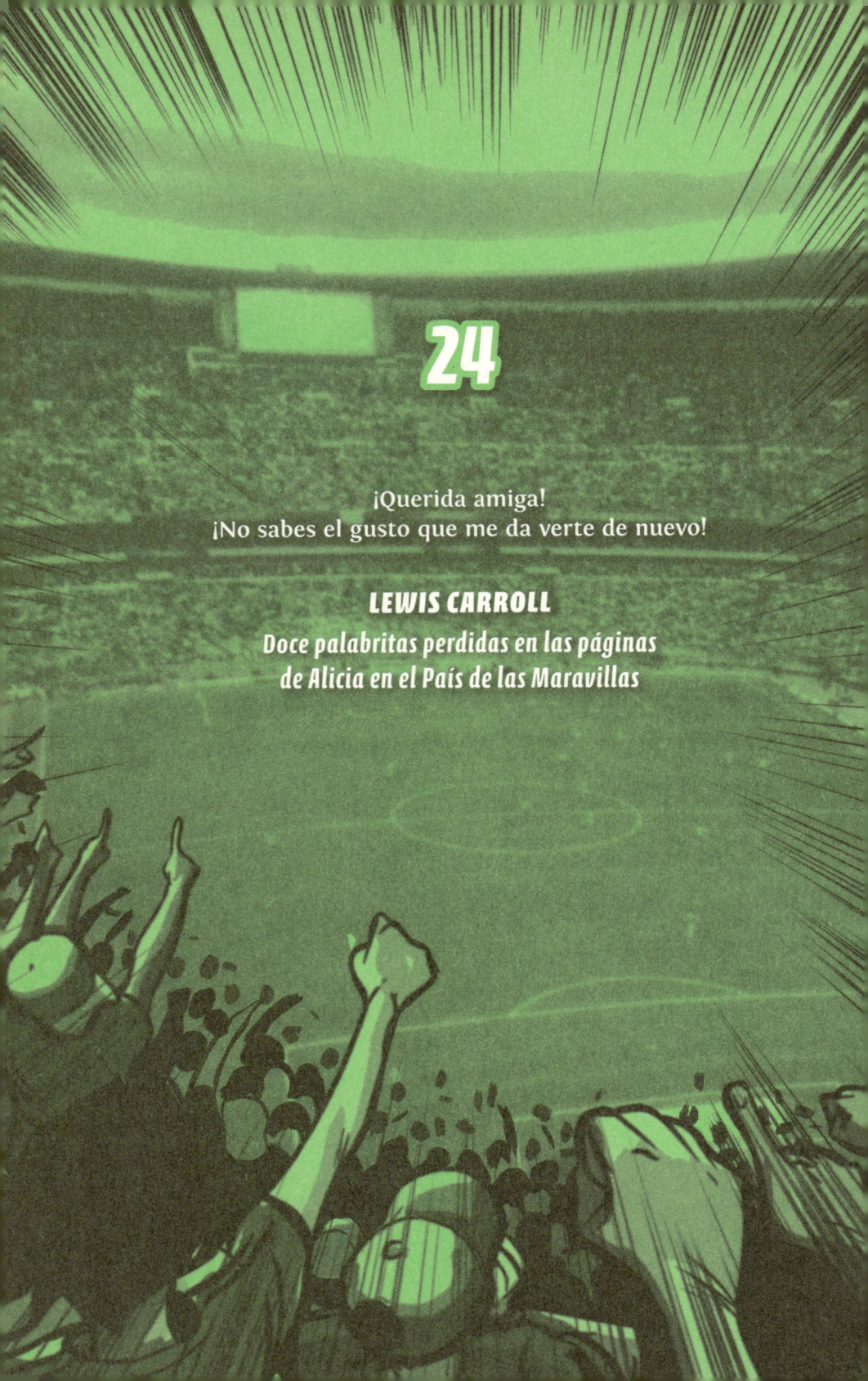

24

¡Querida amiga!
¡No sabes el gusto que me da verte de nuevo!

LEWIS CARROLL
Doce palabritas perdidas en las páginas
de Alicia en el País de las Maravillas

—Lo quise matar —le confesé a Lesly después de un buen rato de silencio.
—Ya sé.
—...
—Por eso te pateé, perdón.
—Gracias.
—...
—Lo hubiera matado.
—No valía la pena.
—...
—...
—A veces me da miedo ser yo.
—Todos somos el yo de alguien, y sí, da miedo.
—...
—Cuando era chiquita me encerraba en el baño y me ponía a ver mi reflejo en el espejo. Me pasaba un rato mirando mis propios ojos mientras me preguntaba quién era yo. Al principio no sentía nada, pero conforme iba pasando el tiempo esos

ANTISOCIAL

ojos dejaban de ser míos. Eran los ojos de alguien más, de la niña que estaba del otro lado. Esa que quedaba frente a mí era yo y no lo era. ¿Quién era yo, entonces? ¿Yo o la otra? Era una sensación muy rara. Como si un espíritu ajeno se hubiera apoderado de mi alma. Como si la verdadera Lesly estuviera esperando el momento justo para salir a la luz y demostrar que yo era una impostora y había estado ocupando el lugar que a ella le correspondía. Entonces me entraba un miedo insoportable y tenía que salir corriendo del baño, pero pasaban dos o tres semanas y entonces, aguantándome todo el miedo del mundo, volvía a pararme frente al espejo, porque la duda de quién era yo era más insoportable que el pánico que me producía la otra niña.

—¿Y al final lo descubriste?

—No, nunca he sabido muy bien quién soy. Si me perdiera en medio de una multitud no podría encontrarme.

—Yo sí.

—¿Cómo le harías?

—Soy capaz de distinguir el brillo de tus ojos entre un millón de estrellas.

—Qué cursi eres, Jota Pe.

—Ya lo sé, por algo me dicen el Romeo de la Diecisiete.

—Pues no creas que voy a ser tu Julieta.

—¿Por qué no?

—Porque no me gusta ese nombre.
—Está bonito.
—Me caga por culpa de Julieta Venegas. La odio.
—¿A Julieta Venegas? ¿Por qué?
—Porque tiene cara de nalga de gusano.
—Ésa no es razón para odiar a una persona. Yo tengo cara de chango y tú estás enamorada de mí.
—Una cosa es tener cara de nalga de gusano y otra muy distinta tener cara de chango.
—¿Y tú de qué tienes cara?
—No sé. Hace años que no me miro a un espejo. Me da miedo encontrarme con la otra Lesly.
—Pues la Lesly de este lado está rebién. Por eso es mi novia.
—Ya me dio miedo.
—¿Qué?
—Qué tal si tengo cara de nalga de gusano y soy igualita a Julieta Venegas.
—Pues, la neta, sí le das un aire.
—No mames, Juan Pablo. No juegues con eso.
—No es que seas igualita, pero sí te pareces.
—Chinga a tu madre.
—¿Yo qué?
—Me estás diciendo que tengo cara de nalga de gusano.
—Yo no dije eso. Sólo dije que te pareces un poquito a Julieta Venegas.
—...
—...

ANTISOCIAL

—Ahora por tus pendejadas me urge verme en un espejo.

—Sobre Tlalpan y a las doce de la noche va a estar cabrón encontrar uno.

—Romeo lo encontraría. ¿No que muy romántico? Piénsale.

—...

—...

—Hay un Sanborns que abre las veinticuatro horas en Plutarco, muy cerca de Churubusco.

—Vamos. Tenemos toda una madrugada por delante.

—...

—...

—¿Jota Pe?

—¿Qué quieres?

—¿Me vas a querer aunque tenga cara de nalga de gusano?

—Qué necia eres, Lesly.

—Tú dijiste que me parecía a Julieta Venegas.

—Una cosa es parecerse a Julieta Venegas y otra muy distinta tener cara de nalga de gusano.

—...

—Ni tú ni Julieta Venegas tienen cara de nalga de gusano.

—...

—Es más, no hay nadie en el mundo que tenga cara de nalga de gusano. Entre otras cosas porque los gusanos ni nalgas tienen. Los gusanos son planitos.

—...
—...
—...
—...
—Tú dirás lo que quieras, pero para mí Julieta Venegas tiene cara de nalga de gusano.
—...
—...
—¿De verdad jamás te has vuelto a ver en un espejo?
—Nunca con los ojos completamente abiertos. Los entrecierro un chingo para ver nomás el contorno de mi pelo o la combinación de los colores de mi ropa. Neta que no soporto verme en los espejos. No son bonitos los ojos de la otra Lesly; la última vez que me paré frente a un espejo, con los ojos abiertotes como de lechuza, habrá sido hace seis o siete años.
—¿Y sabes cómo eres?
—Pues sí, más o menos; no tengo problemas para verme en fotografías, pero no es lo mismo. Las fotos engañan un madral: te enflacan o te engordan según la luz. Sólo el espejo es fiel, por eso da tanto miedo.
—Ha pasado un chingo de tiempo. A lo mejor la otra Lesly ya cambió.
—No lo creo.
—O se cambió de espejo.
—No se puede ir sin llevarme: yo soy un poquito ella y ella es un poquito yo.

ANTISOCIAL

—...

—...

—¿Y qué pasa si en medio de un sueño te volteas a ver en un espejo?

—Quién sabe qué suceda, nunca se me había ocurrido.

—Una vez, hablando de estos misterios, un cuate me contó que estaba muy cabrón lo que se refleja cuando te miras en sueños frente a un espejo. Al principio no le creí, pero el chavo me aseguró que era un pedo científico, una especie de código de barras que llevamos incrustado en el cerebro, y que la cara que aparece en ese reflejo es una representación exactita de tu alma.

—¿Y lo intentaste?

—Estuve meses buscando un espejo en mis sueños.

—¿Y?

—Al principio no aparecía, pero después los fui encontrando cada vez más seguido: espejos por aquí, espejos por allá, y entonces me armaba de valor, me iba acercando pasito a pasito al espejo, pero siempre me arrepentía en el último momento y acababa despertándome todo nervioso.

—¿Ya ves?: los espejos son cabrones.

—La neta, sí.

—¿Y nunca te atreviste a verte?

—Nel, me daba miedo descubrir cómo era mi alma.

—Chale, Jota Pe, estamos relocos: tú le temes al interior y yo a la fachada.
—...
—...
—Yo creo que en el fondo nos espanta lo mismo: ese alguien que somos en realidad. Ese pinche monstruo interior que nos acecha en el sueño, en el espejo, en la calle, en el puente, en todos lados. Ese pinche monstruo que nos dicta lo que tenemos que hacer, lo que debemos amar, lo que nos caga, lo que nos gusta. Yo creo que le tenemos miedo a esa pinche vocecita que no deja de darnos órdenes todo el tiempo. Tú temes ser Lesly y a mí me llena de pánico ser el chingado Jota Pe caradechango.
—...
—...
—La neta, sí tienes cara de pinche chimpancé.
—Y tú eres igualita a Julieta cara de nalga de gusano Venegas.
—...
—...
—...
—¿Por qué me habré querido chingar a ese cabrón? No era para tanto.
—Se manchó con una vieja.
—No, no era sólo eso: hay algo más.
—Ya no pienses en eso.
—Te digo que me da miedo. Mientras le iba apretando el cuello al morro sentía bien chingón. Como

una liberación, como si me estuviera limpiando de todos mis pecados.

—Estabas matando a un cabrón.

—...

—...

—Pues eso es, eso es precisamente lo que me espanta: que me sintiera tan bien mientras me estaba chingando a un güey. Si no me hubieras pateado me habría quedado apretándole el cuello toda la noche.

—...

—Soy un asesino.

—No mames, Juan Pablo. Ahorita mismo el güey ese se estará chingando una caguama para bajarse el susto.

—Tú no entiendes.

—Pues no, no te entiendo.

—Es algo que tiene que ver conmigo, no con ese morro. A lo mejor me estoy acostumbrando a ser un cabrón y cada vez necesito hacer más chingaderas.

—¿Como si estuvieras enfermo de violencia? ¿Como si te hubiera mordido un hombre lobo y te hubiera contagiado su furia?

—Ándale.

—No mames, Jota Pe, las cosas no funcionan así. Tú no eres malo.

—¿Y tú cómo sabes que no soy malo?

—Porque me quieres.

—Te quiero pero soy una mierda. Una cosa no tiene que ver con la otra. Sería muy fácil volverte bueno: nomás te enamoras y ya está.

—A lo mejor así funciona la vida.

—Nel: puedes ser un perfecto hijo de la chingada y clavarte bien cabrón por alguien.

—Dirás lo que quieras, pero no eres malo.

—Sí lo soy.

—¿Entonces por qué lloraste hace rato?

—...

—Lloraste porque sentiste la maldad en ti. Te hartaste de la maldad. Te empalagaste de maldad. La chingada maldad te atrapó como una fiebre toda locochona y quisiste ahorcar a un cabrón, y cuando te diste cuenta eso te dolió. Si de verdad fueras malo, el desmadrito del puente no te habría afectado tanto.

—...

—...

—Yo creo que lloré por toda la mierda que voy arrastrando.

—...

—Yo creo que lloré porque hoy me convertí en asesino.

—...

—...

—...

—...

—¿Adónde vas, Jota Pe?

ANTISOCIAL

—Por acá está el Sanborns. Tenemos que subir al puente.
—Nel, es tarde, ya vámonos para mi casa.
—¿Ya no quieres verte en el espejo?
—Sí quiero.
—¿Y entonces?
—Quiero verme reflejada junto a ti. Primero despiertos, con los ojotes clavados frente al espejo, y después en sueños o pesadillas. Descubrir quiénes somos realmente. Yo estaré contigo y tú estarás conmigo, así no podrá pasarnos nada.
—¿Y cuándo podremos hacer eso?
—Te prometo que una noche de éstas.

Y Lesly y yo seguimos caminando un buen rato hasta Iztacalco. Ya no dijimos mucho.

Los charcos nos reflejaban, pero nosotros no podíamos...

...no queríamos vernos.

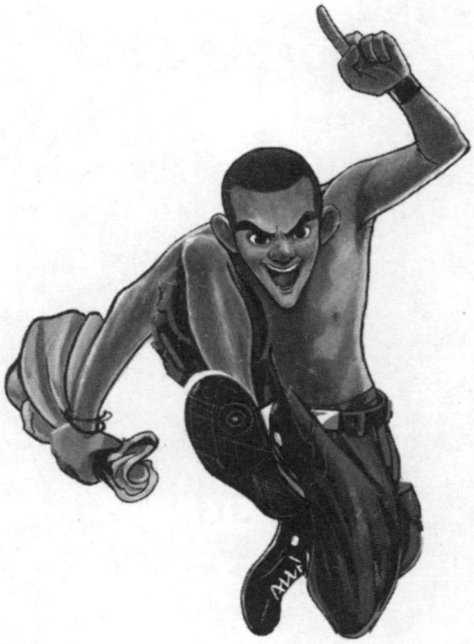

25

Que no se acostumbre el pie
a pisar el mismo suelo...

LEÓN FELIPE
"Romero sólo"

Ahora yo sólo puedo caminar tres metros hacia el frente, tres metros hacia un lado y tres metros hacia el otro. Y aunque tres metros son pocos metros, casi nada, a veces me pongo mis botas viejas y me pongo a caminar kilómetros y kilómetros hacia la nada. Como un perro atrofiado por tantos años de vivir encadenado a un tubo.

A veces llego hasta un espejo y me planto frente a él.

A veces lo paso de largo.

Como en la eterna procesión de los malditos.

26

Nunca entiendo el móvil del crimen,
a menos que sea pasional.

JOAQUÍN SABINA
"Whisky sin soda"

Visto desde fuera puede parecer una locura: las dos barras más importantes de un equipo rompiéndose la madre entre ellos. Amarillos contra amarillos agarrándose a cabronazos en las gradas del Estadio Azteca, mientras a unos metros la barra de los Pumas, calladitos calladitos los putitos, nomás hacen como que la virgen les habla. Muchas veces las broncas más duras que tuvimos fueron contra barras que apoyaban al águila.

Por eso nos llamamos el Ritual del Kaoz y estamos del otro lado del orden establecido. Si Cuauhtémoc Blanco y Cristo están sentados a la derecha del padre, nosotros, el Ritual, estamos acostados a la izquierda de Lucifer.

Acostados y fumándonos un toque a la espera de una nueva fechoría. Como lobos posmodernos aguardando la llegada de sus caperucitas eléctricas.

¡No manches, las cosas no son así!

ANTISOCIAL

Las cosas no son amarillas-amarillas ni negras-negras ni rojiblancas-rojiblancas. Las cosas van cambiando de color, igual que las hojas de una palmera de Tlalpan ante las diferentes luces del día. Por la mañana la ves verde bandera entrecéfirosytrinos y por la noche la misma palmera es más gris que el destino del prefecto del turno de la tarde, pero es la mismita palmera de Tlalpan. La mismita. Ahora me atravesaría el camellón de Huipulco para ir a mearla para que le naciera una palmerita humana en un costado, pero creo que no es prudente pedir permiso para salir a mear palmeras amarillasverdechillón.

Todo es un asunto, digamos, de perspectiva.

Si nos partimos la madre entre nosotros es porque alguna vez fuimos la misma cosa. Los odios más profundos se dan entre los que juraron amarse hasta la muerte. No me hagas mucho caso, la matemática no es lo mío, pero creo que un tercio o un cuarto de los asesinados murieron a manos de personas con las que mantuvieron una relación de cariño. Las cárceles están llenas de madres que mataron a sus hijos o de hijos que mataron a sus padres o de ex novias que mataron a sus ex novios o de amigos que mataron a sus compadres.

Que nadie se confunda: en este país nos vamos matando unos a otros, de a poquito, porque en el fondo nos queremos un chingo.

Un vaquero es un cabrón güero con sombrero y ojo azul, y es fácil que sienta odio nomás de ver a un pinche indio emplumado y con la cara roja como la arcilla.

No me gusta: voy y lo mato.
No se parece a mí: voy y lo mato.
Es palestino: voy y lo mato.
Es gay: voy, me lo cojo y luego lo mato por puto.

Es fácil cargarse al diferente, al que lleva plumas en la cabeza, al que adora a los dioses con los que yo me limpio el culo; lo cabrón es arremeter contra el espejo, partirle la madre a ese que tanto se parece a ti.

"¿Dijiste Palestina?", escucho que me preguntan en la sala, del otro lado de la página, con voz grandilocuente y una risita mordaz: una risita que quiere decir "Este pobre diablo no tiene la más mínima idea de lo que habla".

Te respondo: sí, dije Palestina como digo ahora que te vayas a la chingada, porque, en efecto, los dos lugares los conozco bien: he estado allí.

27

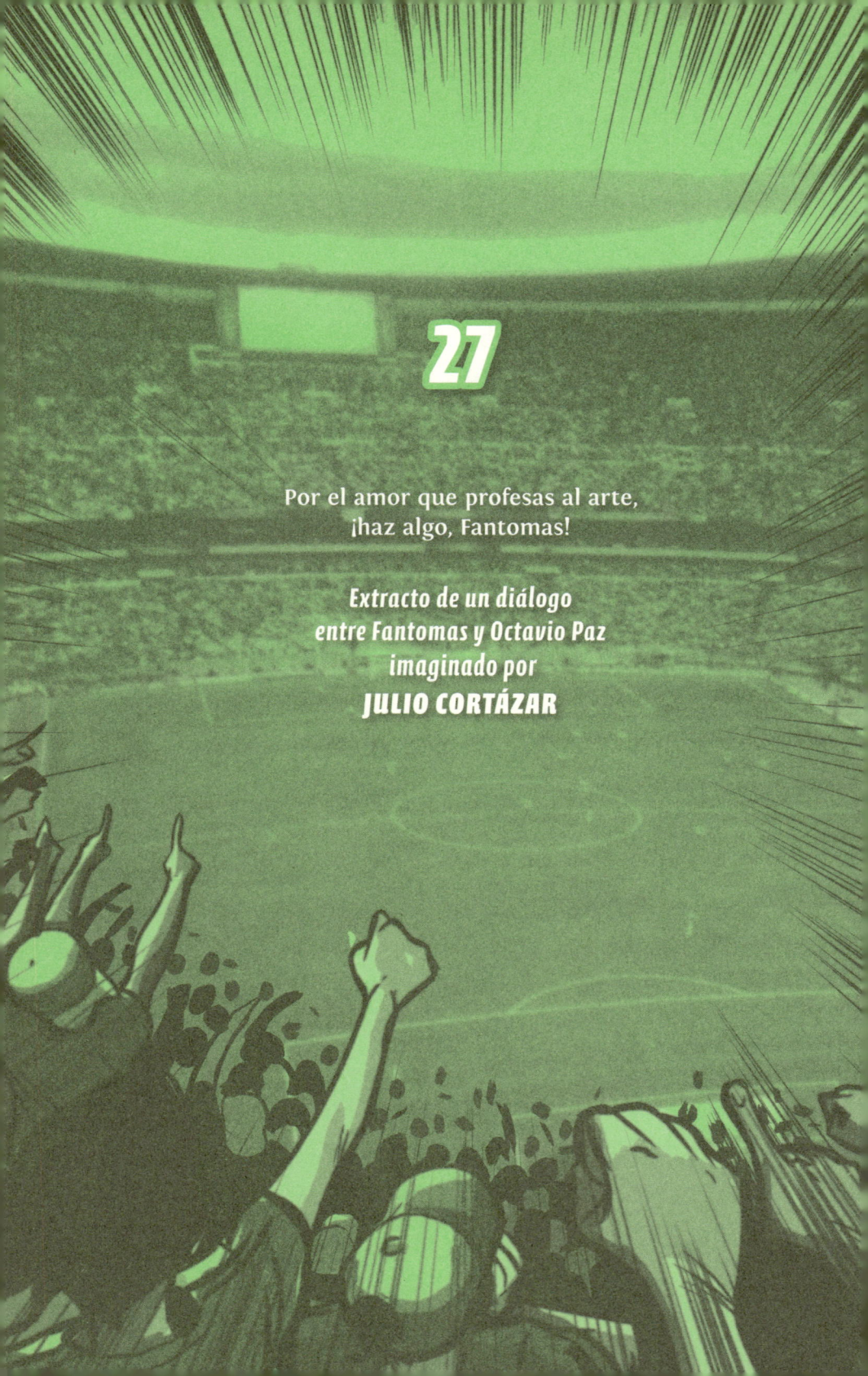

Por el amor que profesas al arte,
¡haz algo, Fantomas!

*Extracto de un diálogo
entre Fantomas y Octavio Paz
imaginado por*
JULIO CORTÁZAR

Lesly iba a cumplir dieciséis y yo no sabía qué chingados regalarle. No se me ocurría nada y, la neta, quería sorprenderla con un detalle chingón.

—¿Ustedes qué les regalarían a sus morras en una celebración muy especial? Va a ser el cumpleaños de mi vieja y no sé cómo sorprenderla —les dije a trescuatro cabrones que iban conmigo en el pesero. Habíamos ido a recibir al águila al aeropuerto porque se habían chingado a la pandilla en Monterrey.

—¿Unas joyas?
—Nel, son muy caras.
—¿Unos discos?
—Nel, tiene un madral.
—¿Unas flores?
—Nel, seré puto o qué.
—¿Unos chocolates?
—Nel, se pone gorda.
—¿Un perfume?

ANTISOCIAL

—Nel, me duele la cabeza cuando huelo esas chingaderas.

—Pues no te gusta nada.

—Pues es que ustedes proponen puras pinches pendejadas, mi vieja es diferente.

—Pues tendrá tres tetas —afirmó el imbécil del Jacinto, y todos estallaron en carcajadas. Hasta dostres cabrones que venían en el pesero medio se rieron, y es que, la neta, el chingado Jacinto era recagado.

—Cómprale un libro —propuso el Yucamoy cuando dejaron de oírse las risas pendejas.

—Nel, es aburrido.

—Hay libros bien aburridos, pero hay otros que están bien chidos. Regálale uno de los chingones.

—Tan divertidos como *El sí de las niñas* de Leandro Fernández de Moratín —respondí nombrando uno de los pocos libros que recordaba de la secundaria. Y no porque lo hubiera leído sino porque nunca pude olvidarme del título y del autor. La combinación se me hacía tan empalagosa que yo creo que por eso la idea se me quedó pegada en el cerebro.

—Te aburres porque lees pendejadas.

—Ni lo leí.

—¿Y cómo sabes que es aburrido?

—Algo que se llama *El sí de las putas niñas* no puede ser divertido.

—Yo tampoco leería *El sí de las putas niñas*, pero me clavaría a ver la película —dijo Jacinto haciendo énfasis en la palabra *putas,* y otra vez los cabrones del pesero celebraron su broma.

El asunto del regalo para Lesly se fue disolviendo y entonces me puse a pensar que quizá el Yucamoy tendría razón. En los libros pasaría igual que en el futbol: habría libros buenos y malos, como hay partidos divertidos y aburridos. Libros que fueran un cero a cero pinchísimo y libros que fueran un cinco a cuatro con gol de último minuto. Sin ir más lejos, pensé que el único poema que me sabía, la única obra que admiraba, se llamaba, precisamente, el "Sí", y que el libro que usaba para burlarme de la literatura se llamaba *El sí de las niñas.* Si una variación tan pequeña de palabras podía encerrar mundos tan opuestos, qué sucedería ante la chingada enormidad de una biblioteca.

No sé si me explico, no sé si me entiendes. A veces se me ocurre pura pinche mariguanada y ni yo soy capaz de comprenderme.

Jacinto y la banda seguían diciendo pendejadas en la parte de atrás del pesero. El Yucamoy encontró un lugar vacío más para adelante, y como ya estaba cansado de oír tanta babosada me acerqué a él, me quedé parado en el pasillo, agarrado del chingado pasamanos, y le pedí que me recomendara un libro para Lesly.

—No, pues está difícil. No la conozco. ¿Como qué le late?

—Yo qué voy a saber.

ANTISOCIAL

—Pues es tu novia —me reclamó el Yucamoy con toda la razón.

—Eso sí.

—¿Novela, cuento, poesía?

—Uno que tenga de los tres y así no hay pierde.

—¿De amor, de historia, de ciencia ficción?

—Una historia de amor entre unos robots y así matamos los tres pájaros de un tiro.

—¿De autores contemporáneos, extranjeros o mexicanos?

—No, pues está cabrón. Yo creo que mejor le regalo un chingado perfume y me quito de problemas.

—¿No que Lesly es muy especial?

—Me la pones muy difícil para encontrar el libro perfecto —le reclamé al Yucamoy.

—Nomás te estaba cabuleando. No tienes que romperte la cabeza, seguro a tu vieja le gustará el libro que tú escojas para ella.

—¿Y cómo sabes tanto de libros?

—Trabajo en una librería.

Y entonces el Yucamoy me contó que desde hacía años chambeaba en una librería de Coyoacán, la Gandhi, una grandotota que hasta parecía pinche supermercado. Había empezado trabajando en el almacén, pero poco a poco había ido ascendiendo: ahora era de los cabrones que atendían a los clientes. Si querías un libro le preguntabas al Yucamoy por él y luego luego te decía en dónde podías encontrarlo.

Me contó que al principio veía los libros como si fueran mosaicos, cajas de tornillos o frascos de mayonesa: le valían madre y los recibía como una mercancía cualquiera. Llegaban las camionetas de las editoriales y el Yucamoy tenía que bajarlos de allí, llevarlos a la bodega, almacenar algunos y llevar otros directamente a las estanterías de la librería.

—Al principio me daban igual, te digo; prefería los medianos porque era más fácil transportarlos, pero poco a poco me empecé a encariñar con los libros.

—¿Neta?

—Sí, ¿qué tiene?

—¿Cómo te vas a encariñar con un pinche montoncito de papel?

—No te encariñas con el montoncito de papel, te encariñas con las ideas que vienen dentro o con el autor de esas ideas. ¿Nunca has leído un libro que te guste mucho?

—Nunca he leído uno ni que me guste ni que no me guste. Si quitamos los libros que me daban de chavito, cuando tenía cincoseis años, nunca en mi vida he leído un libro.

—¿Te cae?

—De veras.

—Chale, estás cabrón —me dijo el Yucamoy.

—En la pinche escuela los maestros encerraban los libros bajo llave, y los pocos que me hacían leer me daban güeva desde el título: *El sí de las niñas*, *El Cid Campeador*, el chingado *Llano en llamas*.

ANTISOCIAL

—Qué lástima.
—Sólo me aprendí un poema: se llamaba el "Si" y era de Rudyard Kipling. De eso sí me acuerdo rebién.
—"Si puedes estar firme cuando en tu derredor todo el mundo se ofusca y tacha tu entereza"... —interrumpió el Yucamoy y se puso a declamar.
—¡A güevo!
—Kipling estaba bien cabrón. Deberías leer *El libro de la selva* —me recomendó.
—¿El de Baloo?
—Ese mero.
—Me suena que es como para morros, ¿no?
—Ni madres, Jota Pe: no hay diferencia. No hay libros para niños ni para adultos: hay libros buenos y libros malos, punto.
—No, pues eso sí. Como en el fut: un gol es un gol. No hay goles para morros y goles para rucos. Un gol es un gol y lo disfruta igual un chavito de cinco años que un anciano de noventa —dije tratando de poner en palabras lo que había pensado unos instantes atrás.
—¿A poco no te gustan las películas de *Toy Story*?
La neta, la pregunta del Yucamoy me sorprendió un poco; sin embargo, después de pensarlo bien tuve que contestarle la verdad.
—Pues sí, están chidas.
—Lo mismo pasa con los libros.
Yo nunca había platicado mucho con el Yucamoy: lo veía bien seriecito y eso me daba medio güeva.

Era de los cabrones más callados del Ritual, pero ahora que se le había soltado la lengua iba diciendo cosas reinteresantes. Luego luego me di tinta de que dostres güeyes que iban en el pesero comenzaron a poner atención a lo que decía, y es que el chingado Yucamoy tenía una forma muy chida de contar las cosas. Mientras nos iba tirando su rollo mareador sentí lo mismo que con la lejana recitación de FernándezPiñaJaimeAlfonso: como si las palabras fueran mágicas, como si en lugar de formar parte de un poema o de las opiniones marcianas de un cabrón, tuvieran vida propia y se hubieran puesto a acariciarme el lado cosquilloso del cerebro.

Otra vez no sé si me explico, pero más o menos eso es lo que sentía mientras mi amigo iba hablando: cosquillas en el chingado cerebro.

—Para demostrarte que las historias son para todos, voy a contarte un cuento que, además, seguro ya conoces —me dijo el Yucamoy.

—¿De qué se trata?

—De un secuestrador de niños.

—No lo conozco.

—A que sí.

—Nel.

—¿Apuestas?

—Te digo que he leído muy poquitos libros, y que yo recuerde, ninguno trataba de un secuestrador de morros.

ANTISOCIAL

—¿Apuestas, sí o no?
—Dos cervezas en el partido contra el Santos —respondí, porque estaba seguro de que jamás en la vida había leído un cuento que tratara el tema del secuestro.

Clarito vi que medio pesero ya iba reinteresado en las pinches mariguanadas que salían de la boca del Yucamoy, y además era muy claro que él disfrutaba con ser el centro de las miradas.

—Nuestro personaje se llamaba Jairo, era fumigador, y en sus ratos libres tocaba en una banda de ska. ¿Qué instrumento se te ocurre que tocaba el Jairo?

—No, pues no sé.

—Chale, Jota Pe: dime uno, el primero que se te ocurra.

—No se me ocurre nada.

—Pues entonces por falta de imaginación queda cancelado nuestro cuento —dijo el Yucamoy.

—¡El saxofón! —propuso emocionada una señora que venía sentada en uno de los asientos de en medio.

Cuando la volteamos a ver se puso roja roja, yo creo que porque le cayó el veinte de que se había metido en una conversación ajena. Dostres pasajeros también se rieron de la ñora.

—Me parece bien que Jairo, el skato, toque el saxofón —le dijo el Yucamoy, y la cara de la señora fue perdiendo su tono colorado.

Entonces el contador de historias hizo como que estaba pensando algo y después de un instante le lanzó una pregunta:

—¿Le gusta que sea una banda de ska o prefiere que el Jairo toque salsa, bachata o vallenato?

—Me gusta el vallenato.

Y entonces comenzó la historia.

Estaba un día Jairo practicando un solo que no acababa de quedarle chido cuando sonó su fon. Era un cliente. Jairo vivía de fumigar casas enratadas y vivía para tocar vallenatos de la Colombia profunda.

Del otro lado del fon estaba el director de una escuela de Iztapalapa que había sido invadida por las ratas.

—Voy para allá —dijo Jairo, y de un salto se trepó a su vochito blanco modelo 1973, que en la puerta tenía el dibujo de una rata feliz tocando el saxofón. La verdad, el logotipo del negocio era un poco incongruente porque las ratas eran atrapadas, precisamente, con el sonido de la música, por lo que el saxofón sería su peor enemigo, pero la rata del vochito iba feliz, como feliz iba Jairo rumbo a Iztapalapa.

Llegó a la escuela y vio que la bronca estaba canija. Las ratas lo habían colonizado todo: había ratas en los laboratorios, ratas en los salones, ratas en la biblioteca, y súper ratas bien mameys en el gimnasio.

Jairo hizo una serie de cálculos complicados que implicaban cadáveres de ratas más canciones de vallenato entre horas hombre más el IVA *y concluyó que la* desratización de la secundaria 38 de Iztapalapa saldría en mil quinientos veinticuatro varos.

—¿Y los cadáveres? —preguntó el director.

—No habrá caláveres, será un trabajo limpio.

—Trato hecho.

—Mañana al amanecer, cuando los alumnos lleguen a sus clases, la escuela estará libre de roedores.

Anochecía en Iztapalapa (y, a decir verdad, en todo el De Efe) y Jairo se quedó solo, en medio del patio de la Secu 38, pensando en el repertorio que interpretaría aquella noche. Leandro Díaz, Rafael Escalona, Diómedes Díaz y, quizá para terminar, Los Betos con "Benditos versos". Cuando Jairo encontró la fórmula precisa con la que desratizaría la escuela, sacó un gallo de entre sus ropas y se lo fumó con el deleite del poeta que por fin encuentra el adjetivo infalible que se le venía disolviendo entre los dedos de la neurona.

Cuando se acabó el gallo (perdón, madre, pero es que el Jairo era remariguano, como usted comprenderá) sacó su saxofón y comenzó la solitaria tocada.

Primera canción, y nada, como siempre.

Segunda canción, y dos ratas pequeñas salieron del 1.º C y se acercaron al músico.

Tercera canción, y media docena de roedores abandonó la cooperativa.

Y así, poco a poco el patio de la secundaria se fue llenando de ratas hipnotizadas por la música de Jairo.

Con "Benditos versos" de Los Betos salió del lugar menos pensado el rey rata (nunca escriban "rey rata" en la barra de Google, nunca), y entonces comenzó la peregrinación. Entre callejones, subidas y bajadas, salieron al panteón civil de Iztapalapa. Jairo tocaba y las ratas detrás de él seguían en procesión.

Tenían que llegar a la zona de cavernas que hay entre el panteón y la parte Este del Cerro de la Estrella, tierra de perros rabiosos y engendros que hay que evitar, pero nadie que cargue un saxofón y al que siguen dos mil ratas puede sentir miedo.

Cruzaron tumbas y nichos; al final del panteón se encontraron con una barda semidestruida, y el Jairo y su corte la cruzaron. Y entonces, bajo la seducción de los acordes del vallenato, el saxofonista le ordenó a la plaga que se perdiera caverna adentro.

Hasta el centro de la tierra.

Hasta los hornos de Huichilopoztli en el inframundo.

Por debajo de su casa, madre.

Cuando la última rata desapareció, el Jairo se fumó otro gallo, y bien contento regresó a la secundaria 38 a esperar el amanecer, al director y sus mil quinientos veinticuatro varitos.

—¿Y los cadáveres? —preguntó el director cuando encontró al saxofonista en medio del patio al día siguiente.

—Le dije que no habría cadáveres, que sería un trabajo limpio —contestó Jairo con la satisfacción del deber cumplido.

—Y entonces ¿cómo sé que en realidad mataste a las ratas? ¿Cómo puedo comprobar que no me estás engañando?

ANTISOCIAL

—Las mandé directito a los hornos de Huichilopoztli. Los que quedan debajo del Cerro de la Estrella.

—Uy, sí, cómo no. Y aquí está tu baboso que te va a dar mil quinientos pesos por pasar la noche fumando mota en el patio de la escuela. ¡Sáquese a lavar las nailon!

Y así se la pasaron discutiendo por un rato. Que sí, que no, que vas a ver, y al final entre el director, el prefecto y el maestro de deportes, sacaron a madrazos al Jairo de la escuela.

—Van a ver, desgraciados, esto no se queda así: un trato es un trato —les advirtió el músico a los profesores, pero tan sólo recibió un portazo como respuesta.

El Jairo se fue a su casa y allí planeó la venganza perfecta, una venganza cruel y dolorosa que no habrían de olvidar jamás los habitantes de la colonia Fuego Nuevo de Iztapalapa...

—Y allí muere porque yo me bajo en Villa de Cortés —dijo de pronto el Yucamoy, regresando de golpe a todo el pesero a la realidad.

—¡No manches! ¿Y qué pasó después? —le pregunté francamente encabronado de que no fuera a continuar con su choro.

—Todo el mundo lo sabe.

—Yo no.

—¿De verdad, Jota Pe? Trata de hacer memoria: ratas, música, venganza.

Yo miré hacia arriba buscando inspiración, pero mi vista se topó con el respiradero que traen los micros en el techo.

—Ahí le encargo que le cuente el final a mi amigo —le pidió Jairo a la ñora; después le picó al timbre de las paradas, y todavía, cuando iba bajándose de la unidad, alcanzó a despedirse de mí—: pásate el lunes temprano por la librería y te ayudo a encontrar un regalo para Lesly.

Entonces se hizo un silencio repesado en el pesero. Hacía unos momentos todo era emoción y misterio con el cuento que nos iba platicando mi amigo; clarito podían verse las tumbas, las ratas, la cara de transa del chingado director y hasta el vochito blanco del Jairo, y ahora todo era oscuridad. Con el Yucamoy se habían ido las palabras, y con las palabras la luz.

Dostres paradas después la señora se levantó de su asiento, caminó hasta el fondo del pesero y también le picó al timbre.

—Era "El flautista de Hamelin" —me dijo antes de bajarse.

Y entonces me llegó de golpe aquella historia que alguien, quién sabe quién, me había contado de chiquito. No me acordaba de muchas partes del cuento, pero recordaba mucho la imagen de una fila de niños que bailaban detrás de un brujo flaco y triste.

"El chingado flautista de Hamelin" era un cuento para morros, y sin embargo, por culpa de las palabras de mi amigo, me había enganchado bien machín a la historia. Entonces pensé que probablemente el Yucamoy tenía razón, y si existían libros que te contaban la vida de un mariguano que hipnotizaba a las ratas y se las llevaba a unos hornos mágicos en el fondo del Cerro de la Estrella en Iztapalapa, la literatura no era tan aburrida como había imaginado.

Nunca habría pensado que una ida al aeropuerto a recibir al águila podía ser el descubrimiento de una nueva pasión para mí: el gusto por los libros. Esos objetos secos, duros y hasta agresivos que siempre me habían caído gordos y a los que les tenía una tirria horrible porque simbolizaban la escuela y toda su colección de chingadas reglas aburridas e inútiles: el mediavueltaportiemposunodostres o el banderadeMéxicolegadodenuestroshéroes. ¡Puras pinches pendejadas!

Y allí estaba yo, otra vez sobre la calzada de Tlalpan, siempre Tlalpan, comenzando una nueva aventura: aquí, sobre esta calle gris y naranja, perseguido por un pinche judicial, había entrado a la barra, y ahora, perseguido por un poema y un cuento, me internaba, aún sin ser muy consciente de ello, en otro mundo violento, fascinante y liberador.

El domingo me desperté con una cruda espantosa. La noche anterior, llegando del aeropuerto de recibir al águila, nos quedamos chupando hasta tarde. Al llegar a la Diecisiete nos encontramos con el Seco, un compa que maneja un micro y que nos insistió en que nos tomáramos un chinguere a bordo de su unidad.

No le pudimos decir que no y al final nos dieron las cincoseis de la mañana echando desmadre en el pesero.

Empezamos bien finolis con una de Torres 10 que el Seco se había chingado de un bautizo y acabamos con Tonayán. El desmadre se terminó porque el Seco tenía que empezar a chambear otra vez. Se metió dos rayas, una Coca Cola en lata, se echó agua en la cabeza, y así se aventó unas cinco vueltas entre la Diecisiete y Barranca del Muerto. Según el Quique nosotros los acompañamos en la primera vuelta, pero yo ni me acuerdo.

Por eso desperté con una cruda tan cabrona; me pasa cuando mezclo brusco. Si tomo una sola cosa, tequila, mezcal, brandy o ron, no hay pedo, puedo chupar sin sufrir las consecuencias. La bronca aparece cuando me tomo un tequila por aquí, un Torres por allá y un Tonayán para acabar de chingar el asunto.

Me dolía la cabeza, estaba todo tembloroso, tenía seca la boca, pero más seca sentía el alma. Como si en cualquier momento fueran a aparecer unos ángeles endemoniados para llevarme directito y sin escalas al juicio final.

¡Pinche crudota de dios guarde la chingada hora!

Me quedé como una hora viendo al techo. Piense y piense. Primero en pendejadas sin importancia: el cambio climático, la tercera guerra mundial o la muerte, y luego en cosas cabronas como qué chingados le iba a regalar a Lesly, y entonces, entre brumas, llegó la plática que había tenido con el Yucamoy y la cita que habíamos hecho para el lunes en la Gandhi.

¿Qué chingados se me había perdido a mí en una librería?

Chale.

"Las cosas pendejas que se inventa uno estando pedo", pensé, pero luego también pensé que había quedado con el Yucamoy cuando apenas veníamos del aeropuerto y aún no había empezado a chupar.

Las cosas pendejas que se inventa uno todo el tiempo.

Traté de olvidarme de Lesly y su regalo y también del Yucamoy y del Tonayán y de mi temblorina y mi dolor de cabeza y decidí concentrarme en una manchota de humedad que cubría buena parte del techo de mi cuarto.

La mancha había empezado junto a una de las paredes, apenas con unos puntitos negros y un leve descarapelamiento de la pintura, pero con el paso del tiempo se había ido expandiendo como si se tratara de un mapa vivo: el plano de una ciudad perdida cuyos cambios yo era el único que tenía el privilegio de contemplar.

Supongo que desde un avión —o desde la cama del semidiós que nos vigila durante sus crudas— el De Efe se verá como la manchota negra de mi techo:

una plasta húmeda llena de venitas y arterias y parásitos que van y vienen como si fuera lo que queda de la piel de un dinosaurio gigante que se vino a morir al pie de los volcanes... Pero nel, eso se verá desde un avión si vienes distraído pensando que los agentes de la aduana te la van a armar de pedo por tu iPhone tresmiltrescientosmevaleverga que te acabas de comprar en San Antonio, pero si pusieras atención, si de verdad tuvieras ganas de descubrir cosas nuevas, si tuvieras una chingada crudota que te hace ver moros con tranchetes en cada sombra dominguera escondida por tu chante, te darías cuenta de que tan sólo se trata de una ilusión óptica...

...una ilusión utópica también.

Fíjate bien: no es la piel de un solo dinosaurio extendida desde el Ajusco a Coacalco y de Neza a Santa Fe. Nel, pon atención; tállate los ojos si es preciso. Esa piel que ves son en realidad los cadáveres en descomposición de veinte millones de lagartijas negras y sin gracia; veinte millones de lagartijas, cada una más egoísta que la otra; veinte millones de lagartijas que no valen nada. Desde acá arriba parecerá un único cuerpo, pero fíjate bien, son millones de cuerpitos anónimos e intercambiables dando torpes saltitos desesperados. Eso es el De Efe: miles y miles y miles de colas de lagartija bailando pa' acá y pa' allá, pa' acá y pa' allá. Miles de colas de lagartija buscando el cuerpo y la cabecita que les correspondió en vida para formar entre todas la piel de un dinosaurio gigante que se vino a morir debajo de un avión que siempre llega desde San Antonio y en el que tú nunca vas trepado.

El Tonayán provoca crudas místicas, mágicas y musicales.

—*Fiufiufiufiufiú* —le chiflé al Quique el lunes por la mañana cuando salí del edificio.

Se asomó por la ventanita del baño y sin hablar me preguntó qué pedo.

—Vamos a dar un rol.

Me hizo una seña que quería decir "Voy", y entonces me fui a esperarlo en la parada del trolebús. Seguí pensando, creo, en la teoría de las colas de lagartija.

—¿Adónde vamos? —me preguntó el Quique dos-tres minutos después. Traía las greñas mojadas y olía a café Legal.

—A Gandhi.

—¿Qué es eso?

—Una librería.

—No mames, me sacas de bañar para ir a una librería.

—El Yucamoy chambea allí; me dijo que me ayudaría a encontrar un regalo para Lesly.

—¿Y yo qué pedo?

—Me da güeva ir solo.

—¿Y dónde está la chingadera esa?

—Cerca de CU.

—Pa' acabarla de chingar —se lamentó Enrique, y sin embargo estiró su manita para hacerle la parada al trolebús que iba llegando a contraflujo. Siempre era igual con él: se hacía del rogar, pero le encantaba ir oliéndole los pedos al personal.

Trolebús, pesero, metro y llegamos. O casi, porque nomás salir de la estación Miguel Ángel de Quevedo descubrimos que había dos chingadas librerías que se llamaban igual: Gandhi y Gandhi, y que estaba una enfrente de la otra.

—¿Y ahora?

—No sé.

—¿Qué te dijo el Yucamoy? —me preguntó el Quique.

—Que le cayera el lunes tempranón, pero no me dijo que fueran dos librerías.

—¿Cómo se llama el Yucamoy?

—Pues Yucamoy, ¿no?

—Nadie se llama Yucamoy, no mames —me reclamó el pinche Quique, como si hubiera sido yo quien bautizó con ese nombre a nuestro compañero del Ritual.

—Creo que ese güey así se llama.

—¿Yucamoy?

—Sí, Yucamoy Pérez o González o algo así... ¿Y si le preguntamos al policía de la puerta?

—¿Por el joven Yucamoy Pérez?

ANTISOCIAL

—Por el joven Yucamoy, así sin apellidos, para no cagarla; es que no me acuerdo bien si era Pérez o González.

—No manches, pinche Jota Pe, estás bien pendejo —me reclamó el Quique.

—Es que no me siento a gusto pisando territorios desconocidos; lo mío es el estadio, el callejón, hasta la pinche coladera es lo mío.

—¡Ay, sí! Muy cabroncito, y no te atreves a preguntarle al policía por el Yucamoy.

—A ver, pregúntale tú.

—¿Yo por qué? Venimos a comprarle un regalo a tu vieja.

La neta, no me daban muchas ganas de preguntarle al policía de la puerta, porque me recordaba a uno de los tiras de Iztacalco, pero por suerte en ese momento iba entrando una viejita con un gafetote de la librería colgándole del pescuezo. Se veía rebuena gente la señora y ella sí me dio confianza para preguntarle.

—Perdone, madre, ¿conoce al Yucamoy?

—Sí, lo conozco. Un buen joven.

—¿Dónde puedo encontrarlo?

—¿Qué día es hoy?

—Lunes.

—De lunes a viernes lo encuentran allá abajo y el sábado allá arriba... —dijo la viejita señalando hacia un par de puntos de la librería igual de imprecisos.

—...y el domingo en la tribuna del Ritual —completó el Quique.

—Ser americanista es su único defecto. Pobre. Pero vieran qué historias más bonitas les cuenta a los niños todos los sábados por la tarde. Hasta hacen cola para verlo.

Y entonces entendí la facilidad que había tenido el Yucamoy para improvisar el cuento del flautista de Hamelin en el pesero: ésa era su chamba, contar historias. Un sábado en la mañana mi amigo podía estar rodeado de chavitos a los que les narraba las aventuras de un valiente samurái y veinticuatro horas después, con su disfraz del Ritual, el Yucamoy podía estar repitiendo esas sangrientas batallas, *pim, pum, pam,* contra unos cabrones de la barra del Veracruz.

No pensaba que una librería pudiera ser tan grande. Libros y libros y libros por todas partes. Había unos que, la neta, luego luego llamaban la atención por los colores, la foto de la portada o hasta por el tamaño.

En la sección de arte —así decía el letrerito— había dostres librotes de morras encueradas, pero no encueradas como en las revistas de los puestos. Estas morras estaban encueradas de manera diferente: enseñaban y al mismo tiempo no enseñaban. No sé si me explico.

Había libros de perros, de recetas y de mapas. Libros para morros y libros para adultos. Había un chingo de libros, pues.

ANTISOCIAL

Como si a cada uno lo jalara una corriente de tinta invisible, el Quique y yo nos olvidamos del Yucamoy y nos fuimos separando por los pasillos de la librería. Pensé que mi amigo se iba a aburrir, pero después de un rato la corriente nos juntó y me lo encontré muy entretenido hojeando unos librotes recoloridos.

"Están bien locochonas estas fotografías", me dijo sin abrir la boca y sin señalar un libro en particular, pero entendí perfectamente que se refería a los libros de foto que nos rodeaban.

—Sí, pero no le voy a regalar a Lesly un libro de viejas encueradas —contesté a su frase silenciosa—. Vamos a buscar al Yucamoy para que nos ayude.

—Aguanta —me dijo, ahora sí con palabras, mientras revisaba un libro de pastas tan duras que más bien parecía una caja—. Están chidas las imágenes. El fotógrafo trae un cotorreo bien chingón.

—Se me hace que nomás quieres ver a las morras.

—Nel, hay unas fotos bien chingonas. Mira ésta: dice que son las calles de Nueva York, pero se parece un madral a la Diecisiete.

Y entonces el Quique volteó hacia mí el libro para que viera la fotografía. Era en blanco y negro y mostraba un callejón visto desde arriba. Y sí, la neta, se parecía un chingo a la esquina de Santa Cruz y la Diecisiete: los mismos perros güevoneando en un cuadrito de sol, los mismos malandrines recargados en la esquina, las mismas viejitas asomadas a las ventanas, las mismas paredes todas abolladas o pintarrajeadas. Todo era igual. La foto se llamaba "Brooklyn" y había sido tomada en 1926, pero bien se podía llamar "La Diecisiete" y haberse tomado ayer frente a mi cantón.

Estuvimos pendejeando un buen rato entre los libros de fotografía. Retratos y paisajes, comidas y basureros, imágenes viejas y nuevas, libros medio pornográficos y libros, la neta, medio pinches. Y entonces descubrí una mesa entera de libros con fotos de grafitis.

—En la Diecisiete llaman a la patrulla si te descubren haciendo un grafiti y acá en Coyoacán te lo venden como arte —protestó Enrique señalando un libro que se llamaba *Bansky*.

Con el tiempo descubrí que el pinche Bansky era un chingón, pero en ese momento pensé que así se llamaba el libro y que adentro de esas páginas venía la historia de un duendecillo plateado que se llamaba Bansky Pérez, Bansky González, Bansky Sepa La Verga.

—¿Busca una película, señor? —me preguntó de pronto un güey que salió detrás de una columna. Me agarró en la pendeja y tardé tantito en reaccionar y darme cuenta de que era el Yucamoy—. ¿Tal vez algo de Bergman?

—¿*Birdman,* el hombre pájaro?

—Ese es *birdman* con *i, pájaro* en inglés. Éste es Bergman, un director sueco —y entonces el Yuca-

ANTISOCIAL

moy me pasó un DVD que en la cajita tenía una foto bien chida. Al principio pensé que sería la historia de un súper héroe o algo así, porque en la imagen se veía una figura con una capa bien acá y una especie de máscara—. Está chida. Es la historia de un cabrón que después de pelear diez años en las cruzadas regresa a su pueblo y se encuentra con que allí lo está esperando la muerte.

—¡Pinche muerte manchada! —exclamó Quique.

—Así es de traicionera la hija de la chingada —me quejé yo.

—El caso es que para ganar tiempo el cabrón reta a la muerte a una partida de ajedrez.

—¿Para qué quiere el tiempo?

—No sé. Para vivir... Para ver qué pasó en sus años de ausencia... Para comerse una manzana...

Y con esa imagen del chingado soldado medieval tragándose una manzana bajo la sombra de un árbol volví a sentir lo que con los versos de Rudyard Kipling: una emoción bien rara.

—Regálale *El guardián entre el centeno* —me sugirió después de un rato el Yucamoy cuando pasamos al meollo del asunto que nos había llevado hasta allí: el libro que le iba a comprar a Lesly.

—¿Y esa madre qué es?

—Una chingonería.

—A mí me suena como la historia de un espantapájaros.

—Pues sí, puede que sea la historia de un espantapájaros que se escapa de un internado y se pone a echar desmadre por Nueva York.
—Suena chingón.
—Es el libro que estaba leyendo el asesino de John Lennon mientras lo esperaba para darle *cran*.
—Órale.
Y entonces Quique le arrebató el libro al Yucamoy y comenzó a hojearlo.
—O también puedes regalarle algo más romántico. A las chavas les late mucho una ñora que se llama Jane Austen. ¿Te suena *Sensatez y sentimientos*?
—Nel, pero se me hace que a Lesly le va a gustar algo más acá, como más locochón.
—¿Locochón moderno o locochón antiguo?
—A ver, dame opciones.
—De locochón antiguo hay un chingo: Santa Teresa, Sor Juana, el pinche Shakespeare.
—¿Y moderno?
—Pues los chingados japoneses. Esos pinches güeyes están bien cabrones.
Y otra vez estábamos como al principio. Yo no entendía muy bien de lo que me estaba hablando el Yucamoy. Para mí no existía la más mínima diferencia entre un libro antiguo o uno nuevo. Para mí los libros provenían de la misma bruma misteriosa y lejana, y sin embargo una magia envolvía las palabras de mi amigo. Quizá tal vez a partir de aquí

podríamos llamar a aquella sensación el efecto FernándezPiñaJaimeAlfonso.

—¡A güevo! ¡Ya sé cuál! —exclamó de pronto el Yucamoy, y después salió corriendo como pedo hacia un estante cercano lleno de libros con la portada negra.

Parecía un depredador intentando atrapar a una presa escurridiza. Revisaba por arriba, por abajo; movía un bonchecito de seissiete libros, les daba vueltas, volvía a comenzar de nuevo, y nada. El Yucamoy no lograba dar con el libro que lo había emocionado tanto. Desde donde yo estaba daba la impresión de que la presa se le había escapado. Y entonces, cuando todo parecía perdido, entre un pájaro que le daba cuerda al mundo y un blues en las calles de Tokio, el cazador atrapó un libro flaco que se quería camuflar entre los gordos.

—Se llama *Tsugumi* y es una chingonería —me dijo el Yucamoy entregándome un libro que en la portada tenía a una niña y un perro que caminaban sobre un muelle.

—¿De qué se trata?

—No sé —me respondió mi amigo.

—¿Pero ya lo leíste?

—Sí, claro. Te digo que es buenísimo.

—¿Cómo puedes decir que es una chingonería si no sabes de qué se trata?

—A veces me pasa así. Los libros me gustan por las sensaciones que me provocan. De éste sólo me acuerdo de que Tsugumi estaba medio loca y de que unos gandallas avientan un perro al mar.

Yo volteé hacia la portada del libro para ver al perrillo que caminaba alegre por el muelle imaginando que ése sería el que acabaría valiendo madres, pero un extraño nombre acabó de golpe con mis tristes especulaciones.

—¿Quién es Banana Yoshimoto?
—La autora del libro.
—¿Banana?
—Sí, así se llama.
—¿Cómo es posible que alguien se llame Banana? —pregunté sorprendido.
—¿Qué tiene? Seguro en Japón mi nombre, Yucamoy, les puede sonar raro, pero acá en México es la cosa más común del mundo.
—...
—¿Ibas a decir algo, Jota Pe?
—No, nada. Tienes razón.

Y entonces me dirigí a la caja con *Tsugumi* bajo el brazo.

Íbamos camino de regreso, ya casi llegando a la Diecisiete. Y entonces el Quique me preguntó, muy serio él:

—¿A qué retarías a la muerte?

Me quedé pensando, buscando la respuesta, y no le contesté nada.

—¿Qué harías con el tiempo que le ganaras?

ANTISOCIAL

Silencio otra vez. Después de algunos años, aún no he podido responder a ninguna de las dos preguntas del Quique.
Sigo pensando.

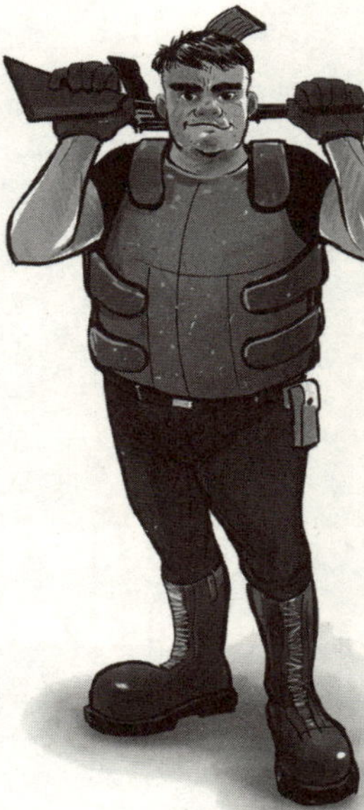

28

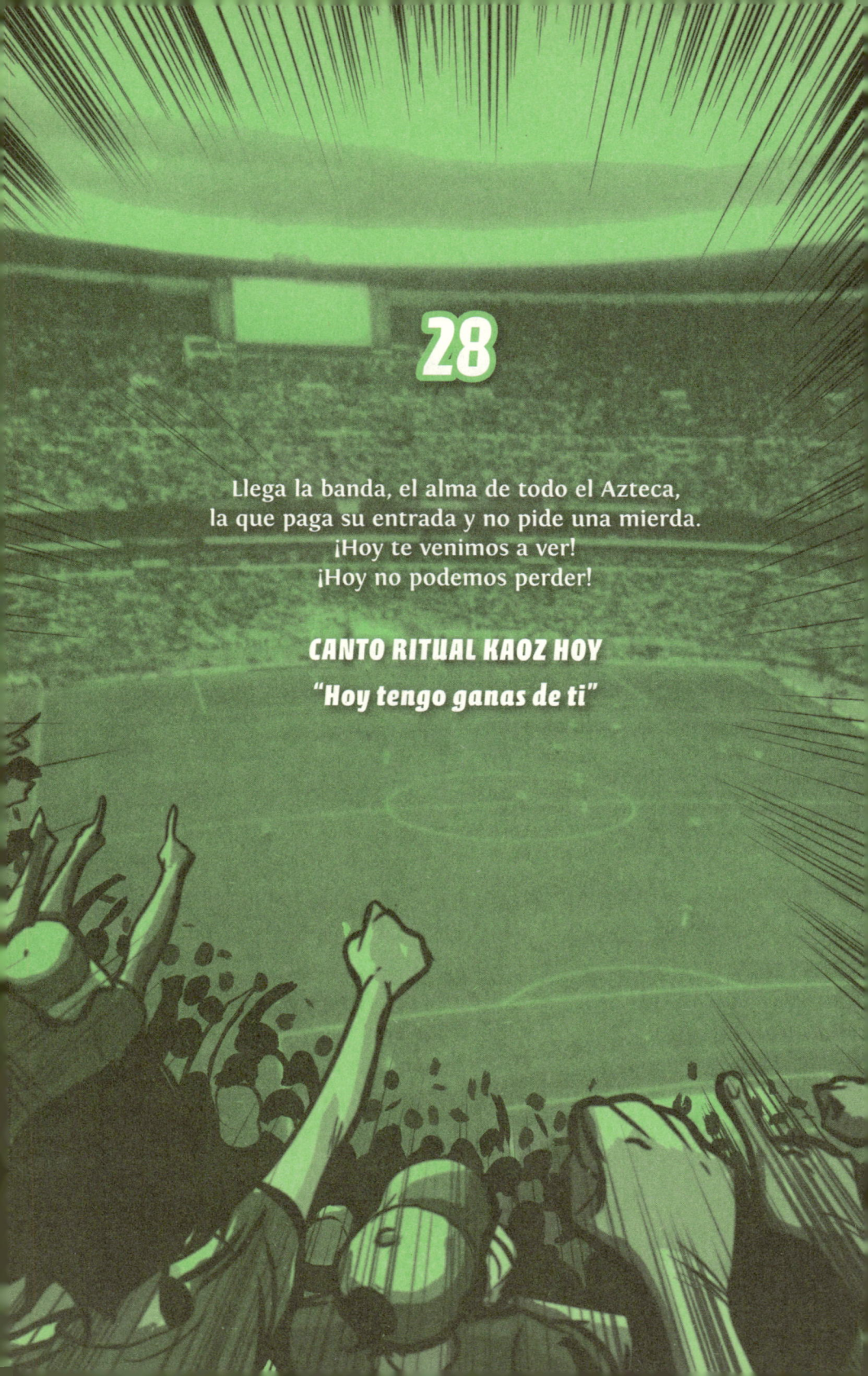

Llega la banda, el alma de todo el Azteca,
la que paga su entrada y no pide una mierda.
¡Hoy te venimos a ver!
¡Hoy no podemos perder!

CANTO RITUAL KAOZ HOY
"Hoy tengo ganas de ti"

No somos tan diferentes. Unos serán altos o güeros o tendrán tres ojos... Neta, cuenta Kipling que en lo más profundo de las selvas de la India hay una tribu que tiene tres ojos. Son los hombres sabios, los que entendieron de qué va la cosa, y su sabiduría les permitió desarrollar ese tercer ojo, con el que ven imágenes que a los demás se nos escapan: fantasmas, sueños alternos, la maldad y la mentira, pero eso es una característica de una tribu perdida en la India, no en el De Efe ni en Toluca ni en CU: acá la banda cada vez está más pinche ciega y nuestros dos ojos nos alcanzan nomás para ver injusticias, desgracias y basura.

Nosotros, tú y yo y el chingado policía que mientras escribo esto no me quita la vista de enfrente, no somos tan diferentes. Uno podría pensar que un futbolista que gana millones y se acuesta con las Galileas y las Nachas y que tiene acceso a psicólogos y entrenadores tendría la inteligencia o la

ANTISOCIAL

paz para aguantar vara cuando a su derredor todo el mundo se ofusca y tacha su entereza, pero no, los futbolistas son igual de locos o peor. Dime tú si no.

Toda la semana estuvimos preparando el ataque. Incluso lanzamos algunos tuits medio amenazantes: que si los gatitos iban a sentir el rigor de la verdura, que el arsenal que estábamos armando ya estaba casi listo, que sería la madre de todas las batallas, en fin, las mamadas que van calentando el ambiente la semana previa a los grandes partidos y la banda amiga retuitea y la banda rival llena de insultos y memes de pitos.

La transa estaba fácil en la práctica, pero resultaba muy complicada porque varias piezas tenían que encajar para que resultara. Resumiendo: queríamos llenar de gas pimienta el túnel por el que saldrían los jugadores de la UNAM. Te digo, suena sencillo, pero fue un pedo.

Primero conseguir el gas pimienta. Ni modo de llegar a la Bodega Aurrerá y decir:

—Me da quinientos gramos de gas pimienta.

—¿Del que pica o del que no pica?

—Del que pica machín, por favor.

Fue un pedo conseguirlo. Ya con el gas en nuestro poder estuvimos discutiendo cómo hacerles llegar el regalito a los chingados Pumas. Primero pensamos meterlo de contrabando al vestidor y filtrarlo por el aire acondicionado, pero era casi imposible.

Tendría que haber cómplices dentro de la seguridad del estadio, y todos los que conocíamos se abrieron. Una cosa era clavarnos de vez en cuando en algún palco desocupado o en la tribuna VIP y otra, colaborar con un atentado casi terrorista.

Al final quedaron dos opciones: una, hacer un agujero en la reja que queda cerca del túnel de plástico por el que salen los equipos visitantes, y justo cuando los cabroncitos fueran pasando romper el plástico y lanzar el cartucho con el gas. La otra era mucho más vistosa, pero tenía muchos riesgos: consistía en fabricar, una vez dentro del estadio, unas bazucas con latas de refrescos y *masking tape*. Con cuatrocinco latas se arma un cañón, se le hace un agujero a la lata de hasta abajo, se llena de gasolina blanca, se coloca una pelota de tenis rellena de gas pimienta a manera de proyectil, por el agujerito se enciende la gasolina, cuentas hasta cinco y ¡vergación!, a arder Troya, o en este caso a arder el túnel de los visitantes.

Iba a ser una cosa muy bonita, muy vistosa, llena de luz y color, pero precisamente allí estaba el problema. El bombardeo del túnel visitante y sus responsables no podía pasar desapercibido para las cámaras de seguridad. Los policías nos valían verga, pero las cámaras no, porque pensábamos armar tal desmadre que no queríamos que se supiera que habíamos sido los del Ritual. Queríamos que toda la semana se hablara en la tele y en el radio de la violencia, queríamos tirar la piedra, pero también esconder la mano. Todas las barras del país sabrían que nosotros habíamos organizado el desmadrito, pero no queríamos repercusiones legales.

Hubo dostres batos, todos menores de edad, que se ofrecieron a mostrarse en público y llevar a cabo los disparos de bazuca. Nomás era cosa de que la barra se encargara de la fianza y estaban dispuestos a todo. Tampoco era que fuéramos a matar a un chingado jugador.

Se discutió el asunto. Unos dijeron que sí, otros que no. Yo era de los que pensaban que no era necesario darnos a notar tanto; no había que arriesgarnos a que los camaradas voluntarios se metieran en un pedote. En la barra teníamos la tradición de hacer colectas para sacar a los compañeros que caían en manos de la ley. Cada año, a unos diez camaradas los agarraban en la movida y la banda se solidarizaba con ellos. Hasta dostres toquines chidos se organizaron para juntar lo de las fianzas.

Hubo una vez que quedó para el recuerdo. Me desvío un poco de lo que te estaba contando, pero está chida la historieta. Resulta que, no sé por qué desmadre, en la carretera de Querétaro, después de desplumar a los gallos, la policía de allá apañó al Charly, uno de los cabrones más tranquilos de la barra. Creo que se meó sobre un anuncio de "Ceda el paso" o algo así. El caso es que los pinches queretanos mochos lo entambaron por daños a la nación y desnudez pública, ¡chale!, y le fijaron una fianza de treintaytantos mil pesos. Si no lo sacábamos pronto, el pobre Charly pasaría al reclusorio, y allí la cosa se podía complicar con tres años de cárcel. Y todo por una pinche meadita inocente.

Organizamos un toquín a toda madre. Así, de un día para otro. Su familia del Charly puso la casa: un cantón en la Campestre Aragón, hasta me acuerdo de la dirección: Camino de la Felicidad esquina con Camino del Esfuerzo. Estaba chido el nombre.

—Yo vivo en Camino de la Felicidad, ¿y tú?
—Yo vivo en Camino de Vas a chingar a tu reputa madre.

La pachanga se puso buena, llegó harta banda, y al final reunimos la lana para el Charly. Estuvo tan chingón el bisnes que hasta nos alcanzó para rentar un camión en el que viajaría una comitiva del Ritual para esperar al Charly a las puertas de la prisión y recibirlo como si fuera un héroe. La meada le había costado ya quince días de encierro.

Un abogángster, tío de un morro de la barra, nos acompañó para hacer el trámite. Total que llegamos al juzgado, grite y grite, cante y cante; el abogángster pagó la fianza y nos fuimos a esperar al Charly a la salida del botellón. No tardó ni una hora en salir y lo recibimos con cánticos y gran desmadre, como si hubiera estado preso por liberar a un pueblo y no por mear un cartelito. Echamos des madre un rato, nos desahogamos insultando a la autoridad y nos trepamos al camión para regresarnos al De Efe, pero el destino lo escribe Satanás, y al pasar por el estadio de la Corregidora, ya saliendo de pinche Querétaro, nos fuimos topando con dos camiones llenos de cabrones de La Masacr3, la barra de los Xolos de Tijuana. Resulta que ese día, creo que era un miércoles, se jugaba un Querétaro-Xolos que había quedado pendiente no sé por qué chingadera.

Al darse cuenta de la situación, los choferes quisieron alejar sus vehículos del desmadre, pero ya era demasiado tarde: íbamos sobre la autopista, con un tráfico de la chingada, y no había ni pa' dónde hacerse.

Apenas cuatro días atrás habíamos estado en Tijuana y la cosa se había puesto culera, pero las autoridades declararon el partido de alto riesgo, por lo que la seguridad estuvo bien machina. A los americanistas nos metieron al estadio como mil años antes de que empezara y nos sacaron más allá de media noche. Nomás nos dio tiempo de mentarnos la madre y quemar algunos trapos, pero madrazos, por desgracia, no hubo.

Y ahora teníamos a La Masacr3 allí, a unos cuantos metros, y con dos pinchurrientas patrullitas queretanas custodiando el pedo. No hubo ni tiempo de planear la estrategia. Los del Ritual abandonamos la unidad y nos lanzamos contra el camión que teníamos más cerquita. Cuando los perros se dieron cuenta, ya los habíamos cazado. Creo que no le quedó ni un vidrio sin romper al camioncito. El otro chofer alcanzó medio a huir, llevándose consigo algunos refuerzos de los pobres tijuanitos que nos estábamos madreando.

Pim, pum, pam, los catorrazos se pusieron buenos, pero la sorpresa y la maldad jugaron de nuestra parte, y en ochodiez minutos habíamos vencido a los perritos. Si nos hubiéramos pelado allí no habría pasado nada; el pedo es que fuimos ambiciosos y quisimos chingarnos también a unos pinches gallitos que iban llegando al estadio.

Que nos madreáramos a los tijuanitos les medio valió madres a los tiras, pero como que sí se encabronaron cuando la arremetimos contra los queretanos: la patrullita llamó refuerzos y, entonces sí, la cosa se puso culera. En un ratito llegaron, yo creo, todos los chingados policías del estado. Patrullas, julias y camiones llenos de güeyes con escudos y toletes. Al ver que las cosas se complicaban, varios camaradas corrimos hacia la carretera y nos cruzamos al otro lado para perdernos en las calles que llevan pa'l centro de la ciudad. Incluso a un morro lo atropellaron y salió volando, pero nomás caer, siguió corriendo el desgraciado.

La tira apañó a siete pendejos que no alcanzaron a huir. Los metió a la cárcel y los acusó de vandalismo, ataque a las vías federales de comunicación

ANTISOCIAL

y no sé que otra mamada. La fianza de los camaradas alcanzó en conjunto poquito más de medio millón de pesos, y para colmo de males los familiares del Charly ya no nos quisieron prestar su cantón para organizar otro toquín solidario.

Y vuelta a empezar.

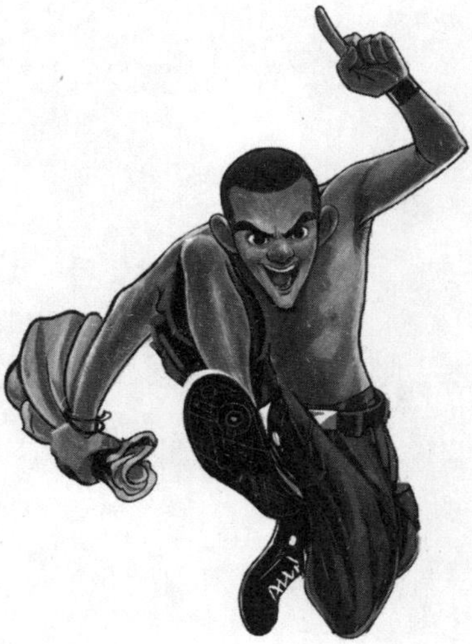

29

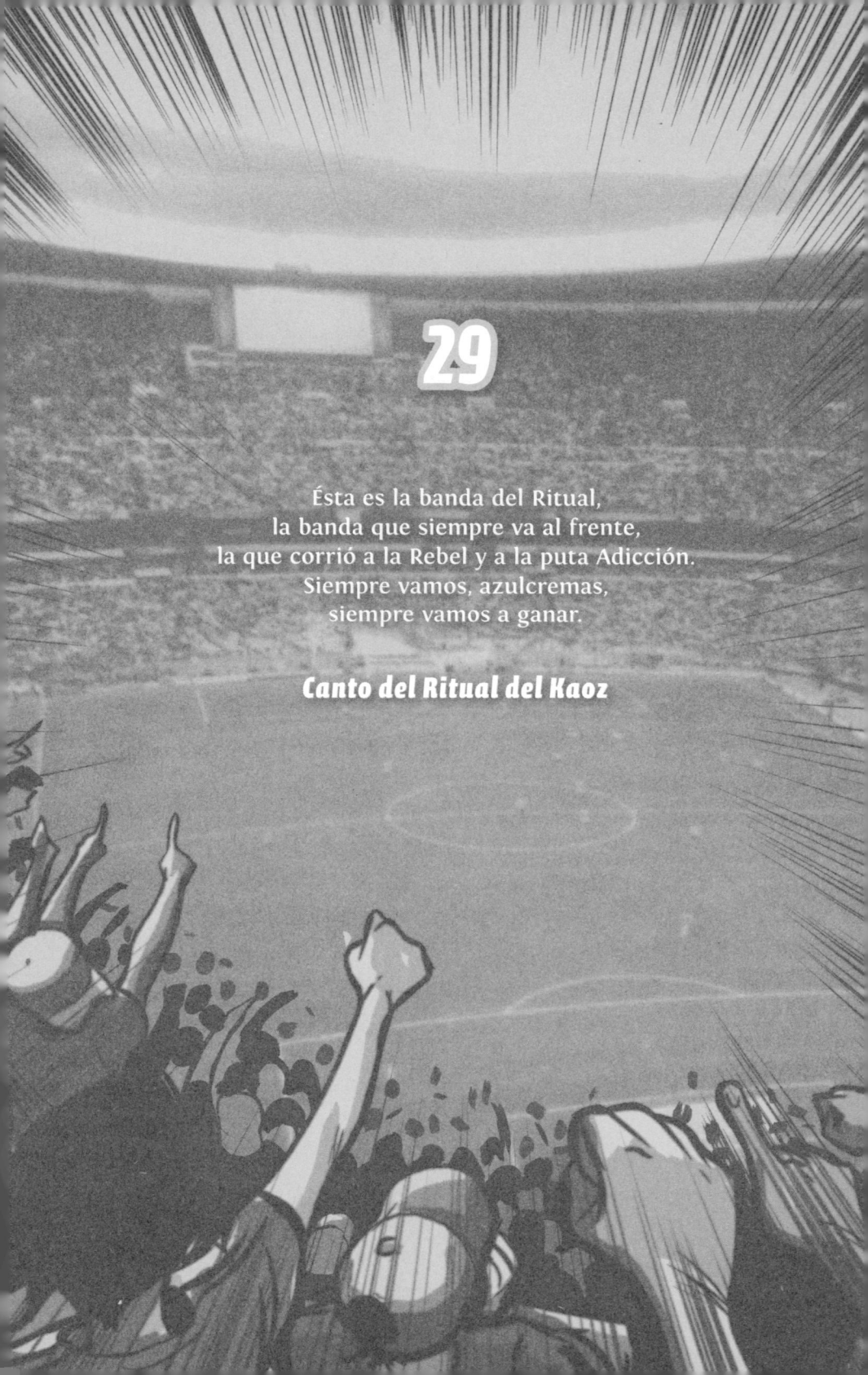

Ésta es la banda del Ritual,
la banda que siempre va al frente,
la que corrió a la Rebel y a la puta Adicción.
Siempre vamos, azulcremas,
siempre vamos a ganar.

Canto del Ritual del Kaoz

Total, después de varios días de discusiones se decidió que la transa del gas pimienta la haríamos de una forma discreta: a los cinco minutos del medio tiempo, cuando la seguridad ya no iba a estar tan machina, haríamos el agujero en la malla que da al túnel de plástico, rezaríamos por que ningún tira se diera cuenta de nada, y cuando viéramos que los Pumas iban regresando a la cancha lanzaríamos dos cartuchos repletos de gas pimienta que estallarían como lo hacen las bengalas de colores: una nube de humo, pero en lugar de colorcitos pendejos y chispitas, nuestra gracia provocaría quemaduras, asfixia y desesperación.

Y entonces llegó el gran día. No tuvimos muchos pedos para introducir el material al estadio: a la pinche tira lo único que le interesa es que no claves chupe ni armas. Yo creo que puedes meter el cadáver embalsamado del rey Pelé y no hay bronca, pero no se te ocurra querer entrar al estadio con un pinche cortaúñas o con una lata de Tecate, porque entonces sí te la arman de pedo.

Todo estaba bien planeado para no dejar huellas, o por lo menos eso es lo que nosotros creíamos. Tres cabrones encapuchados se encargarían de romper la malla. Eso era la parte más complicada del plan porque precisamente en ese lugar del alambrado la malla está reforzada con unas varillas bien cabronas. Después de mucho discutirlo llegamos a la conclusión de que las fundiríamos con un soplete de plomero.

"¿Y cómo hicieron estos cabrones para clavar un soplete de plomero al estadio?", te estarás preguntando.

Pues por partes.

Un soplete está cabrón, pero diez piecesitas, una por aquí, otra por allá, no representaban ningún problema. Y una vez adentro, el Caras, un cabrón que trabajaba en los talleres del metro, se encargaría de ensamblar las partes.

El pinche partido estuvo rechingón, pero por los nervios yo no pude disfrutar nada. El águila ganaba tres a uno y el ambiente estaba bien prendido. Era una semifinal de la Concachampions, en CU; en la ida habían quedado cero a cero, por lo que ese resultado metía al América en la final que daba el pase al Mundial de Clubes.

Al minuto cuarenta los encapuchados empezaron a destruir la malla. Como sabíamos que la luz del soplete llamaría la atención, hicimos estallar un chingo de bengalas y cohetes para que el destello de la herramienta pasara desapercibido, o por lo menos la seguridad creyera que se trataba de una bengala que no había subido y que estaba tardando en apagarse.

Dostres chavos del Ritual se encargaron de grabarlo todo con sus celulares para registrar nuestra chingadera, y si todo salía bien colgarla luego luego en internet. Por eso teníamos que ser muy cuidadosos con las capuchas y las máscaras. Yo miraba la acción de los *plomeros* desde unas filas arriba: con un ojo seguía su trabajo y con el otro me aseguraba de que no se fueran a acercar policías o cabrones de la seguridad privada.

Las explosiones distractoras se vieron bien chingonas. Había humo por todos lados, al grado de que te costaba trabajo ver la cancha. Todo se veía rojo rojo, como si un viento de sangre hubiera invadido el estadio. Mi corazón latía cabrón, y todo, arriba, abajo, se llenaba de luz. Yo creo que fue en esos diez minutos cuando más vivo que nunca me sentí.

Terminó el primer tiempo; los equipos se metieron a los túneles y al parecer nadie se dio cuenta de lo que estábamos haciendo. La pendeja voz de piedra del Estadio Azteca nos llamó la atención con su mensaje de "Elaficionadoqueseasorprendidolanzandopetardosseconsignaráalasautoridades", y como era de esperarse, la banda respondió con otra serie de descargas.

ANTISOCIAL

A los cinco minutos del descanso, en medio de un carnaval de fuegos artificiales, los morros del soplete terminaron su labor. Desde donde yo estaba se veía clarito el boquete en la reja. Medía unos cincuenta por cincuenta centímetros y era perfecto para meter la mano, rasgar el túnel de plástico y lanzar el cartucho.

Un chingo de miembros del Ritual se acercaron a la zona. Unos ni siquiera sabían qué íbamos a hacer, pero tenían la orden de armar una avalancha cuando vieran que los jugadores estaban a punto de salir del túnel.

¿Qué es una avalancha?

Pues un desprendimiento de raza. Igual a las avalanchas de nieve o rocas, pero en el estadio, y en lugar de piedrotas, lo que se desliza por la tribuna son cabrones pa' arriba y luego pa' abajo.

Algunos jugadores del América comenzaron a salir por el túnel de la izquierda, el que conecta con el vestidor de los locales; los árbitros salieron por el del centro. En ese momento todos los miembros del Ritual nos quitamos la camiseta, y tan sólo nos quedamos con la capucha cubriendo nuestras jetas. Éramos como unos quinientos encuerados enmascarados gritando leperadas detrás de la portería; algunas viejas incluso se quedaron nomás en brasier, o de plano se rifaron con el chichis pa' la banda.

Todo valía con tal de llamar la atención y después, en los videos, confundir a las autoridades y a los pinches comentaristas de los programas de televisión, que repetirían la escena de nuestra fechoría hasta el cansancio tratando de encontrar a los culpables.

Y entonces, ante la inminente salida de los Pumas, el Mosco dio la orden de iniciar la avalancha. De abajo hacia arriba, a contracorriente de mí. Ellos escalaban las gradas y yo bajaba dando saltos de dos en dos hasta la reja. En el video me veo como un salmón tratando de llegar al otro lado: todos subiendo y yo bajando con el cartucho encendido en la mano.

Cuando llegué abajo tomé una de las varillas arrancadas y con ella le di en la madre al túnel. Se rasgó bien fácil el pinche plastiquito caguengue, y entonces clarito vi, apenas a unos centímetros, las calcetas blancas de los jugadores de la Universidad; tomé el cartucho encendido, que ya empezaba a oler de la chingada, y sin pensarlo, como si fuera otro el que lo estaba haciendo, como si lo viera en una película y no fueran mis manos las responsables del desmadre que se iba a armar a continuación, lancé la bomba dentro del túnel. En ese momento la avalancha venía de regreso y yo me fundí en ella como una ola que regresa a la inmensidad del mar. Todos nos quitamos la capucha, subimos y bajamos dostres veces más, para que con el movimiento yo me pudiera diluir en la tribuna como un terrón de azúcar en una taza de

ANTISOCIAL

café; se oyó una nueva explosión, que era la señal para volver a ponernos las camisetas, y en unos segundos me confundí con otro, con todos, con ninguno.

Yo era nadie otra vez.

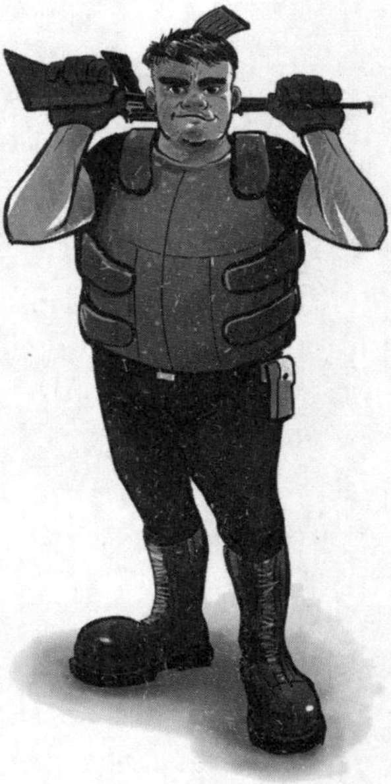

30

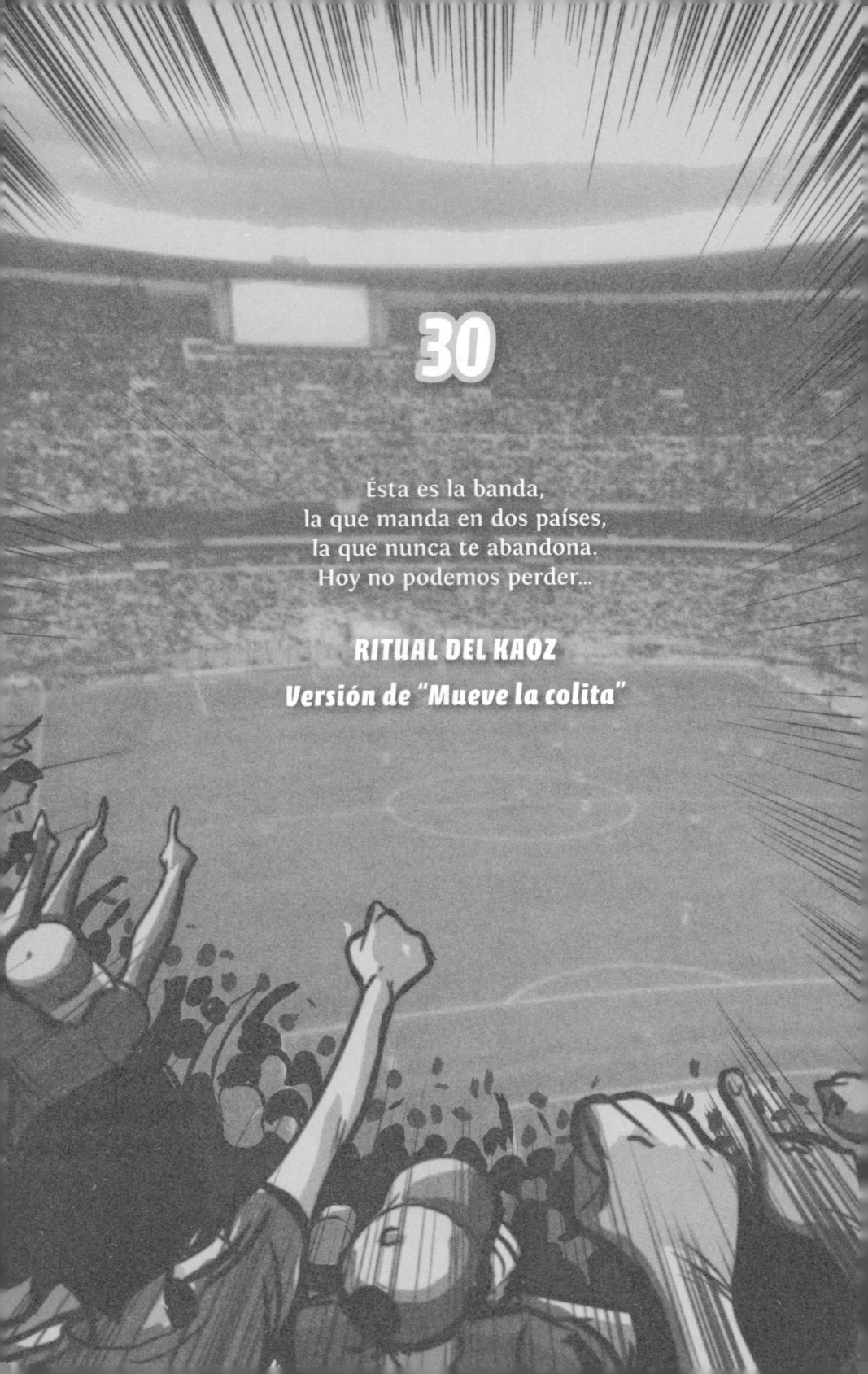

Ésta es la banda,
la que manda en dos países,
la que nunca te abandona.
Hoy no podemos perder...

RITUAL DEL KAOZ

Versión de "Mueve la colita"

Por unos instantes pareció que nuestra gracia no nos había salido tan chingona. Los jugadores de los Pumas salieron del túnel y no se veía nada raro. La mayoría de ellos caminaban hacia la cancha como si nada hubiera sucedido, los árbitros ya se encontraban en el círculo central como siempre que se van a reanudar las acciones, el América esperaba en su pedazo de cancha, y parecía que de un momento a otro iba a empezar el segundo tiempo.

Y entonces fue que uno de los pikolines, el defensa, se puso de cuclillas y se frotó la cabeza como cuando tratas de reponerte de un madrazo o de un mareo, pero nadie pareció notar nada porque a fin de cuentas hay muchos jugadores que tienen rituales raros antes de empezar a jugar: se hincan, se persignan, se agarran los güevos. Los futbolistas son capaces de hacer cualquier cosa con tal de que las cámaras los volteen a ver.

ANTISOCIAL

La neta sí me dio tristeza que tanto esfuerzo hubiera valido madres, y estaba pensado en que a lo mejor yo la había cagado en algo al lanzar el cartucho, cuando el Cuatronalgas me señaló hacia un punto de la cancha y me volvió el alma al cuerpo, porque luego luego me di cuenta de que al pinche payaso pelón del Verón también se lo estaba llevando la chingada: se agarraba la nuca y la parte trasera del cuello como si quisiera quitarse una chinche gigante que le estuviera absorbiendo la sangre. Parecía un perro desesperado: sus gestos eran más de animal que de hombre.

Y así, de un momento a otro, en filita, medio equipo de los Pumas se acercó con el doctor para solicitar ayuda, y la ayuda consistió en echarse agua a la cara como para despabilarse.

¡Pobres cabrones! Lo peor que puedes hacer contra el gas pimienta es combinarlo con agua; quién sabe qué chingada reacción provoca esa mezcla que vuelve al gas medio efervescente y entonces te quema más machín. Haz de cuenta la chingada poseída del Exorcista cuando el cura le echa el agua bendita. Hasta sale humito de la piel y suena *shhhhhhh* cuando se mezclan las sustancias.

Claro que eso casi nadie lo sabía, ni nosotros ni el pendejo doctor de los Pumas. Lo terrible que era la combinación de capsaicina —así se llama en idioma mamón el gas pimienta— y el H_2O lo aprendimos en los siguientes días viendo al chingado André Marín o al pendejo de Orvañanos. Hasta doctores fueron invitados a los diferentes programas para que explicaran los pedos que podía provocar el gas.

Total que los Pumas se acercaron a su banca a recibir bendiciones de agua maldita mientras los árbitros y los jugadores del águila los esperaban formaditos en la cancha. Todos imaginamos que la cosa no se prolongaría por más tiempo: una tosecita, dos estornuditos, los ojos rojos, y a jugar otra vez, pero nel, dostres jugadores de los Pumas se tendieron sobre la cancha porque se los estaba cargando la chingada.

Allí fue que nos dimos cuenta de que habíamos triunfado: el partido se atrasaría unos minutos gracias a nuestro chistecito. Entonces desplegamos trescuatro trapos bien chingones que habíamos preparado para el momento y comenzamos a cantar y a gritar con toda la furia del mundo. Sabíamos que ahora las cámaras nos estarían enfocando, y una oportunidad para darte a conocer en todo el mundo no se da todos los días.

Los más jodidos eran el Pikolín portero, Verón, un chavito con el número veinticinco que sabe quién chingados sería y el pendejo del López Rull. Estaban tirados sobre el pasto y sus compañeros les echaban aire con toallas y camisetas. La verdad sí se veían madreadones, con la piel roja roja como si fueran camarones y llore y llore como si hubieran pelado una tonelada de cebollas.

ANTISOCIAL

Fueron pasando los minutos, y nosotros grite y grite y cante y cante. Al principio me daban medio nervios que me fueran a descubrir, pero conforme fueron pasando los minutos me sentí más tranquilo. Era bien raro: sentía que de algún modo yo formaba parte de un espíritu más grande, un espíritu súper cabrón que abarcaba a todo el Ritual. Notaba que había banda que sabía que yo había sido el responsable del desmadre y me felicitaban con la mirada o con un levantón de jeta, pero había otros chavos que no sabían quién había empezado todo pero estaban dispuestos a defenderlo a como diera lugar.

Para airear el túnel de plástico los pinches granaderos lo jalonearon todo y lo dejaron inservible. Ahora los Pumas, si querían abandonar la cancha, tendrían que hacerlo por el túnel de los árbitros o el de las Águilas, pero para eso aún faltaba todo el segundo tiempo.

Los árbitros, el capitán del América y el otro Pikolín, el Pikolín pendejo —en representación de Verón, quien era el verdadero capitán, pero que permanecía acostado sobre el pasto— se reunieron en el centro de la cancha a discutir el pedo. En ese momento los que estábamos en la tribuna no sabíamos lo que allá abajo se estaba hablando. Luego, ya en la casa, viendo los programas de futbol, nos enteramos de que los pinches putos de los Pumas proponían suspender el partido, mientras que los del América querían esperar a que los jugadores agredidos con el gas se recuperaran y entonces poder reiniciar el partido.

Los meros meros de la federación, el jefe de los policías y creo que hasta el delegado estuvieron un rato decidiendo lo que iban a hacer. El mayor miedo de las autoridades era que si suspendían el partido la banda se fuera a poner pendeja. No sabían cómo iban a controlar a cien mil cabrones emputadísimos porque el espectáculo que habían ido a ver hubiera valido madres. Que sí, que no, que esperemos un poco... Allá abajo los de pantalón largo discutían, mientras que acá arriba el Ritual era una fiesta.

Los equipos se mantenían en su idea: el águila esperar y jugar, mientras que el puma quería abrirse a la chingada y de paso ganar el partido en la mesa. No se ponían de acuerdo, y mientras los pumas esperaban en la banca atendiendo a sus heridos, los americanistas permanecían en su pedazo de cancha jugando con un balón que se iban pasando entre todos, desde el portero hasta el último delantero, y vuelta a empezar. Daba la impresión de que estaban jugando contra un equipo fantasma.

A veces la barra entonaba un cántico de los rítmicos, de los adormiladores, de esos que sirven de música de fondo cuando en la cancha no está sucediendo gran cosa y lo jugadores allá abajo parecen fundirse a ese ritmo lentón, como de vaivén de mar. Fue en ese ratito, mientras el águila peloteaba y el puma sufría el escozor del gas pimienta, cuando me cayó el veinte de lo que había hecho: gracias a mí se había detenido un partido de futbol. Ahora mismo en México, y quién sabe en cuántos países más, la gente prendería su televisión y en lugar de ver el segundo tiempo de un América-Pumas se toparía con las escenas de un gran desmadre. Seguramente ya habría alguna toma de la televisora que transmitía el partido de un pinche encuerado lanzando dentro del túnel de los Pumas un cartucho de gas pimienta, ¡y ese pinche encuerado era yo!

Neta que sentía muy raro, como si le estuviera pasando a otro. Me sentía fuerte, poderoso, capaz de cualquier cosa. A veces me daban ganas de saltarme el alambrado y correr al centro de la cancha para gritar que yo había sido el responsable de aquel desmadrito. Imaginaba que el estadio festejaría mi gracia con la misma emoción con que se festeja un gol.

Y así, entre pase y pase, entre canto y canto, me dejé llevar por mis ensoñaciones. ¿Te digo cómo me sentía? Me sentía como un bebé. Como un bebé gigante que acaba de detener la rotación del mundo.

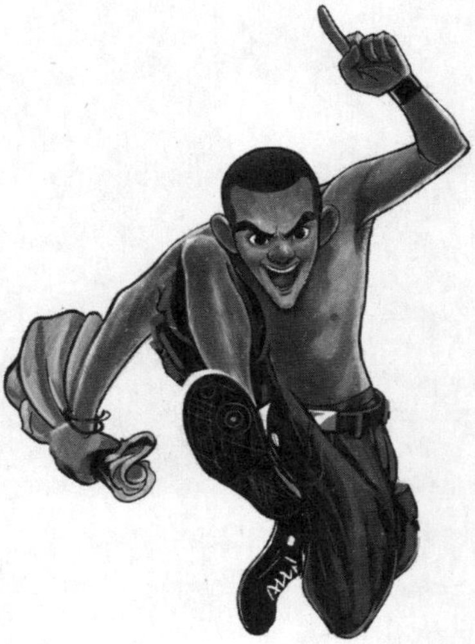

31

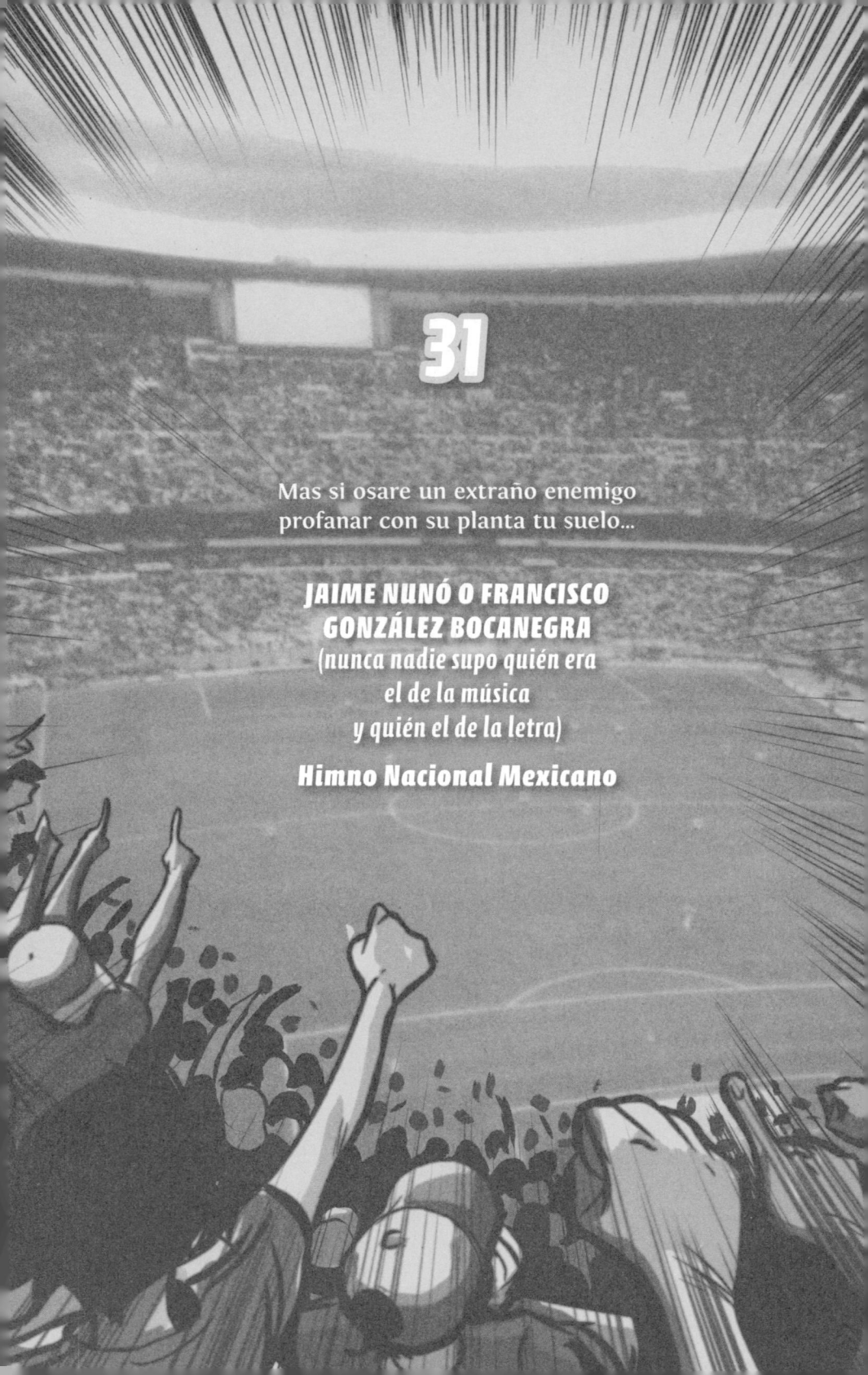

Mas si osare un extraño enemigo profanar con su planta tu suelo...

JAIME NUNÓ O FRANCISCO GONZÁLEZ BOCANEGRA
(nunca nadie supo quién era el de la música y quién el de la letra)

Himno Nacional Mexicano

Pasó casi una hora y nadie se movía de sus lugares. En una de ésas el pendejo de Verón, ayudado por un doctor, quiso regresar a los vestidores, pero recibió el saludo de la barra que los estaba esperando a unos cuantos metros de la entrada. Le cayeron encima meados, chelas, pedazos de butacas y hasta un cráneo de perro que quién sabe de dónde salió.

Los pumas no se van, no se van, no se van...
Los putos no se van...
Los pumas no se van, no se van, no se van...
Los putos pumas no se van...

gritaba el estadio en un coro enloquecido, y entonces el pobre Verón, todo madreado y tambaleante, se tuvo que regresar a la banca de los visitantes, que ahora funcionaba como improvisado hospital de campaña.

Los Pumas alegaban —la verdad, con razón, pero en medio de un infierno no hay razón que pueda imponerse— que el juego no se podía reanudar porque varios jugadores estaban sufriendo los efectos del gas pimienta. El América decía que entendía la situación, pero que no tenía problema en esperar a que los jugadores se recuperaran. "Nosotros podemos aguardar, si es necesario, hasta las tres de la mañana", les dijo Aquivaldo, el capitán del águila, a los reporteros de la televisión.

Los Pumas querían irse, el América quería quedarse a jugar, los árbitros parecían estar pensando en la inmortalidad del pendejo cangrejo y nosotros no dejábamos salir a los Pumas.

Nadie ponía de su parte.

Ahora lo pienso, pero en ese momento no pasó por mi cabeza la idea de que si el Ritual hubiera dejado que los Pumas regresaran al vestidor para ser atendidos cómodamente, tal vez el juego se podría haber reanudado un rato después, pero esa noche como que el diablo andaba suelto y todos —sin albur, por favor— estábamos montados en nuestro macho.

Al pendejo del árbitro se le ocurrió la brillante idea de buscar la opinión de un doctor neutral para que determinara si los jugadores de la Universidad estaban en condiciones de jugar, así que llamaron al médico encargado de hacer los exámenes *antidoping*. La neta, no se necesitaba haber ido a la Facultad de Medicina para darse cuenta de que los jugadores estaban bastante maltratados, sobre todo el Pikolín II, que parecía el Cristo de Iztapalapa, y también el pendejo de Verón, al que daba la impresión de que la cabeza le había crecido y parecía chinelo en carnaval.

Llegó el chingado médico a la banca de los Pumas, revisó a los jugadores y después de unos minutos, con cara de maestra de secundaria deprimida, anunció muy en su papel de autoridad: "Hacer jugar a estos hombres sería atentar contra su integridad física".

Y la cosa no paró allí, porque el doctorcito señaló que incluso debían ir a un hospital para recibir una atención adecuada. El árbitro habló con alguien por un telefonito, dijo que sí, dijo que no, y entonces les anunció a los capitanes que el partido se iba a suspender. Después se fue hasta el círculo central, dio los tres silbatazos de rigor y todos entendimos que el juego había valido madres.

Yo he escuchado grandes rechiflas (a chingar gente me dediqué buena parte de mi juventud); sin embargo, debo decir que jamás en mi vida oí algo así. Parecía como si desde el cielo bajaran un millón de grillos torturados lamentando su desgracia. Yo creo que hasta se oyó más allá de la Diecisiete, más allá del Zócalo, hasta el fin del mundo.

Y yo había sido el responsable de tal desmadre. Esa mano derecha que ahora se aferraba a un vaso de cerveza caliente era la que había lanzando el cartucho del gas. Parecía la mano de otro, la mano de un santo. Era mi mano y no era mi mano. Le di un trago a la cerveza para olvidarme del asunto y poco a poco la rechifla fue haciéndose más chica.

En la cancha reinaba la confusión: nadie sabía muy bien lo que tenía que hacer; y en la tribuna la cosa era igual porque casi nadie se movía de sus lugares. Los aficionados normales permanecían sentaditos en sus lugares, los putos de la Rebel ni *pío* decían, y nosotros seguíamos armando desmadre. Para reafirmar lo que todos ya sabíamos, la voz del Azteca anunció por el sonido local: "Debido a la falta de garantías, el árbitro ha decidido suspender el partido".

Y nueva rechifla y nuevos grillos torturados descendiendo desde las alturas.

Algunos habrán creído que allí acaba la cosa, que con el paso de los minutos cada uno de los participantes del aquelarre regresaría a su cubil, pero nel, todos permanecían quietecitos y a la expectativa.

Los pumas hicieron un intento de regresar al vestidor, pero de nuevo fueron amedrentados por el Ritual. Era imposible que salieran por esa puerta mientras trescuatro mil locos permaneciéramos en la tribuna a unos cuantos metros —qué digo metros, centímetros— de donde tenían que pasar. Tampoco podían huir por la salida del América porque ese túnel desembocaba en un pasillo interior, casi abierto al público, para que los aficionados vieran pasar de cerca a los jugadores después de los partidos, y ahora ese pasillo estaba ocupado por trescientos o cuatrocientos cabrones de la Monu y el Ritual que querían saludar a los jugadores rivales en caso de que se atrevieran a pasar por allí.

Los árbitros, como capitanes de un barco que ya se había hundido hacía hora y media, eran los últimos que debían abandonar la cancha porque tenían la obligación de observar todo lo que pasaba para poder hacer un reporte de los hechos.

El América no quería irse primero porque ningún equipo de verdad abandonaría a los suyos con el archirrival sobre el terreno de juego: sería como dejar en tu casa al Sancho mientras tú te vas a trabajar. Podría haber sido acusado de traidor, de miedoso, de valemadres.

Y mientras, acá arriba, el Ritual cante y cante, grite y grite.

Resumiendo: era una competencia para ver quién la tenía más larga.

32

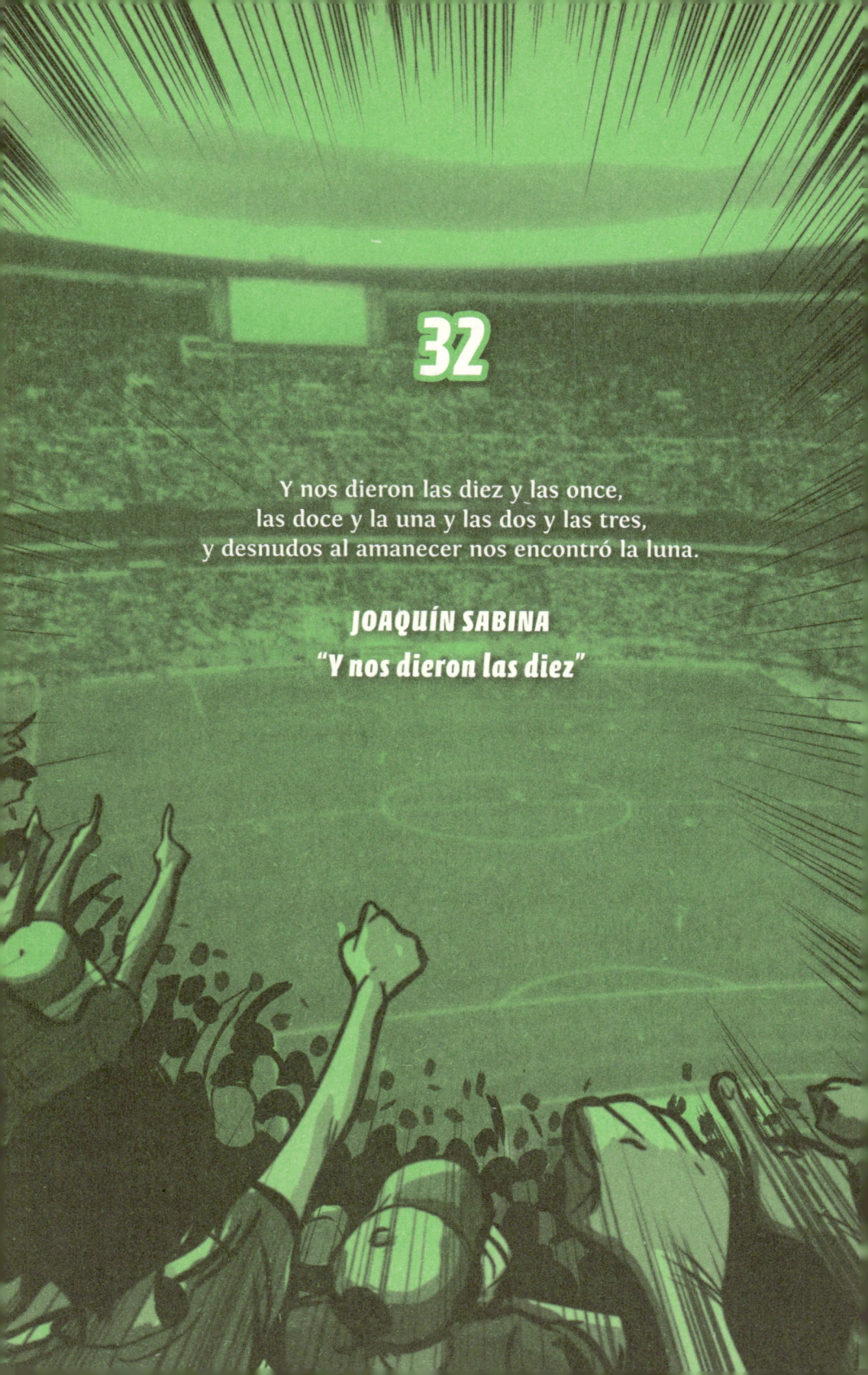

Y nos dieron las diez y las once,
las doce y la una y las dos y las tres,
y desnudos al amanecer nos encontró la luna.

JOAQUÍN SABINA
"Y nos dieron las diez"

Para matar el tiempo los jugadores del América se pusieron a hacer toritos en su parte de cancha y nosotros coreábamos todos sus pases. "Ole, ole, ole", gritábamos como si estuvieran pasándose el balón en un juego de verdad y no nomás haciéndose pendejos un jueves a la una de la madrugada porque no se querían meter al vestidor.

Los pumas sanos permanecían tirados cerca del círculo central, como si estuvieran tomándose un baño de luna llena. Yo creo que algunos hasta se jetearon porque ni se movían. Los pumas heridos seguían recibiendo atención en la banca. Habían pasado casi tres horas y seguían rojos y tosiendo.

La mayoría de los aficionados se habían retirado en paz, entre ellos los putitos de la Rebel, que con su actitud habían demostrado que la tenían más chiquita que nosotros.

¿Los árbitros? Ellos seguían paraditos en el centro de la cancha, casi sin moverse, atentos a la nada que sucedía a su alrededor, pero con ojos de que estuvieran pasando muchas cosas importantes. Eran los que más lástima me daban; se me figuraban esos pobres meseros que tienen que esperar aburridos y con sueño a que el cliente que les acaba de dejar una buena propina se acabe su chingada botellota de Bacardí.

Y nosotros seguíamos echando desmadre, e incluso cada vez éramos más porque algunos miembros de otras barras se habían clavado a nuestra tribuna, centro del universo en ese momento.

Voy a amanecer contigo a mi lado,
con una caguama y en la cancha de mi estadio.
Voy a amanecer contigo a mi lado,
mirando allá abajo puro puma chamuscado.

Eso era lo que más nos prendía: la posibilidad de ver salir el sol desde la tribuna. Lo habíamos visto meterse un millón de veces; un chinguero de partidos comienzan a media tarde, con luz, y acaban en noche cerrada. Es más, todos los aficionados del mundo han vivido ese momento; han visto cómo las luces del estadio se prenden para transformar en día la noche que ha caído sobre la cancha. Pero nadie había visto amanecer desde la grada porque no hay partidos que se programen a las cinco de la mañana.

Había algo de mágico, de amoroso y hasta de sexual en el hecho de ver amanecer dentro del Estadio Azteca. Daba la sensación de que nos despertaríamos abrazados a la amada después de una noche de desenfreno y perdición.

"¿Y si los dos equipos se hubieran salido juntos?", te estarás preguntando, como se preguntaban en ese momento todos los que desde sus casas seguían las incidencias del asunto.

Pues habría sido lo más fácil, pero ni los Pumas querían salir del brazo del América ni el América quería salir colgado de las chichis de los Pumas. Cosas del honor; cosas de hombres; cosas que muy poquitos podrían entender.

Y así, pasaba el tiempo y todos permanecían en sus sitios. Parecía más un cuento que una escena de la vida real. Los jugadores del América dejaron de pelotear, decidieron imitar a sus rivales y se acostaron en la cancha a tomar luz de luna.

En realidad no había luna ni estrellas ni nada, pero la iluminación blanca de las torres, la hora que marcaba el reloj, las caguamas y la mota nos hacían imaginar que sobre la cancha se extendía un manto blanco de luz de luna.

Y entonces los oímos. *Trac, trac, trac, trac,* como si fueran tres relojes gigantes que nos quisieran recordar que no era hora de estar haciendo lo que estábamos haciendo. Muy raro todo.

Trac, trac, trac, trac.

Trac, trac, trac, trac.

Trac, trac, trac, trac... y entonces aparecieron: tres helicópteros de la marina. De esos bien cabrones, de esos que parecen un chingado ADO volador, de los que se usan para trasladar a los batallones que se la van a hacer de pedo a los narcos.

En cuanto comprendió lo que estaba sucediendo, la banda se puso reloca; como que se animó. Recibimos a los pinches marineros con cánticos y mentadas de madre, pero una cosa es ver un helicóptero volando a chingomil metros de ti y otra muy distinta tenerlo allí, arribita de ti, levantando con sus aspas trapos, banderas, basuras y hasta las toallas que los pinches Pumas habían dejado sobre el pasto.

Porque hay que decir que los helicópteros les sacaron un sustote hasta a los pinches jugadores de los dos equipos que, como pedos, corrieron a refugiarse en las bancas, mientras los animalotes descendían sobre la cancha. Dos del lado de los Pumas y uno del lado del águila.

Acá arriba hubo banda que se abrió y salió por patas fuera del estadio, pero también hubo un chingo de cabrones que nos agarramos de los güevos, nos encomendamos a la virgencita y aguantamos a pierna firme. Como siempre, grite y grite, cante y cante.

Como soy retedramático, fantaseaba con la idea de que una hélice se enrollara con un cable para que todo valiera madre y el helicóptero descontrolado se fuera a estrellar de lleno contra la grada del Ritual. Habría sido un bello final de fiesta, pero nada de eso sucedió.

De cada helicóptero se bajaron dos cabrones que se veían jefezones, capitanes o contraalmirantes, sabrá dios qué puestos tuvieran, pero cada uno tenía un chinguero de medallitas colgándole del pecho. Eso me tranquilizó, porque nadie se pone medallitas piteras para ir a masacrar cabrones. Además, quienes se encargan de eso siempre son los chingados sardos de menor grado, la carne de cañón. Los jefes nunca se ensucian las manos, esos nomás sirven para dar las órdenes de disparar y voltean hacia otra parte cuando estallan los pedos.

Cada una de las parejas de chingones se acercó a la banca de los Pumas, a la banca del águila y a la caseta de los árbitros, respectivamente. Las cámaras de las televisoras se acercaron para ver qué iba a pasar, pero se alejaron cuando vieron el gesto de uno de los generales o contramaestres: un solo movimiento de ceja y brazo, acompañado de una sonrisita, bastó para que los periodistas se dieran cuenta de que una cosa es cubrir un partido de futbol y otra muy diferente meter las narices en asuntos de la soldadesca.

Ya después se supo que los chingados oficiales se acercaron a los capitanes de los equipos y de muy buena forma, supongo que otra vez con ceja-manita-y-sonrisa, les pidieron que los acompañaran a sus respectivos helicópteros, les explicaron que la orden venía desde muy arriba y les rogaron que por favor ya no la estuvieran haciendo de pedo.

ANTISOCIAL

Y allí tienes a todos abordando los helicópteros estacionados en plena cancha del Estadio Azteca. Los Pumas y los árbitros lo hicieron rápidamente, les corría prisa por abandonar aquel infierno. El América, en cambio, muy dueño de la situación, lo hizo con toda calma, casi con provocación. Caminaron en bola hasta la puerta del aparato, pero antes de abordarlo voltearon hacia nuestra tribuna y levantaron los brazos en señal de saludo.

El Ritual se volvió loco y de nuevo regresaron los cánticos y el desmadre. Se sintió una comunión bien chingona en ese momento. El helicóptero de los árbitros fue el primero en mover las hélices y elevarse por encima de la cancha; después lo hizo el helicóptero de los Pumas, y entonces en ese momento, nada más levantarse unos cuantos metros, los aficionados que quedábamos dentro del estadio lanzamos un alarido de emoción, como si un gol invisible se hubiera anotado en ese momento. Que la nave puma fuera la primera en elevarse dejaba en claro una cosa: el América la tenía más grande.

Y entonces levantó el vuelo el último helicóptero, el que se llevaba a nuestros muchachos. Era la 1:38 de la madrugada; el partido debía haber acabado poco antes de las diez de la noche. Habían pasado casi cinco horas desde que mi brazo derecho, ese brazo que era mío y no era mío, había lanzado el cartucho con el gas pimienta, y el desmadre continuaba. El *trac, trac, trac, trac* de los aparatos se fue perdiendo con la noche. Sólo quedaron los cantos de la barra.

El Ritual no se va, no se va, no se va;
los locos del ritual no se van.
Aquí va a amanecer, vas a ver, vas a ver;
aquí va a amanecer...

Y entonces se apagaron las luces del estadio. Todas.

33

Tú me querías decir no sé qué cosa...

JOSÉ ALFREDO JIMÉNEZ
"Amanecí en tus brazos"

Y entonces amaneció. Los cientos de cabrones que nos quedamos esa vez en la grada sur del Estadio Azteca nunca vimos salir el sol. Es cierto, el Azteca es un plato hondo sin horizontes, pero fuimos testigos de cómo un tono azul, de rimel corrido, iba invadiendo el cielo. Las dostres estrellas que se veían fueron apagándose y lo único que se escuchaba era el *pío, pío, pío* de unos pajaritos.

Amanecía sobre el mundo y el mundo era la cancha del Azteca, repleta de papelitos y basuras que las hélices de los helicópteros habían regado por todos lados, pero aún así, sucia y desvelada, la cancha se veía hermosa, como una princesa que no puede desenredarse el sueño que la envuelve.

—Ya estuvo —dijo alguien, y todos comprendimos que era hora de abandonar el estadio.

Poco a poco, amodorrados y temblando de frío, salimos por la puerta 8, nuestra puerta. La ciudad comenzaba a transitar por las calles de un nuevo día.

34

Heaven, I'm in heaven,
and my heart beats so that
I can hardly speak.

LOUIS ARMSTRONG
"Cheek to Cheek"

26 DE MAYO

Y entonces se apagaron las luces del estadio. Todas.

El *trac, trac, trac, trac* de los aparatos se fue perdiendo con la noche. Sólo quedaron los cantos de la barra.

Y la oscuridad.

Precisamente la oscuridad del Estadio Azteca, que no es la misma que otra oscuridad, porque oscuridades hay varias. Son infinitas.

No es la misma oscuridad la de tu cuarto que la de tu celda, ni la del bosque que la del mar. Son cosas distintas.

Se apaga la luz en el cine, y que comience la función.

Se apaga la luz en la casa de campo del asesino de la misma película, y que comience la masacre.

Se apagó la luz, y ya no pensábamos en ver el amanecer. Queríamos salir de aquella trampa.

—Es un operativo de rutina, tranquilos —gritó alguien, y eso, como era de suponer, nos puso más nerviosos.

Los compas que estaban cerca de la salida de emergencia la abrieron de una patada y salieron en chinguiza. Acá arriba, donde nos encontrábamos, había un corredero de meseros, banda y viejas gritonas.

Ya no eran helicópteros posados sobre una cancha: eran camionetas negras, taxis sin placas y un Mini Cooper estacionados sobre la calle Lancaster, en la Zona Rosa. Por lo menos esos son los vehículos que se alcanzan a ver en los videos de seguridad (no sé por qué llaman videos de seguridad a pinches grabaciones en las que se ve a cabrones que acaban de sufrir asaltos, lesiones, torturas, o que están a punto de que se los cargue la verga; deberíamos, en todo caso, llamarlos videos de inseguridad).

Se oía mucho y se veía muy poco.

Yo me quedé como apendejado, pero Lesly luego luego se tiró al piso y desde allí me jaloneó para que yo también quedara bajo la mesa en la que, hasta hacía unos instantes, habíamos estado chupando con unos compas de la barra de Azcapo y de Observatorio. Al otro día se jugaba la final contra el Cruz Azul y las barras más importantes del águila nos estábamos poniendo de acuerdo para convertir el Azteca en un pinche manicomio. Nos quedamos de ver allí, en el Heaven, porque era un punto que más o menos nos acomodaba a todos.

La noche había estado tranquis. Como siempre, dostres batos cábulas, pero nada del otro mundo. De hecho ya habíamos pedido la cuenta cuando empezó el desmadre.

No entendíamos bien lo que estaba pasando, pero a los cabrones que acababan de irrumpir en el antro no se les adivinaban buenas intenciones. Nosotros estábamos en la planta alta, un cuartito con unas ocho mesas, pero se oía que allá abajo la cosa estaba muy cabrona.

Poquito a poco, arrastrándonos por el piso, Lesly y yo nos fuimos acercando a unos sillones que estaban cerca de un ventanal. Allí entraba un poco de luz, y además si me asomaba podía darme tinta de cómo estaba la cosa allá afuera.

Yo he vivido cosas culeras. Siempre he estado en lugares donde todos me decían que no debía meterme, y sin embargo jamás había sentido miedo. Y no es que yo fuera un Juan Sin Miedo que se enfrentaba al dragón —o a lo que se haya enfrentado el chingado Juan Sin Miedo— con una sonrisa de valemadrismo. Lo que quiero decir es que en situaciones complicadas yo siempre había sentido que iba a salir adelante. Me daba cuenta de que la cosa estaba difícil, pero precisamente esa dificultad era la que me ayudaba a encontrar la salida. Y sin embargo, ahora, en las entrañas de aquel antro, sentía que la oscuridad que nos envolvía no era una oscuridad normal: era una penumbra formada por los humos de una mala vibra de la recontrachingada, como la que producen los brujos o los espíritus negros de las películas de terror. Se sentía todo tan culero que mientras nos arrastrábamos por el piso me di cuenta de que yo estaba medio temblando.

Llegamos al ventanal y nos asomamos a la calle, pero no se veía mucho: un anuncio de neón con dos cervezas Victoria gigantes, dostres taxis y dostres güeyes confundidos que iban o venían, entraban o salían.

Acá adentro se oyeron pasos en la escalera. Daba la impresión de que subían un búfalo, un diablo y un toro. O mil toros y mil diablos perseguidos por una manada de búfalos enloquecidos.

Retumbó la escalera y mi corazón: *pum, pum, pum,* corazón de paloma. Y al llegar arriba prendieron la luz y entonces, desde nuestro escondite pitero, vimos el desmadre. A nuestro alrededor había unos quince chavos y chavas igual de asustados que nosotros, y el búfalo, el toro y el diablo eran en realidad tres güeyes enormes que dizque eran policías. Sí, cómo no: vestidos de civil, pasamontañas negro, cuernos de chivo o metralletas cortas de esas que los tiras no se atreven ni a tocar.

—Es un operativo de la delegación Cuauhtémoc; tranquilos, hijos de la chingada.

—¿Es alguno de éstos?

—Creo que no.

—Revísalos.

Andaban buscando a unos güeyes en específico. Les levantaban la jeta a los cabrones y les preguntaban sus nombres, y por suerte a las viejas ni las pelaban.

El Moncho, el Jervis, el Nubes son los nombres que recuerdo que se ladraban por allí.

—¿Dónde está el puto Jervis?

—¿Eres el Nubes? ¿Lo conoces, hijo de tu puta madre?

—Allá abajo agarraron al pinche Moncho —dijo el búfalo, que tenía un chícharo de guarura incrustado en la oreja.

A algunos les levantaban la jeta y luego se la soltaban de golpe; a otros además les daban su buen madrazo en la cabeza o en la panza como para crear tensión. Poco a poco se iban acercando adonde yo estaba. En unos segundos más me iban a levantar la cara y me iban a preguntar quién chingados era.

¿Y si a mí me veían cara del Nubes? Juraba que uno de mis más grandes temores, el de que me confundieran con un culero, estaba a punto de ocurrirme. Me sentía como en un cuento de terror de esos que te contaban en el kinder, de esos en los que el ogro o el dragón o el coco anda suelto en busca de víctimas frescas. Y el coco —o el diablo— llegó hasta mí y me levantó la jeta y me miró a los ojos.

—¿Cómo te llamas?

ANTISOCIAL

—Juan Pablo Quim.
—¿Y cómo te dicen?

Y una horrible voz que surgía de mi cerebro me gritaba: "Nubes, Nubes, Nubes", como si todo mi ser fuera una nublazón de mayo a las tres de la tarde. Negra y gris y casi con truenos. "Nubes, Nubes, Nubes"... pero yo no era el Nubes, y sin embargo mi vocecita interior me exigía que dijera ese nombre.

—¡Dime cómo te dicen, hijo de tu pinche madre, o te doy un plomazo!

—El Quim en la escuela y a veces el Gato —dije con una voz chiquita y falsa, una voz que gritaba que yo era el Nubes.

—¡Ya tenemos al Nubes! ¡Está en el Mini Cooper! —gritó el cabrón del chícharo en la oreja—. ¡Vámonos a la verga!

—¿El Gato? —preguntó sorprendido el cabrón que seguía apuntándome con el cuerno de chivo—. Chócalas, carnal, a mí también me dicen así —y acto seguido me extendió su puño para golpearlo con el mío.

Levantaron a doce cabrones. Se los llevaron a un rancho en el Estado de México allá por los volcanes, los ejecutaron, los desmembraron y los enterraron allí mismo: en una fosa clandestina llena de cal y amoniaco que cubrieron con una gruesa capa de hormigón. Y aunque hubo por lo menos cuatro policías implicados en el "operativo" del Heaven, las autoridades del De Efe esclarecieron rápidamente los hechos: una venganza entre distribuidores de drogas de Tepito.

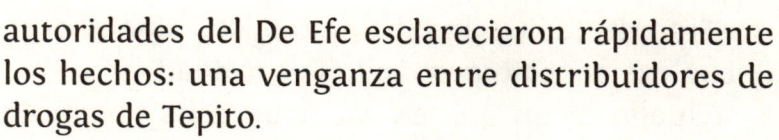

—¿Y los polis involucrados?

—Chance y eran de cartón.

¿Y sus jefes?

—Parece que va a llover, el cielo se está nublando.

Levantaron a doce cabrones, cinco morras y siete güeyes: Alan, Guadalupe, Eulogio, Gabriela, Jerzy, Said, Jennifer, Gabriela, Josué, Aarón, Moserrat y Rafael.

No conocí a ninguno. Ninguno de esos cabrones fue mi broder ni anduve con ninguna de las chavas. Sólo compartimos antro una noche, y puede ser que me haya topado con alguno de ellos en el baño o en la barra o en la pista.

Después supe (lo leí en un periódico) que el tal Alan le iba al América y que hasta le pidió a su jefa que le preparara unas botanas para ver la final, pero las botanas se quedaron en los platos porque Alan nunca llegó a la cita. Dostres cabrones nos hicieron fiesta aquella noche porque varios de los camaradas llevábamos playeras del águila. En una de ésas el pinche Alan fue uno de esos con los que estuvimos echando porras al América y cabuleando a la banda del azul, que también había por allí. Nunca lo sabré. Lo que sí sé es que a la gente medio le valió madre la muerte de esos doce cabrones: sin juicio ni defensa fueron acusados por la sociedad.

ANTISOCIAL

"Eran de Tepito, andaban en el jale, algo habrán hecho", se consoló pensando la sociedad.

Y luego dicen que en México no hay pena de muerte.

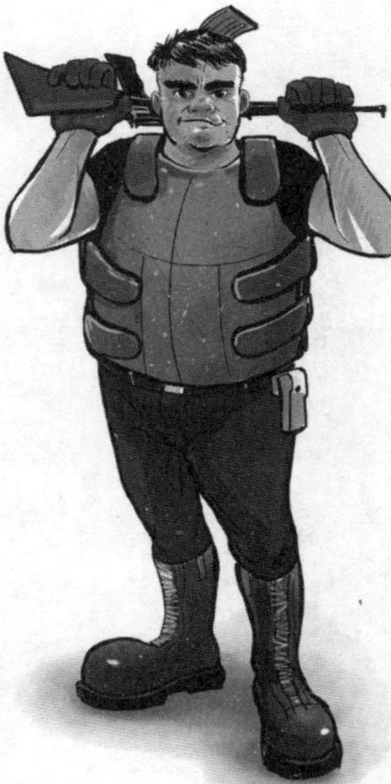

35

Vivo errante como un pasajero;
mi distrito ha sido Teloloapan,
Teucizapan conozco por pueblo.

PRÓSPERO SALGADO MARCHÁN

"Modesta Ayala"

26 DE SEPTIEMBRE

Los demás compañeros nos hicimos bolita en el centro de la tribuna y tratamos de encender una hoguera que nos alumbrara un poco. Tanta oscuridad nos hería los ojos; como cuando miras de frente al sol o volteas a ver hacia una superficie llena de luz, pero al revés: aquí la mirada se lastimaba de tanto no ver.

Pensar en el amanecer ya no era un capricho: era una esperanza; era como imaginar la salvación. Yo estaba seguro de que si volvía a ver la luz del sol sería porque me habría librado de la muerte.

La camioneta traqueteaba por la terracería. El movimiento nos quería empujar pa' acá y pa' allá, pero éramos tantos los cabrones encerrados en la caseta que apenas nos movíamos y lo único que sentíamos era el peso de los cuerpos apretándonos. A veces te apretaban a ti, a veces tú apretabas. Pa'

ANTISOCIAL

acá y pa' allá, pero el miedo era tanto que no te daba chance ni de marearte.

No sé por qué recuerdo el ruidero que hacía la suspensión de la camioneta. Rechinaba como si estuviera a punto de romperse, pero no rechinaba como rechinan los fierros o los aparatos desengrasados: rechinaba como un lamento animal, como si a la camioneta le estuviera doliendo algo y no pudiera seguir soportando el peso de tanto sufrimiento.

Pasará el tiempo. Me haré un viejo pendejo y achacoso y a lo mejor lo último que recuerdo de aquella noche es un rechinido. Un agudo roce de fierros oxidados. Y entonces me taparé los oídos y me derrotaré en cuclillas sobre el piso del hospital de locos y exigiré gritando y babeando como un bebé viejito, o como un caracol, que le bajen a esa música que sólo yo puedo oír. Un rechinido será lo único que me quede algún día.

Llovía aunque digan que no llovía. Y si sé que llovía es porque tirado sobre la tierra sentía las gotas caer sobre mi cara, como si el cielo y el infierno juntos se me estuvieran derramando sobre los ojos. Deliraba, y el delirio me hacía pensar que moriría ahogado, o a lo mejor me estaba ahogando con el agua que caía y el delirio era una señal de alarma, un foco rojo que mi cerebro mandaba tintinear. Quién sabe. Y detrás de la lluvia había un cielo negro, negro, negro. Negro, negro, negro era el color que mis ojos (no) veían.

Sé que llovía, aunque digan que no llovió, porque por más que me esforzaba, no lograba encontrar ni una sola estrella. El cielo tres veces negro no dejaba ver nada. Lo sé porque yo ya no pensaba en el amanecer gigante del sol: me conformaba con el amanecer diminuto de una única estrellita en el cielo floreciendo tan sólo para mí. Si lograba verla me salvaría, y para verla tenía que rodar hasta esa piedrota que quedaba al borde del camino.

Chingomil cosas había aprendido hasta ese momento: números y mapas, fórmulas y ríos, poemas y batallas. Había matado a mis dioses, había adoptado a unos nuevos, y al final a ellos también les había partido su madre. Había aprendido chingomil cosas, te digo, y sin embargo ahora lo único que podía salvarme era rodar hasta una piedra y después hacerme el invisible.

Cada tanto los cabrones que nos habían traído para acá se acercaban al montón de cuerpos y se llevaban cuatrocinco. No sé qué les hacían. No sé qué nos hacían —tú lo sabrás, tú siempre sabes todo—, pero yo no quería averiguarlo, y por eso mejor me puse a rodar. Poco a poco me fui acercando a la roca como un chingado caracol humano que en lugar de baba fuera dejando un caminito de sangre.

Cada tanto venían los verdugos y cada tanto me quedaba quietecito, buscando allá arriba, con los ojos abiertos de un muerto, el brillo de una estrella.

ANTISOCIAL

Y cuando se iban, cuando cargaban con los cuatro-cinco cuerpos de rigor, otra vez caracol, caracol, caracolito, y así, después de mil años y cuarenta y dos cuerpos, llegué hasta la piedrota y le di la vuelta y me tendí con la vista hacia el cielo y vi que dejaba de llover y sentí que las nubes se iban abriendo como un telón raído y vi brillar a las malditas estrellas en el cielo y me dio rabia lo inútil de sus resplandores.

¿De qué nos han servido las putas estrellas?

¿Por qué las queremos tanto si jamás han movido un músculo o una uña por nosotros?

Las estrellas han sido testigos de todas nuestras desgracias y jamás se han compadecido. Han visto guerras, matanzas, hambrunas y ratas devorándolo todo, y se han mantenido sonrientes y frías como maniquíes u ojos de maniquíes o maniquíes sin cuerpo pero con alma. Las estrellas ni han dejado de brillar ante nuestras penas ni se han iluminado de más convirtiendo la noche en día, ante nuestras dostres victorias. A las estrellas les valemos madres. Eso es lo que pensaba esa noche con lluvia y sin lluvia y nubes negras, negras, negras. A las estrellas les valemos madres y no van a mover una uña (de uñas están formadas las puntas de las estrellas) para cambiar lo culero de nuestros destinos. Ni una pinche uña han de mover para rasgar el telón de la noche y convertirlo en día y salvar a alguien que allá abajo, a cinco mil años luz, sueña con ver de nuevo el amanecer.

Me habían quebrado algo; algo importante, porque cada vez me costaba más trabajo moverme. Sentía dos fríos: el frío normal de la humedad y la madrugada, y el frío de la muerte que rondaba a mi alrededor.

Ustedes saben lo que pasó y yo no. Ustedes saben de una pira de cuerpos, de unas llantas. Saben del diésel y de las horas que tardó en consumirse aquella hoguera. Saben lo que dijeron unos especialistas que vinieron de Alemania o de Argentina o de las estrellas. Saben de dientes que deberían haberse conservado pero que se volvieron de polvo y que sin embargo desde la eternidad tuvieron la fuerza para dar sus últimas dentelladas, invisibles y precisas; tan exactas mordidas dieron esos dientes que con sus filos rasgaron la mentira de los que aseguraban que ese día no llovió.

Ustedes saben cosas que yo ignoro. Saben de un río y de una cara arrancada y de un camión con futbolistas. Saben de un número que se convirtió en un símbolo. Y yo, que estuve allí, sólo les puedo decir que llovió (definitivamente llovió), y que dejó de llover, y que luego sentí dos fríos diferentes, y que para darme fuerzas pensé primero en el amanecer, y que cuando me di cuenta de que el amanecer no llegaría me puse a pensar en los ojos negros, negros, negros de Lesly Grande y de Lesly Chica, que estarían esperándome en Teucizapan. Cada una en dos horas distintas de la madrugada, aunque fuera la misma madrugada. Una en la hora de la vida, otra en la hora de la muerte.

Los ojos de Lesly Grande, preocupada por las noticias que irían llegando desde Iguala, enrojecerían por mí, brillarían por mí y se jurarían, esos ojos, que habrían de ver por mí los pasos, caídas, sonrisas, llantos e ilusiones de esa Lesly Chica, confiada y alegre, porque sabría que muy pronto aparecería aquel hombre enorme y sabio y tan viejo que ya tiene diecisiete años (edad de muerte y de lucha), que la abraza y la besa y la quiere tanto. Distintas horas para una misma madrugada.

Y ustedes no sabrán si brillaron las estrellas o si al final salió el sol —aunque siempre acaba saliendo—. Ni yo tampoco habré de saber nada porque unos pasos y unas voces acabaron por descubrir las huellas de sangre y baba. Y esos pasos y esas voces siguieron el rastro, y allí, quebrado y ciego, ya sin ojos que soñar, encontraron agazapado al último caracol del jardín.

Ya sin ojos qué soñar.

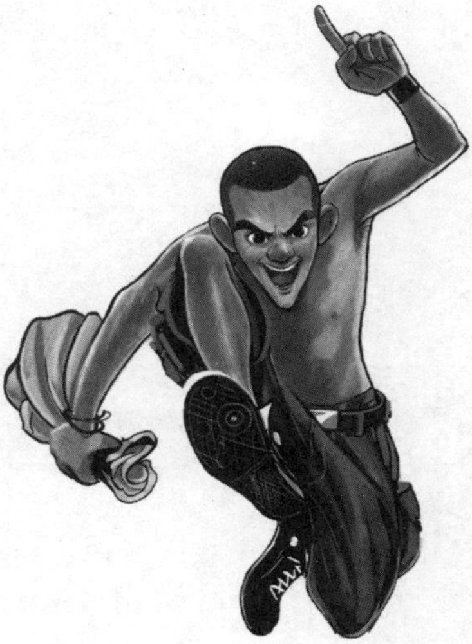

36

Que quiero brincar planetas
hasta ver uno vacío,
que quiero irme a vivir,
pero que sea contigo.

CAIFANES

"Viento"

20 DE JUNIO

Descendieron sobre la cancha, pero en esta ocasión no se bajaron comandantes enjoyados sino un chingo de policías que parecían robocops, mal alimentados, pero robocops al fin. Cascos, toletes, pistolas y escudos. No se sabía bien cómo podían cargar tanta cosa, pero la cargaban y la sabían usar. Parecía que habían descubierto que Osama Bin Laden se escondía en algún rincón del News Divine, una chingada discoteque pirata de la Nueva Atzacoalco, adonde Lesly y yo habíamos ido a festejar que por fin se habían acabado las clases del CETIS 55. Yo festejaba por ella, no por mí: para mí las clases se habían acabado hacía unos años y ahora chambeaba en una imprenta.

Rayaba todos los sábados y, nomás salir, tres compañeros del trabajo y yo nos lanzábamos a las tardeadas que se organizaban en el Divine. Muchas de las edecanes del Walmart de Eduardo Molina, esas chavas que te dan a probar una galletita con atún o una copita de ron Caníbal, también le caían, y el desmadre se ponía bueno. Yo iba un sábado sí y el otro también, pero nunca los viernes. Los viernes no me gustaban porque ese día la banda se alocaba mucho. Caían muchos morritos de las escuelas del rumbo y, más que en un antro, te sentías en el recreo de la secundaria. Además al otro día yo tenía que chingarle en la imprenta desde temprano y sentía refeo trabajar medio crudo: con el ruidero de las máquinas se te alborotaba todo el cerebro.

Pero al destino no hay quien le gane y ese día le caímos al News Divine en viernes. Éramos cinco güeyes y cinco viejas, puros compañeros del CETIS de Lesly. Yo nomás conocía a Isis, amiga de mi vieja, y a los demás chavos no los había visto jamás.

Te digo: el destino es cabrón. A mi vieja le latían más los desmadres más tranquilos, como ir a tomar un café o ir al *siniestro* (así le decía yo al cine porque medio me cagaba un poco), y sin embargo llegamos al lugar equivocado el día menos indicado por los siglos de los siglos y amén.

Al Divine entrabas por una puerta flaca y baja como la de cualquier casa. Luego luego te encontrabas con diecisiete escalones —allí fue donde valieron madres la mayoría de las víctimas— que te conducían al primer piso: un salón rectangular con una barrita al fondo. Junto a esa barra había una escalera que te llevaba dizque a la zona VIP. Nosotros estábamos allí, en un galerón un poquito más amplio que tenía unos barandales donde te podías trepar para mirar y ser mirado.

Yo me estaba aburriendo medio cabrón y además estaba bien cansado porque había sido una semana difícil en la imprenta, pero Lesly e Isis estaban plátique y plátique, risa y risa, y se me hacía medio gacho decirle a mi vieja que nos fuéramos.

Lo bonito de la vida y también lo feo es que uno nunca sabe en realidad el camino que va recorriendo. No sabes si es seguro y feliz o si esa puertita pitera de departamento de tía solterona te conducirá a la muerte. Tienes que abrir las puertas y recorrer los caminos para medio entender qué pedo. Si la vida fuera un partido de futbol las autoridades lo declararían de alto riesgo, y eso es bonito y feo al mismo tiempo. No sé si me explico o en realidad estoy diciendo puras pendejadas, pero no pasa un día sin que piense y piense y le dé mil vueltas en la cabeza a lo que habría pasado si cuando me estaba aburriendo le hubiera dicho a Lesly que nos fuéramos a ver *Rápido y furioso 25* al Cinemex de Plaza Aragón.

A lo mejor el cine se habría incendiado, Lesly estaría muerta y yo viviría con quemaduras en cien por ciento del cuerpo y permanecería ciego y naranja en una cama especial de la clínica Sabequéchingados del DIF, o a lo mejor la aburrición habría continuado en el News Divine, los robocops jamás habrían entrado e Isis andaría echando desmadre por ahí.

Me pasa siempre en los partidos del América a los que no puedo ir y acaban perdiendo: siempre creo que hice falta y que si hubiera ido al estadio las cosas habrían sido diferentes y el águila no habría perdido. Yo creo que le hago mucho caso a la tontería esa, japonesa o china, mariguana en cualquier caso, que dice que un aleteo de mariposa ocasiona un huracán del otro lado del mar. Quién sabe.

El caso es que no nos fuimos. Para quitarme lo aburrido me tomé una cerveza, y ni así; y luego otra, y luego creo que otra, y ya como que la cosa se empezó a poner divertida, pero no tanto como para ponerme a bailar. Yo era más de Óscar de León y de Rubén Blades, que era la música que ponían los sábados, y ahorita, con tanto morrito caguengue, nomás ponían puro pinche reguetón.

Lesly se bajó a bailar en la pista y para matar el tiempo me puse a platicar con la Isis. Era buena onda la chava, el único pedo es que para que te pudieran oír tenías que gritar en el oído de la otra persona y después girar un poco la cabeza para oír su grito de respuesta.

Así me enteré de que Isis quería ser ¡DISEÑADORA!, le gustaba ¡RICKY MARTIN! y su color preferido era el ¡ROJO!

Yo le dije que quería ser ¡DUEÑO DE UNA IMPRENTA!, que me gustaba ¡LA SALSA!, y ya no pude decirle que mi color favorito era el negro porque en ese momento comenzó el desmadre de los robocops versión chilanga.

A ti te dijeron que el problema fue el sobrecupo, que había un chinguero de cabrones en el News Divine y que por eso se cocinó la tragedia. ¡PURAS PINCHES MENTIRAS DE MIERDA DE LA POLICÍA Y DEL GOBIERNO!

¿Me oíste?

Por tu cara de interrogación creo que no. Hay cosas que no se pueden entender a la primera, mucho menos cuando los medios y las autoridades te han estado contando cuentos de hadas. Intentémoslo de nuevo; por favor voltea la cabecita y acerca tu oreja izquierda hasta el susurro de mi voz, porque te voy a gritar otra vez, bien fuerte y claro, lo que no pudiste oír:

—¡EL GOBIERNO Y LA POLICÍA DIJERON PURAS MENTIRAS PARA CUBRIRSE UNOS A OTROS!

Creo que ahora sí me oíste bien: tu cara pasó de la duda al encabronamiento, y eso siempre —sobre todo cuando se lee o se escuchan injusticias— es una buena señal.

Sí éramos tantos, si estábamos todos apretujados, ¿cómo es posible que la policía pudiera llegar al segundo piso y agarrar a macanazos a cuatro-cinco morros?

Nomás empezar el desmadre le di un jalonzote a Lesly y la trepé conmigo junto al barandal. Allí estábamos relativamente seguros; el pedo fue que los cuates de Lesly, toda la banda del CETIS, güeyes y chavas, pensaron diferente: se bajaron a la pista con la idea de alcanzar el primer piso y, una vez allí, pelarse por la escalera de los diecisiete escalones.

Eran chavos tranquilos; te digo que yo no los conocía, pero luego luego se les veía la inocencia: entre todos no se habían chingado ni tres cervezas. Eran un grupito de estudiantes que habían salido a divertirse después de chingarse todo un año escuchando las pendejadas de sus profesores y sin embargo, cuando vieron a los policías, su instinto les ordenó huir como si debieran mil muertes, como si fueran la peor calaña de la sociedad.

Y cómo no huir de una policía que siempre te ha chingado, que te roba y te mata y que te considera su enemigo nomás porque no llevas un ridículo trajecito azul y una gorrita de pendejo.

Es la ley de la selva, la ley del Kipling; el antílope no ha hecho nada, no es un antílope delincuente ni hijo de la chingada, y, sin embargo, cuando se encuentra con el león no le queda más remedio que correr. Pero no tiene caso: el león es más fuerte, y además lleva macana y pistola y tiene más hambre. Al león le gusta la sangre, vive de la sangre y no entiende el mundo si no es alborotando a la jungla.

Salieron los chavos corriendo. No porque fueran cabrones; corrieron porque eran antílopes. Siempre antílopes nerviosos a la espera del león, del chita, de la pantera. Sus padres y sus abuelos y los tatarabuelos de los tatarabuelos por los siglos de los siglos les heredaron la antilopedez, la condición de perseguidos: corre, huye, escapa, pues el león y sus achichincles siempre pueden culparte de algo.

Yo lo vi, a mí nadie me lo contó; yo estaba trepado en el barandalito, cubriendo con mi cuerpo a Lesly, antílope también, que quería seguir a su manada. Tuve que gritarle para que se calmara. No me oyó; sólo me vio, porque en ese momento en el Divine todo era ruido, mucho pinche ruido, ruido como de estampida.

Yo lo vi, te digo, nadie me lo contó. Los cabrones del CETIS y otros más estaban por bajar la escalera cuando se toparon de frente con los chingados robocops que subían. Leones contra antílopes, cara a cara y en la segunda planta del News Divine.

Nada de que no había espacio, nada de que éramos seiscientos. Allá arriba uno se podía mover con cierta comodidad. Tanta comodidad había que la pinche tira pudo llenar de cabronazos a la banda.

Pim, pam, pum, sonaban los golpes de las macanas. Como si cincodiezquince pinches niños locos estuvieran aporreando a cincodiezquince pinches piñatas de Barney al mismo tiempo. Eran golpes secos. Planos. Sin fondo. Como si las panzas de los chavitos estuvieran rellenas de periódicos mojados.

Ya no había música. Por el micrófono decían algo de unas cortesías si salíamos en paz, pero era imposible pensar en la paz en medio de aquella confusión. Los quejidos de dolor de los morros se mezclaban con los gritos y órdenes estúpidas que nos daban los chingados policías: que si bájense, que si súbanse a la azotea, que si quédense quietos, que si ya valieron madres.

Esta última frase me parecía la más sensata porque, en efecto, ya habíamos valido madres. La violencia de los policías fue lo que asustó a la banda y ocasionó la tragedia: los morros se precipitaron hacia la parte de abajo del antro; algunos intentaron escapar por la salida de emergencia, pero como siempre sucede, estaba taponada con cartones de cerveza, cajas de refresco y un candadote marca Reclusorio Norte.

El primer piso se fue llenando de morros apretujados, pero poco a poco la banda fue bajando por la escalera y desalojando el News Divine. Por un momento pareció que la cosa se tranquilizaba, que ya no habría pedo, pero entonces los tiras se dieron cuenta de que los antílopes (inocentes y sin delito que perseguir) se les estaban pelando y algún comandante tuvo la brillante idea de ordenar que hicieran una barrera con sus cuerpos para tapar la salida. Incluso estacionaron unos coches de la delegación afuerita de la entrada para obstaculizar aún más la salida.

Yo no pude ver esa barrera, yo seguía en mi barandal salvador, pero en internet están las imágenes de la barricada azul que acabó cobrándose la vida de un chingo de banda. De verdad, si no me crees pícale al YouTube y verás a setenta u ochenta policías apretujados ante las puertas del antro para que *nadie* pudiera escapar. Y en ese *nadie* que los trogloditas pretendían detener había niños y niñas. Como Erika, una morra de trece años, estudiante de secundaria, que, como otros muchos, murió sin deberla, pero temiéndola, por desgracia, un chingo.

No fue una tragedia: fue un asesinato, varios asesinatos, un chingo de asesinatos. Como los elefantes que se columpiaban sobre la tela de una araña, nomás que aquí la tela no resistió ni los putazos ni las patadas. Que no vengan ahora con el cuento de la avalancha y el sobrecupo. Si no cómo explicar entonces la muerte de Rafa, un chingado morrito de la Aragón que murió en la calle sin haber entrado siquiera al antro. Rafa llegó al News Divine, se formó en la fila para entrar, y cuando estaba sacando una credencial para identificarse, *pim, pum, pam*, se convirtió en angelito por obra y gracia del tolete de un policía. Tira asesino y cabrón que, sin embargo, no pudo evitar que al cadáver del Rafa le quitaran los tenis nuevos que su madre, trabajadora de una fábrica del rumbo, le acababa de regalar por su cumpleaños.

A Rafael no lo mató una avalancha en el interior del News Divine, no murió apretujado en las escaleras. A RAFAEL LO MATÓ UN POLICÍA, así, gritando como yo ahora, gritando alguna sinrazón, sin duda. Porque para algunos sólo existe el lenguaje de la violencia y el terror.

Yo vi muchas cosas ese día y otras me las contó banda que estuvo adentro y afuera y arriba y abajo.

Lesly quiso soltarse de mí y enfrentar a la tira y salvar a Isis y a su banda, pero yo la agarré bien machín y aguanté sus madrazos y sus mordidas. Llevo los dientes de Lesly marcados en el antebrazo, catorce hoyitos como un tatuaje descolorido y profundo. Me mordía para soltarse, pero también como una forma de aguantar el sufrimiento. Como esos heridos de las películas a los que les van a cortar un brazo infectado o una mano podrida por la gangrena y que muerden una bala para transmitirle a ella su dolor, así me dibujó Lesly catorce hoyitos rectangulares en el brazo.

Claro que hubo muchos aplastados, la mayoría de ellos ya muy cerca de la puerta, casi a punto de salir. En alguno de esos diecisiete escalones quedó la banda: morros y morritas, y también tres tiras. Casi a punto de alcanzar la luz, y con ella esa bocanada que les habría de llenar de oxígeno los pulmones, pero nunca llegaron. Se quedaron a mitad del río, a mitad de la escalera.

Los techos y paredes del News Divine estaban adornados con grafitis locochones que representaban galaxias y constelaciones y planetas con varias lunas. Algunos habían sido pintados con polvos brillositos y fosforescentes que resaltaban bien chingón con la luz apagada. Con tres cervezas y un poquito de imaginación podías convertir ese pinchurriento techo despostillado en el cielo de tu asteroide privado y transfigurarte en un chingado Principito de la Nueva Atzacoalco, con todo y flor y arbolote y corderito.

Deseo que la última visión de Alejandro y Mario y Daniel y Alberto y hasta de los pinches tiras —que ya no eran tiras sino personas— haya sido un planeta chiquito del otro lado del cielo. Un planeta mierdero y feliz que los fue abduciendo poco a poco, desde allá arriba, desde el techo del News Divine. "Duerme, duerme, duerme", les habrá ordenado el planeta, y ellos, adormilados por esa voz suave, habrán cerrado los ojos para dejarse llevar por una inmensidad de brillantina. Ojalá.

Dos obligaciones tuvieron la tele, la radio y la prensa en los días que siguieron a la tragedia. La primera fue criminalizar a la banda, haciendo pasar por delincuentes a unos pinches morritos de secundaria que habían salido a divertirse; la segunda, bien cumplidita, por cierto, fue asegurar que todos los chavos habían muerto de asfixia. Claro que hubo muchos aplastados, pero no todas las muertes fueron ocasionadas por la estampida. Las autopsias, sin embargo, en por lo menos tres casos señalan que "la mecánica de las lesiones indica que murieron por los golpes de objetos largos, romos y redondeados de

ANTISOCIAL

la punta". Objetos muy parecidos a los toletes que llevaban los tiras que irrumpieron en el segundo piso del News Divine una calurosa tarde de primavera.

"Ya valieron madre", gritaron como siempre gritan.

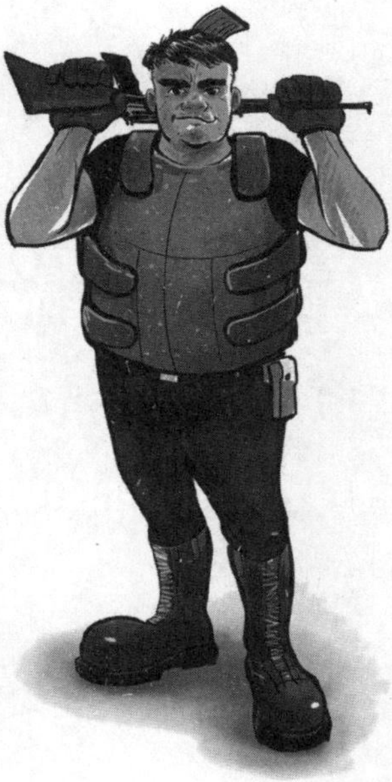

37

El arte de la guerra
se funda en el engaño.

SUN TZU
El arte de la guerra

Pasaba el tiempo, y cada vez que releía el poema de Kipling le encontraba nuevos significados.

Seguro que mis recientes lecturas, al principio recomendaciones del Yucamoy y después exploraciones mías, tenían que ver con esa ampliación de mis horizontes.

Tenía un cuaderno Scribe en el que anotaba algunos de los versos del poema de Kipling, y después, como si fuera una lista para ir de compras al mercado, iba tachando las oraciones conforme las cumplía:

"Si puedes estar firme cuando en tu derredor todo el mundo se ofusca".

"Si cuando dudan todos, te fías de tu valor".

"Si puedes esperar".

"Si no puede herirte amigo ni enemigo".

"Si eres bueno con todos, pero no demasiado".

El problema es que mi chingada mente es como una veleta enloquecida, y cambia y cambia y cambia

ANTISOCIAL

de opinión al menor golpe del viento. Y así, un día me despertaba sintiendo que había vencido un verso cualquiera, por ejemplo el que decía: "Si siendo odiado, al odio no dejarle cabida". Y entonces le ponía una palomita porque según yo había logrado mandar al odio a chingar a su madre, pero esa misma tarde la tira o mi mamá o el puto del presidente, quien fuera, me hacía pasar un chingado coraje machín que provocaba que el odio resurgiera en mí y la enseñanza de Kipling se fuera directito a la mierda.

Un día me sentía sabio y recabrón y al otro me daba cuenta de que no me alcanzaría la vida ni para cumplir el verso más sencillo del poema.

A veces pienso que para mí lo que realmente se escondía detrás del "Si" era la figura de un padre. A final de cuentas, todas las condiciones que había que cumplir para convertirse en un hombre hecho y derecho las iba nombrando un misterioso padre que al final decía: "Seráshombrehijomío", "Seráshombrehijomío", "Seráshombrehijomío".

Yo creo que para un hijo debe de ser muy bonito escuchar unas palabras así de su padre. Yo no escuché ni ésas ni ningunas palabras porque mi padre fue siempre para mí como un fantasma: casi nunca aparecía por la casa, y cuando aparecía daba mucho miedo. Gritos, golpes, patrullas y ambulancias. Siempre la misma historia.

Yo creo que por eso, aparte de la chinga que me arrimó en el Zócalo y después ya más en confianza en los separos de quién sabe qué chingada delegación, había otra cosa que se me quedó bien grabada de la historia con el capitán Pedro Córdoba: en la plática en el Palacio del Peje de Gobierno el chingado viejillo nos había dicho que las autoridades querían que "la familia regresara al estadio".

Te digo que yo no entendí muy bien lo que quería decir. Para mí la familia y el estadio eran cosas que no tenían nada que ver. No me cabía en la cabeza que un padre y un hijo pudieran ir juntos a un estadio.

El estadio era un lugar feliz y para mí la familia siempre significó dolor, llanto, oscuridad, y en el mejor de los casos un aburrimiento de su reputísima madre, pero llegaba al final del poema de Kipling, y allá atrás, atrás de las palabras, atrás de la chingada sombra que van dejando las palabras en el cerebro, alcanzaba a ver el falso recuerdo de un papá y un hijo pateando una pelota en un patio, a punto de llover, y sonriendo los dos.

"Si sueñas pero el sueño no se vuelve tu rey".

38

> Saber dónde empieza lo imposible es una regla de oro que todo creador debe tener en la mente. En ese punto da comienzo el principio de la táctica.
>
> **MIYAMOTO MUSASHI**
> **El tratado de las cinco ruedas**

Crish, crash crush.

Así sonó el parabrisas de la patrulla al estallar. De verdad.

Crish, crash crush.

Como si estuviéramos dentro de una de esas viejas películas de Batman. Casi se podían ver las letras de colores sobre la patrulla: *crish, crash crush.*

Se siente bien chingón romper el parabrisas de una patrulla; es un desahogo súper machín. Durante un mágico nanosegundo sientes que les estás partiendo la madre a todas las patrullas del mundo, que todos los vidrios de todas las putas patrullas del mundo han valido verga. Sientes que no habrá más caras de policías vigilando del otro lado. Le has dado en la madre al ojo de un cíclope aturdido que ya únicamente puede lanzar un ridículo lamento, más de cómic que de odisea. *Crish, crash crush*, suspira el cíclope lastimero.

ANTISOCIAL

Y también te lo puedo contar en su versión para ser proyectada en el Canal 5 después de *Jurassic Park* un domingo por la tarde.

Desde quince días antes, cuando jugamos contra el Puebla, ya les habíamos echado el ojo a la patrulla y a sus dos pasajeros. Patrulla cincuentasesentaysiete del Pedregal de Coyoacán, tripulada por un panzón medio güero al que llamaremos Gorgory, siempre acompañado por su fiel escudero, flaco y moreno, al que llamaremos Apu... Sí, ya sé qué Apu es el dueño del Oxxo de Springfield y que no tiene nada que ver con el policía negro de la chingada caricatura, pero como se parece a nuestro policía del Azteca terminamos llamándolo así: Apu.

Desde principios de la temporada nos habíamos dado color de que Gorgory y Apu manejaban a los revendedores que se ponen cerca de la estatua de El sol rojo de Alexander Calder... Sí, también dije Calder, pero a diferencia de la primera vez que cité algo más o menos intelectual, ahora levanto la mirada del cuaderno y veo cada vez menos caras pendejas. Buena noticia; ya se va comprendiendo que una pinche mierda del Ritual puede saber quién fue Calder (aunque no sepa cómo se llaman los policías de los Simpson).

El caso es que en la barra siempre tuvimos problemas con el asunto de las entradas porque, a diferencia de la Monu y de otras pinches barras, nosotros sí pagamos nuestros boletos, pero como la directiva nos tenía fichados, no nos dejaban comprarlos directamente en la taquilla y teníamos que hacerlo en la reventa. Casi siempre los cabrones se veían muy manchados y nos querían ensartar los boletos al doble o al triple y te chingas. Y todo frente a la atenta mirada del Gorgory y el Apu, que sentaditos en su patrulla solamente se la pasaban cobrando su comisión. Nomás haz cuentas de cuánto se llevaban los hijos de la chingada en cada partido.

El bisnes era bien sencillo. Unas cuatro o cinco horas antes del juego el boletero salía con un bonche de entradas que les entregaba al Gorgory y al Apu. Después el chingado boletero regresaba a la taquilla, colgaba un letrero que decía "Boletos agotados" y se dedicaba a jugar solitario en su fon. Desde ese momento la patrulla se transformaba en una taquilla móvil que se dedicaba a surtir a los revendedores que trabajaban del lado de la calzada de Tlalpan.

La patrulla cincuentasesentaysiete moviéndose lenta y orgullosa como una pantera de metal por las inmediaciones de *El sol rojo* era una de las fantasías del Quique y mías.

—¿Te imaginas cuánto vale cada bonchezote de boletos?

—Yo creo que vale una nueva vida.

Y así, cada quince días veíamos al Apu y al Gorgory haciendo su agosto. Poco a poco nos fue brotando un odio bien machín contra esos cabrones;

ANTISOCIAL

luego el odio se transformó en obsesión, y un día nos dimos cuenta de que algo teníamos que hacer para chingarnos a esos pinches tiras.

Era la lana que se embolsaban, es cierto, pero había algo más. Un sentimiento que nos obligaba a poner las cosas en orden, como cuando no estás a gusto hasta que te regresas a ver si cerraste bien la puerta o cuando cuentas los barrotes de la celda, una y otra y otra vez, aunque sepas que son veintidós. Que siempre serán veintidós chingados barrotes.

—Tú vas con una playera del Cruz Azul, gritas algo contra el águila y entonces yo salto entre la multitud y te parto tu madre delante de la patrulla.

—Mejor te la parto yo a ti.

—Yo me veo más cabrón. Será más creíble.

—¿Y luego?

—Una vez que te parto tu pinche madre te pones pendejo y le dices al Gorgory que quieres levantar cargos. Yo me súper encabrono y por puto te suelto unos cuantos madrazos más, y entonces a los tiras no les va a quedar de otra que meterme a la patrulla. Y entonces desde allí me fijo en cómo está el pedo, dónde guardan la lana y los boletos; en fin, todos los movimientos.

—¿Tan fácil?

—Vamos a chingarnos al Apu y al Gorgory. Ni que fueran filósofos griegos: son policías.

—¿Y si mejor yo soy el que te parto tu reputa madre?

—Que no, hay que ser profesionales.
—Chale.

Y el numerito nos salió tal y como lo planeamos. Sólo cambió la camiseta del Quique, que se negó a usar una de la máquina y se puso una del Toluca que en la parte de atrás tenía una imagen de Cardozo. La neta, la cara de diablo del cabrón del paraguayo ayudó a que me metiera en el personaje y le solté unos chingadazos muy reales al pinche Quique. Yo creo que nunca he odiado más a un jugador rival como al cabrón de Saturnino, y si lo odié fue porque él nos odiaba a nosotros. Eso quedaba muy claro. Desde la última fila del estadio un ciego podía darse cuenta de que lo que Cardozo más disfrutaba en la vida era clavarle un gol al América. Me súper cagaba el hijo de su guaraní madre.

Y entonces llegó el Enrique, me gritó en la jeta que el Saturnino era mi padre, y como un loco me le lancé a los putazos. Le di sobre todo en la espalda, que es desde donde me veía el chingado cara de diablo.

Pim, pum, pam.

Al principio los tiras güevones no se querían meter, pero al final no les quedó más que intervenir.

—Quiero levantar cargos por lesiones —le anunció muy serio el Quique al Gorgory.

—¡Vas y rechingas a tu diabla madre! —le grité a mi amigo, y de nuevo le di unos chingadazos.

—Ya cálmate, cabrón —me ordenó el Apu tomándome de la presilla del cinturón. Yo forcejeé para que se viera más real la actuación, y creo que hasta le di un codazo en la panza al Gorgory. Después dejé que los tiras me sometieran, y entonces me comenzaron a jalonear rumbo a la tierra prometida: la cincuentasesentaysiete del sector Pedregal de Coyoacán con todos sus secretos.

De muy malos modos me metieron en la parte de atrás de la patrulla.

—Quédese quietecito, sin armarla de pedo, que ahorita nos arreglamos —me dijo el Apu dando a entender que cuando acabaran su bisnes nos pondríamos de acuerdo para ver cuánta lana podían sacarme si no quería acabar ante el eme pe.

Los muy cínicos siguieron con la movida de los boletos. Yo nomás lo veía todo a través del acrílico que separa los asientos; el Gorgory adentro y el Apu afuera de la patrulla.

La lana la guardaban abajo del tapete del copiloto; escribían algo en una libreta y metían los boletos en la guantera. En el ratito que estuve allá adentro, no más de veinte minutos, se acercaron cuatro revendedores a comprar como quince boletos cada uno. Nomás haz cuentas. El panzón del Gorgory lo hacía todo dizque muy discreto, como que estaba llenando un reporte, pero yo me daba cuenta de todo el movimiento: la lana bajo el tapete y los boletos en la guantera, no había más. Ése era todo su mecanismo defensivo, y pensándolo bien era más que suficiente, porque quién va a querer robarle a la policía.

Después de un tiempo prudente el pinche Quique dejó de chingar con lo de los cargos y dijo que mejor se iba para ver cómo el Toluca le metía el chorizo al América. Los tiras muy serios le dijeron que se encargarían de mí. Un ratito después el partido comenzó y el negocio de la reventa se fue muriendo poco a poco. Entonces los policías ya me hicieron un poco de caso y regresaron a la patrulla para ver qué podían sacarme.

Yo di comienzo a la clásica lloradera: quenolovuelvoahacer, quemecalentéporpendejo, queyatraíapedosconesecabrón. Les expliqué a los tiras que me había vuelto loco contra aquel bato por culpa de la camiseta de Cardozo; les juré que estaba arrepentido y que esa noche no armaría más desmadres. Acabé convenciéndolos y al final me dejaron ir por cien varos. Fueron los cien varos mejor invertidos de la historia.

O casi.

# 39

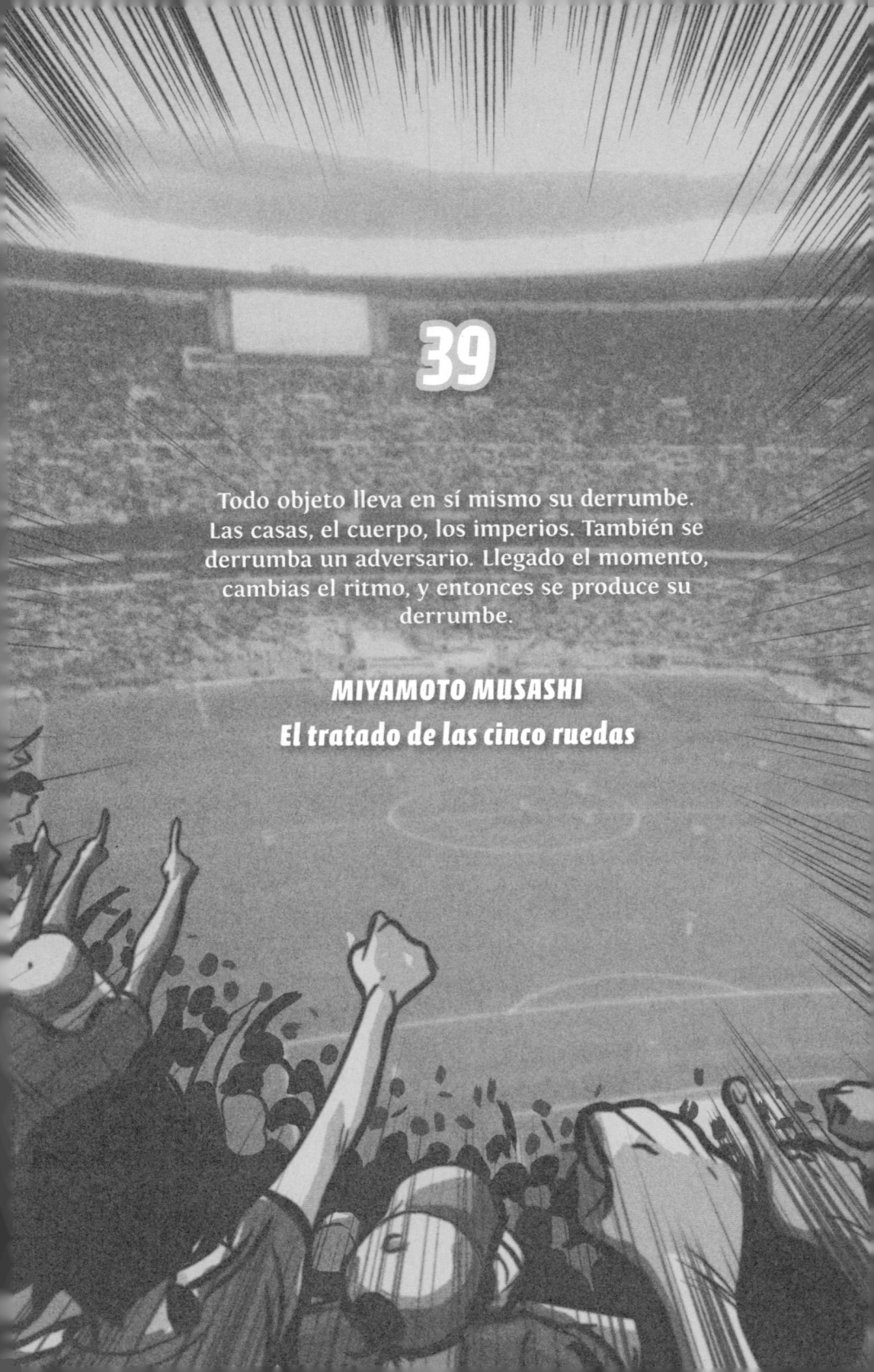

Todo objeto lleva en sí mismo su derrumbe. Las casas, el cuerpo, los imperios. También se derrumba un adversario. Llegado el momento, cambias el ritmo, y entonces se produce su derrumbe.

MIYAMOTO MUSASHI
El tratado de las cinco ruedas

En los siguientes tres o cuatro partidos, desde muy temprano nos pusimos a fiscalizar los movimientos del Gorgory y del Apu. Siempre igual: boletero que entrega la mercancía y cierra la taquilla, la cincuentasesentaysiete que empieza a rondar por las inmediaciones de *El sol rojo*, se acercan los revendedores y empieza el ciclo billete-libretita-boletos. Una y otra vez. Semana a semana.

La transa la hicimos por fuera. Quiero decir que no involucramos al Ritual. La barra es para apoyar, para echar desmadre, para dejarte la vida en la tribuna grite y grite, cante y cante. Y aunque la línea que divide el desmadre del delito es a veces muy delgada, una cosa tengo clara: robarle la cartera a un anciano es un delito, partirle su puta madre a un chiva es un privilegio, y chingarte a un par de policías corruptos es una fiesta.

Si nos quisimos cabulear al Apu y al Gorgory no fue por ambición (aunque también): fue por algo más fuerte, algo que estaba en nuestra naturaleza, yo creo que desde el día en que nacimos.

Todo el bisnes lo ideamos entre el Quique y yo, y contamos con la colaboración de siete compas más. Básicamente queríamos armar un buen desmadre distractor, y en medio del caos que se forma afuera del estadio no necesitas mucho para lograrlo. Ya lo dice el viejo dicho que me acabo de inventar: "Está papita organizar un incendio en el infierno; el chiste está en no salir chamuscado".

Otro libro chido que me recomendó el Yucamoy se llamaba *El tratado de las cinco ruedas* y lo había escrito Miyamoto Musashi, un japonés mitad estratega militar y mitad filósofo. Estaba chingón porque supuestamente era un libro que narraba hechos históricos, pero nunca sabías si lo que te estaba contando el autor era verdad o mentira porque, sin que te lo esperaras, en medio de una batalla aparecía un dragón morado y con una tempestad de fuego acababa con uno de los ejércitos que se estaban partiendo la madre. O de pronto descubrías que la supercabrona estrategia de un comandante se la dictaba cada noche una rana que croaba frente a un lago con luna llena.

Estaba reloco el libro del Miyamoto, pero de pronto te salía con unas ideas bien chingonas que podían funcionar mientras te rajabas la madre contra unos samuráis en el Japón del siglo sabe qué chingados o contra una julia repleta de tiras entre las oscuridades de un callejón de la Diecisiete.

En El Camellito (se llama así en honor a la joroba de Cuauhtémoc Blanco), una cervecería que está enfrente del Azteca en la mera entradita a Santa Úrsula y sus infiernos, repartimos los papeles de la película, ensayamos las escenas y nos pusimos medio pedos pa' darnos valor.

El plan era simple.

Uno: armar una bronca a partir de la explosión de un petardo.

Dos: cuando ya todos se estuvieran rajando la madre, hacer volar un basurero con un estallido aún más machín que el primero.

Tres: aprovechar la confusión para partirle su puta madre a la patrulla.

Cuatro: huir con el botín.

Cinco: chingarnos las ganancias del Apu y el Gorgory en una megapeda de diecinueve días y —como predijo el profeta— quinientas noches.

Cuando faltaba media hora para que empezara el partido abandonamos El Camellito, atravesamos la calle, nos fuimos cerca de los torniquetes de Tlalpan, y así en caliente comenzamos la función.

Yo personalmente me encargué de arreglar el pedo del explosivo del basurero. Mientras el Quique me echaba aguas, coloqué todo tal y como lo había visto en una página de internet bien chida que te enseña cómo fabricar hasta quinientos tipos de bombas caseras diferentes.

Mochila.

ANTISOCIAL

Cohetes.

Mecha encendida, y prepárate mi reina, que el diablo viene a cenar.

Fue entonces que los cinco compas que se habían disfrazado de chivas —pobres cabrones— soltaron, en pose muy gandalla, el cohetón con el que habrían de iniciarse, ahora sí, las hostilidades. Lo hicieron muy cerca de donde estaba estacionada la cincuentasesentaysiete. Yo, que ya rondaba por ahí, nomás sentir el estallido me tiré al piso haciendo drama dizque porque me habían tronado el tímpano.

Los otros dos chavos y el Quique, para defenderme, se empezaron a partir la madre con las falsas chivas. En estos casos nunca faltan cabrones que espontáneamente saltan a favor de unos y otros, y en menos de un minuto había unos treinta güeyes rajándose el hocico bajo la mirada de *El sol rojo*, mientras el pobre de Calder se retorcía en su tumba.

Tal y como habíamos imaginado, el pedo creció tanto que el Gorgory y el Apu tuvieron que abandonar su negocio privado. Clarito vi que acomodaron todo dentro de la patrulla, la cerraron con una alarmita que hizo *tututú*, y a regañadientes se acercaron al desmadre. Más para hacer presencia que para actuar, porque dos chingados tiras eran muy pocos para frenar aquel desmadre.

Yo nomás me hacía güey, dizque con la oreja toda reventada, mientras poco a poquito me iba acercando a la querida cincuentasesentaysiete. Según mis cálculos faltaría un minuto para el segundo estallido, cuando sucedió algo que estaba totalmente fuera del plan original: al ver que amarillos y rojiblancos se estaban dando de lo lindo, unos cabrones de la Monu se acercaron al pedo, más para hacer bulla que para hacer el paro.

Nosotros queríamos desmadre, pero no tanto, porque la presencia de la Monu atraería a otros tiras y eso complicaría mucho las cosas; además, para ponerle más emoción al asunto, los pendejos de la Monu tomaron como base de operaciones el basurero que iba a explotar.

Tic, tac, tic, tac, tic, tac, empezó a oírse en la película imaginaria que me iba proyectando en el cerebro. La nuestra era una bomba casera: cuatro o cinco petardos con su mechita de pólvora, pero yo sentía que estaba a punto de armar la nueva Hiroshima en la explanada del Estadio Azteca.

Tic, tac, tic, tac, tic, tac, sonaba cada vez más fuerte mi cabeza cuando vi que un pendejo de la Monu, haciéndose el chistosito, se encaramó en el chingado basurero. Quise advertirle que se quitara de allí, pero me quedaba relejos, y si me movía de mi posición el plan podía valer madres.

"No pasará de un pedote y una quemada de nalgas", pensé, y entonces encomendé al escalador de basureros a todos los santos, y para olvidarme del *tic, tac, tic, tac, tic, tac,* me puse a contar segundos. Sin razón alguna, porque la mecha iba a consumirse

ANTISOCIAL

cuando le diera su chingada gana y no cuando llegara a un número en específico, pero de todos modos me puse a contar.

—Catorce, quince, dieciséis...

Y entonces estallaron la mochila y el basurero, y el sol rojo de una noche sin luna se estremeció bien machín.

¡Púmbale!

¡Chingue su madre!

Sonó bien fuerte el estruendo, y todos, amigos y enemigos, tiras y extras de la película, se quedaron medio apendejados sin saber si reír o si llorar. Yo había planeado chingarme el parabrisas de la patrulla en ese momento, pero algo me dijo —quizá el humo, quizá los gritos— que esperara un poco. Eso sí, por no dejar me coloqué el boxer entre los nudillos.

La explanada estaba cubierta por una humareda bien machina. También había fuego. Todo lo veías rojo, rojo, rojo, como si lo miraras a través de los ojos de un diablo súper pacheco.

Lo único que me dejó ver la humareda es que mis compas chivas, los que empezaron el desmadre, ya no eran chivas; se habían quitado las chingadas camisetas rojiblancas y se partían la madre contra unas chivas verdaderas. Cien contra cien o doscientos contra doscientos o mil contra mil. El pedo había crecido más de lo que habíamos imaginado, al grado de que el Apu y el Gorgory se me perdieron de vista en el tumulto.

Y en ese momento, desde la calzada de Tlalpan se dejaron venir unos pinches caballotes percherones bien perros a todo galope, hechos la chingada. Salieron entre el humo, y sus jinetes, chingados robocops del tercer mundo, comenzaron a madrear a quien se les parara enfrente. De pronto me vi dentro de una batalla igulita a las que narraba el chingado Miyamoto, y un helicóptero que pasó por allí se me figuró un dragón encabronado.

Sentí una emoción bien rara: una mezcla de miedo, sabiduría y valemadrismo. Como si tuviera al samurái susurrándome en la oreja todas las verdades de la estrategia, como si contara con su apoyo, como si hubiera escrito *El tratado de las cinco ruedas* tan sólo para mí, pero también como si yo hubiera valido madres hacía tiempo y todo lo contemplara desde los ojos de un fantasma. Bien pinche locochón el pedo.

Había pensado reventarle su pinche madre al parabrisas de la cincuentasesentaysiete, *crish, crash, crush,* clavarme por allí, agarrar el billete, los boletos y hasta la libretita, y después pelarme con dirección Tlalpan-Taxqueña-el fin del mundo.

Y pues sí: le rajé su madre al parabrisas.

Y pues sí: me clavé entre los vidrios astillados.

Y pues sí: agarré lo que tenía que agarrar, pero también agarré una pistola que después supe que era del Apu.

Y cambié el ritmo de mis pensamientos. *Pim* y *pam,* para que se produjera el derrumbe que Miyamoto Musashi había planeado para mí hacía trescuatrocientos años. *Pim* y *pam*, y todo iba como flotando.

Junto a mí corrían chivas y águilas y caballos enloquecidos, pero yo ya iba a otra velocidad. Como esos medios de contención de antes —Bacas, Cristóbal, el Negro Santos— que en medio de un juego de ida y vuelta pisaban el balón, ponían orden, y con ese gesto pequeñito y elegante les cambiaban el ritmo a los veintiún cabrones que los estaban rodeando.

"Todo objeto lleva en sí mismo su derrumbe", decía en el librito azul que me había prestado el Yucamoy. Sólo era cosa de cambiar la velocidad: frenar y acelerar y volver a frenar. Igual que Maradona en su gol contra los ingleses. Frenar y acelerar. Igual que yo ahora que veía cómo se desarrollaba un desmadre junto a mí, y sin embargo el ritmo de aquel pedo nada tenía que ver con mi ritmo. *Pim* y *pam*, siempre.

"Todo objeto lleva en sí mismo su derrumbe". Habría que averiguar cómo se escribe esa chingadera en japonés y tatuárnosla en la punta de la lengua.

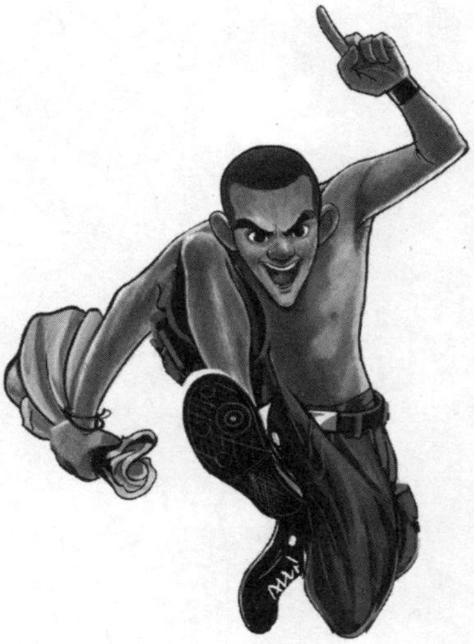

40

*...cogió el revólver, el puñal,
los pesos, y se marchó...*

RUBÉN BLADES
"Pedro Navajas"

No estaba ni nervioso ni tenía prisa ni quería que todo acabara. Yo iba disfrutando mi momento y caminaba por la explanada del estadio como quien camina un domingo por la Alameda.

Eso sí, en lugar de un helado de fresa cargaba con la pistolota del Apu, que me chingué como me habría chingado cualquier otra cosa que anduviera mal acomodada dentro de la patrulla: un chaleco, un radio, una gorrita azul con todo y placa.

El fajo del dinero lo llevaba metido en la bolsa delantera del pantalón. Sentía claramente la presencia del chingado bonchezote igual que cuando llevas en una bolsa una rata muerta que vas a tirar a la coladera. Hay un peso distinto, como de muerte, como de podredumbre, como de asco. Tres kilos de mierda pesan diferente que tres kilos de pan. Casi casi podía distinguir cada uno de los billetes que les acababa de chingar a los tiras.

ANTISOCIAL

El fajo de dinero en la bolsa y la pistola en la mano. *Pim* y *Pam*. Muy madres. Caminando sin prisa, como en una película del Viejo Oeste, y así, rodeando caballos, tiras y diferentes bolitas de cabrones que se partían la madre, me fui acercando a una de las patas de *El sol rojo* porque cerca de allí había visto por última vez al Quique.

Olía bien gacho: a una mezcla de pólvora, basura quemada y animal muerto. Era un olor tan insoportable el de aquella chingada humareda que los ojos te lloraban como si estuvieras pelando una cebolla gigante. Me los estaba frotando para ver mejor cuando sentí una mano que me tocaba el hombro. Era Enrique.

—Guarda esa chingadera —me pidió señalando hacia la pistola del Apu.

Yo, que aún seguía disfrutando de mi película, con un gesto bien madres me metí el cohete entre el calzón y el pantalón, apuntándome hacia la verga, como hacían los matones en el cine.

—Ya valió madres —me dijo el Quique sin expresión, como si él no estuviera participando en la fiesta.

—¿Por qué?

—Mira —y entonces señaló hacia otra de las patas de la estatua, la que quedaba cerca del basurero donde habíamos escondido la bolsa con los explosivos.

Y ahora sí, a pesar del humo y las lágrimas rojas, lo vi… aunque ya antes lo había olido.

Parecía un muñeco de plastilina derritiéndose ante *El sol rojo* de Calder.

Salimos corriendo hacia Tlalpan, cruzamos el puente, y otra vez, casi sin pensarlo, nos trepamos al primer pesero que pasó rumbo a Taxqueña. Allá atrás, sobre la explanada del Estadio Azteca, se había quedado un desmadre bien cabrón.

En la vida te suceden trescuatro cosas que parecen sacadas de un sueño o de una pesadilla, y ésta era una de ésas. Yo creo que la experiencia era más cercana a una pesadilla, todo hay que decirlo, pero estaba bañada con esa luz de hielo seco, casi falsa y hasta medio chafa, con la que casi siempre se envuelven los sueños. A veces sabes que estás dentro de un sueño porque la escenografía que te rodea parece salida de una película del Santo. Por lo menos a mí así me sucede. Descubro los hilos en las alas del vampiro, el doble fondo en la caja del muerto, y entonces hasta me relajo y disfruto de la pesadilla.

—¿Adónde? —preguntó el chofer.

—A la Diecisiete.

"No traigo lana", me dijo el Quique con los ojos, y entonces me palpé los bolsillos delanteros buscando una moneda. Sentí la pistola e instintivamente metí la mano en la otra bolsa.

Se me había acabado el ritmo del samurái. Ahora lo hacía todo fuera de tiempo: lento cuando debía ser rápido y torpe cuando debía aparentar tranquilidad.

ANTISOCIAL

A falta de monedas buscaba un billete chico entre el botín, pero por culpa de los nervios se me cayó el chingado bonchezote con toda la feria. Dostres billetes salieron volando y hasta uno de quinientos se clavó debajo del asiento del chofer. En la confusión lo perdí de vista y tuvo que ser el chalán que ayudaba en la cobradera el que me dijera dónde había quedado el billete.

Pagué con uno de doscientos, tembloroso recogí mi desmadrito, di las gracias con una mirada de piedra y, como el pesero venía casi vacío, nos apañamos dos lugares en la última fila.

A cada ratito el chingado Quique volteaba hacia atrás y su mirada se perdía en Tlalpan hacia el sur.

—Ya deja de voltear, te ves bien sospechoso —le dije entre dientes.

—Tú te ves bien tranquilo tirando el dinero por todos lados como si fueras el chingado señor Burns.

Nomás sentarme, la pistola se me empezó a clavar en los güevos. La neta, podía aguantarme la incomodidad, pero me daba miedo que con el movimiento del pesero se fuera a disparar la chingadera. Poco a poco fui sacando la fusca de su escondite y en un rápido movimiento me la metí en la bolsa de la sudadera.

"¡Ya te vio!", me reclamó el Quique sin palabras mientras señalaba hacia una morra que venía tres filas adelante.

—Nel. Cómo crees.

—Yo creo que sí te vio.
—Viene en la pendeja.
—Igualito que tú.
—Pendejo pendejo, pero me chingué al Apu y al Gorgory, ¿viste el bonchezote? ¿Cuánta lana habrá?
—A ver, pásamela.

Me saqué el billete de la bolsa y se lo entregué al Quique. Él lo tomó con una mano, lo sopesó como si se tratara un cuarto de pechuga de pollo y me lo devolvió después de unos segundos.

—Son ochenta y cuatro mil pesos, más o menos.
—¿Te cae?
—¿Ya se te olvidó que tengo dedos de ladrón?

Me volví a guardar el bonche en el pantalón, pero saber que nos habíamos chingado tanto dinero nomás hizo que aumentaran mis pinches nervios.

—¿Nos siguen? —le pregunté.
—Creo que no, pero se ven patrullas por todos lados —respondió Quique mientras volteaba una vez más hacia atrás.
—Es normal. Hay un chingo de vigilancia por el partido. Hay que calmarnos, porque si no, vamos a valer verga —dije, pero en realidad me estaba llevando la chingada.
—...
—...
—El chavo se prendió bien gacho. Daba unos gritotes.
—¿Lo viste desde el principio?

ANTISOCIAL

—Sí, estaba muy cerquita cuando se lo cargó la chingada —me empezó a explicar el Quique.

—Mejor luego me cuentas —le dije, porque sentía que el chalán no nos quitaba la vista de encima.

Me empezó a entrar una paranoia bien cabrona. Sentía que los trescuatro güeyes que iban en el pesero sabían que nosotros acabábamos de robarle ochentaytantosmil pesos a la policía y que nomás se estaban haciendo pendejos para caernos encima cuando nos vieran descuidados y chingarnos la lana. Sentía también el peso de la pistola en la bolsa de la sudadera, pero la fusca no estaba muerta como la rata o el dinero: la pistola era un animal vivo, caliente y en guardia.

A pesar de que no había nada de tráfico, el camino se me estaba haciendo eterno. Xotepingo-La Virgen-Ciudad Jardín. Sentí que tardamos un siglo en pasar al lado de las putas estaciones del tren ligero.

—Párate —le dije al Quique de pronto.

"¿Por qué?", me preguntó con los ojos, pero yo no le respondí nada; me levanté del asiento y toqué el timbre de la bajada.

—¡Antes del puente! —grité.

—Aquí no es la Diecisiete, aquí es Taxqueña —dijo el chofer.

—Aquí está bien.

Todo fue al chilazo, bien rápido, y casi casi nos aventamos de la unidad en movimiento. Yo sabía que el pesero se iba a frenar de golpe y que los pasajeros, junto con el chofer y su chalán, iban a salir como pedos para chingarnos, y también sabía que para defenderme iba a sacar la pistola y, *pim, pum, pam,* ni modo, me tendría que chingar a quien se me pusiera enfrente.

Ya en la banqueta apreté la fusca dentro de la sudadera y esperé el enfrenón y todo el puto desmadrito que vendría después... pero esperé en vano porque nada sucedió: el pesero continuó su camino, torpe y tembloroso, y se perdió bajo el paso a desnivel de Tlalpan como una cucaracha que corre a refugiarse en una coladera.

Creo que podríamos habernos subido con la cabeza del Gorgory y el Apu flotando en una pecera y ni el chofer ni los pasajeros habrían hecho nada. Si acaso, habrían volteado la mirada para otra parte para no verse tan chismosos y después habrían seguido oyendo sus audífonos o jugando a atrapar dulces en sus fones. Cuando la ciudad se convierte en una selva todo está permitido.

Es lo bueno, y lo pinche, de vivir en una tierra sin ley.

41

Si de verdad les interesa lo que voy a contarles, lo primero que querrán saber es en dónde nací...

Holden Caulfield
inicia así el monólogo de 226 páginas y varias noches que le dictó a

J. D. SALINGER

Muy cerca del metro Taxqueña había un barecito de mala muerte donde podíamos chingarnos una cubeta para bajarnos el susto. El lugar se llamaba Pávido's y era perfecto, porque allí nadie sabía quiénes éramos, esa noche no había muchos clientes y los trescuatro pendejos que andaban chupando estaban distraídos viendo el partido del América y las Chivas.

—¿Se murió?

—No mames, Jota Pe —me respondió el Quique, negando con la cabeza para dar a entender que mi pregunta era una pendejada.

En la superficie sabía que el chavo de la Monu estaba muerto; yo lo había visto todo tatemado, pero en el fondo de mi espíritu había un chingado compartimento donde cabía una esperanza. Una esperanza muy pendeja, es cierto... pero no me culpes a mí, que yo no diseñé el alma de los hombres.

Nos trajeron la cubeta, y casi sin respirar nos tomamos la primera cerveza. La neta, no hay nada mejor pa' bajarse un susto que un chingado trago. Puedes haber matado al Papa y hacer estallar medio planeta, y sin embargo la cosa se calma un poco cuando sientes las punzaditas del alcohol sobre la lengua. El buen borracho sabe que mientras se pueda sostener del cuello de una botella no habrá mal que pueda derribarlo. Y es que los pinches estados alterados de la mente rulean bien cabrón. ¿Qué haríamos si no pudiéramos dejar de ser nosotros mismos aunque fuera por el rato que dura una peda?

Glu, glu, glu, nos tragamos la cerveza y por un buen ratote no nos dijimos nada. Por lo menos con palabras, porque en el fondo de la mirada del Quique yo podía ver que se lo estaba cargando la rechingada.

Abrimos la segunda chela y entonces sí continuaron las palabras.

—¿Lo matamos nosotros?

—Nel. Yo creo que fue su culpa —me respondió mi amigo.

—¿Pues qué pasó?

—El chamuscado fue el cabrón que se subió al bote.

—Entonces sí nos lo chingamos nosotros —dije, sin poder evitar darle un manotazo a la mesa. Dos-tres cabrones medio voltearon a vernos, pero no sospecharon nada porque el cabronazo coincidió con una falla, solito frente al portero, del pendejo de Vuoso.

—Nel. Espérate. Cálmate. Fue culpa de ese cabrón.
—¡No mames, ahora tú!
—El chavo muerto llevaba en su mochila todos los petardos de la Monu.
—¿Y por qué se subió al basurero?
—Por pendejo.
—No, pues eso sí.
—Cuando lo vi allí trepado quise avisarle —me comenzó a explicar el Quique—, pero cuando me estaba acercando, ¡chingue su madre!, estalló el pinche bote. El chavo salió volando como unos tres metros, pero no le pasó nada, porque se levantó y hasta corrió tantito.
—Yo también quise avisarle, pero me quedaba bien pinche lejos. Ya luego con la explosión me ataranté todito y no supe lo que pasó después. Chale.
—Al morro se le prendió una de las bengalas que traía en la mochila. Yo creo que por la fricción con el pavimento. Quién sabe. El pedo fue que no se dio cuenta de nada hasta que la mochila le estalló en la espalda. Estuvo culero porque todavía medio apendejado y todo, el cabrón tuvo tiempo de quitársela, pero quién sabe cómo se le enredó, y entonces vino otro estallido bien cabrón, que fue el que lo empezó a tatemar. En un segundo, el chavo se encendió como una pinche vela.
—No la chingues.
Y entonces hicimos una pausa y bebimos otra vez de nuestras cervezas. Yo trataba de imaginar la

horrible escena que el Quique me estaba contando, mientras el pobre la volvía a revivir con pelos y señales. Hay pinches recuerdos, casi siempre culeros, que se te tatúan en el chingado cerebro y te acompañarán por toda la vida. Casi casi podías ver en el fondo de los ojos de mi amigo el brillito de un cabrón que se estaba derritiendo vivo.

—Tardó un chingo en morirse.
—¿Y la banda qué hacía?
—Algunos le pegaban con sus chamarras, pero creo que salía peor, nomás lo encendían más.
—...
—Daba unos pinches gritotes bien culeros. Como si su voz ya fuera la voz de un muerto.
—¿Y el Caras y los otros cabrones? —le pregunté, no porque me importara mucho lo que hubiera sucedido con los güeyes que nos habían ayudado en la transa sino para cambiar de tema.
—Quién sabe. No se veía nada.
—...
—¿Crees que se convirtió en carbón? Estaba negro, negro, como una chingada piedra.
—...
—¿Qué va a decir su jefa cuando entre a reconocerlo al Semefo?
—...
—Yo creo que va a decir que ése no es su hijo. Que se dejen de mamadas porque su hijo no es una pinche estatua de carbón.

—...

—Ninguno de sus cuates de la Monu se acercó para ver qué pedo.

—...

—Ha de ser pinche saber que te estás muriendo.

—¡Ya, cabrón! Cállate. Ese culero se murió por pendejo. ¿A quién se le ocurre treparse a un basurero lleno de explosivos?

—¿Cómo iba a saber que allí habíamos escondido una bomba?

—Si llevas en la espalda cinco kilos de pólvora tienes que andarte con cuidado. Fueron los cohetes de la Monu los que se lo chingaron, no los nuestros; tú mismo me lo estás diciendo.

Y abrí una nueva cerveza. En realidad mis últimas palabras las había dicho más para mí que para el Quique. De algún modo trataba de convencerme de que la muerte del chavo de la Monu había sido un accidente, como si se hubiera caído de un camión en marcha o se hubiera desbarrancado tribuna abajo en plena avalancha, desde lo alto del chingado palomar de CU. En un sentido eran gajes del oficio del barrista profesional. La muerte siempre va al estadio, sólo que no siempre hace de las suyas, pero la puta muerte, de eso no te quepa duda, no se pierde un chingado partido.

Durante un rato nos dedicamos a mirar en la pantalla del Pávido's el juego que debíamos estar viendo desde la tribuna. En realidad cada uno estaba pensando en sus cosas y el partido era sólo un pretexto para fijar la mirada en cualquier parte. Tan poquito nos importaba lo que sucedía en la cancha que cuando el América anotó dos goles en menos de tres minutos ni el Quique ni yo movimos una pestaña. Algunos cabrones que andaban por allí festejaron, pero nosotros no estábamos de humor para esas pendejadas.

Terminé la tercera cerveza poquito antes de que acabara el primer tiempo. Mitad por la duda y mitad porque me estaba meando, me paré al baño. Entré al cagadero, y como no había moros en la pinche costa le puse el seguro a la puerta, saqué el fajote de billetes y me puse a contarlos. La verdad, no me importaba tanto cuánta lana nos habíamos chingado, sino saber si era cierto que mi amigo tenía dedos de ladrón.

Eran ochenta y cinco mil setenta pesos. Me eché una meada pensando que el chingado Quique estaba bien cabrón, y después regresé a nuestra mesa.

—Le atinaste. Son ochenta y cinco varos.
—Nunca me falla; te digo que es de familia.

Yo le iba a preguntar cómo le hacía porque no me creía que ese don pudiera heredarse de generación en generación, pero en ese instante, en la tele, aprovechando la pausa del medio tiempo, comenzaron a dar la noticia de que en la explanada del estadio un chavo había muerto calcinado antes del partido. No dijeron mucho más, pero sí pasaron una toma desde el helicóptero en la que se veía la escultura de Calder, el desmadre de banda y caballos en plena madriza y un punto naranjita y humeante, abajo a la derecha. Hasta un círculo rojo le pusieron alrededor para que los espectadores no dejaran de ver al cabrón que se estaba tatemando.

Después el comentarista empezó con las mismas mamadas de siempre: que si las familias, que si el deporte, que si la violencia, y después vomitó un pinche chorito madreador que no duró ni treinta segundos.

Si esto fuera una película del Canal 5, después de la escena del morro muerto habría aparecido en la pantalla un retrato hablado del Quique y mío y un anuncio de "Se busca". Dostres güeyes nos voltearían a ver con cara de "¡Ay, no mames, creo que son esos güeyes!", mientras que el chingado cantinero descolgaría un teléfono y marcaría un número... Pero esto, por suerte, no es una película del Canal 5, y en la pantalla apareció un chingado anuncio de Snickers.

—¿Y ahora qué pedo? —me preguntó el Quique.

—Hay que saber qué pasó con los otros cabrones.

Y entonces, como si nos hubiéramos comunicado telepáticamente, sonó mi fon. Era el Caras.

42

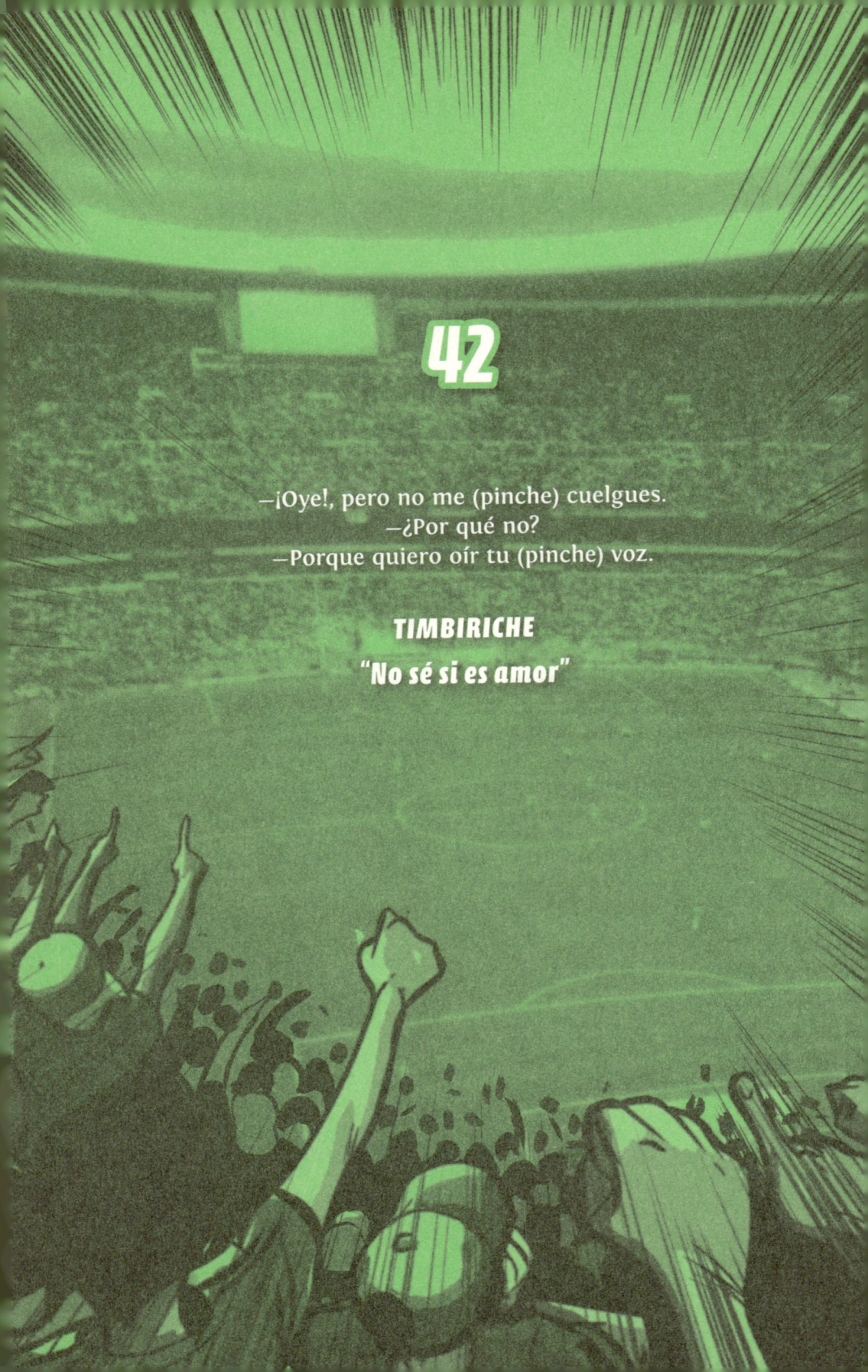

—¡Oye!, pero no me (pinche) cuelgues.
—¿Por qué no?
—Porque quiero oír tu (pinche) voz.

TIMBIRICHE

"No sé si es amor"

—¿Qué pedo?

—¿Cómo estás, Jota Pe?

—Chido, ¿y ustedes?

—Más o menos: la tira apañó al Guitarras y creo que también se chingaron al Quique porque no aparece.

—No hay pedo, ese cabrón está aquí conmigo. ¿Qué pasó con el Guitarras?

—¿Dónde están?

—Primero dime qué pedo con el Guitarras.

—Lo subieron a una patrulla con otros pendejos. Se armó un pedote porque un güey de la Monu se quebró. Hay como doscientos cabrones detenidos.

—Sí, ya vi, pero no hay pedo porque el Guitarras iba de chiva y los petardos los pusimos nosotros y la Monu. Si no se apendeja no hay fijón. No pueden culparlo de ni madres.

—¿Tienes la lana del Gorgory y del Apu?

—A güevo. Todo salió perfecto.

ANTISOCIAL

—¿Cuánto había?
—Cincuenta varos.
—¡Ya chingamos!
—¿Qué pasó con esos pinches putos? ¿Los viste?
—Sí: al Apu se lo subieron a una ambulancia del ERUM porque le rajaron la madre unos gandallas de la Monu, y el Gorgory anda con su carita triste vigilando a un grupito de cabrones que tienen detenidos en la explanada. Creo que ni tiempo le ha dado de ir a la patrulla.
—¿Sabrán que nos los chingamos?
—Nel, no creo.
—Chido.
—Oye, Jota Pe, necesitamos varo.
—¿Cuánto?
—Poquito. Nomás tres mil. Lo que pasa es que un tira nos pide esa lana para dejar ir al Guitarras.
—¿Así, en caliente?
—Sí, el pinche tira dice que si le damos los tres varos lo baja aquí en el estadio, sin pasar a declarar. La neta, yo creo que hay que aprovechar la promoción.
—¿Seguro que no hay más pedo?
—Seguro. Estamos limpios. Ya hablé con los demás cabrones. Los clavé en el estadio para que se mezclaran con el Ritual.
—¿Conoces el Pávido's?
—Nel.
—Es un barecito en Miramontes y Taxqueña, seguro lo has visto.

—¿Uno todo misteriosón? ¿Yendo pa' Xochimilco?
—Ése.
—Sí, ya sé cuál es.
—Lánzate pa' acá. Dile al tira que te aguante. Toma un taxi.
—Chido.
—Oye, pinche Caras, no me vayas a colgar.
—¿Por qué?
—Porque quiero oír tu voz.
—Vete a la chingada.

Colgué el fon y vi que en la pantalla empezaba el segundo tiempo.

—Toma el billete —le dije al Quique mientras por debajo de la mesa le pasaba el dinero.
—¿Para qué?
—Tú agárralo. Puede que hayamos valido madres.
—¿Qué pasó?
—Con tus chingados dedos de ladrón separa cuatro mil varos y pásamelos de vuelta —le ordené a mi amigo sin hacer caso a su pregunta.

Más tarde en pedírselo que en tener la cantidad exacta de regreso en la mano: cuatro mil pesos en billetes de diferentes denominaciones. Después choqué mi chela contra la suya para brindar por que el bisnes nos acabara saliendo bien.

—Estuvo rara la llamada del Caras —le confesé al Quique, y después me bebí de un tragote lo que quedaba de mi cerveza.

—Pues vámonos.

ANTISOCIAL

—Nel, no puedo abandonar a un compa al que apañó la tira. A lo mejor sí es cierto que agarraron al Guitarras y nomás me estoy pasando películas por la cabeza.

—En un ratito lo sabremos —dijo el Quique, y estiró la mano para agarrar la última cerveza de la cubeta, pero yo se lo impedí.

—Lo voy a saber yo, porque tú te vas a pelar ahora mismo con la lana. Yo me quedo con los cuatro varos por si todo era verdad. Órale, váyase a lavar las nalguitas.

—No mames, Jota Pe, no te voy a dejar solo.

—No tiene caso que nos apañen a los dos y nos quiten el billete. Si es un transa del Caras no pasará de que me den unos coscorrones. Nomás no te vayas a ir a la Diecisiete.

—No te voy a dejar aquí. Ya te lo dije.

—Entonces tendré que sacar la fusca.

—¿Y qué, me vas a matar?

—Nel, nomás voy a disparar contra la pinche pantalla, porque ya me cagó el pinche partidito culero —y entonces, valiéndome madre el mundo, saqué la pistola y apunté hacia la chingada televisionzota.

—Guárdala; no mames, Jota Pe.

—Uno...

—Nos van a chingar.

—Dos... —y entonces le quité el seguro a la chingadera y con el dedo índice acaricié el gatillo.

—Ya bájale, no hay pedo. Me voy a clavar en un hotel.

—No me digas cuál —le pedí a mi amigo mientras regresaba la pistola a la bolsa de enfrente de mi sudadera—, nomás bórrate por un rato. Cuando pase el pedo nos veremos por el cantón. A lo mejor nomás me estoy espantando con el petate del muerto.

Y entonces el chingado Quique me abrazó. Me sorprendió, porque nunca nos habíamos abrazado. Ni en Año Nuevo ni cuando el águila ganaba un campeonato. Nunca. Después me dio un cariñoso zape en la cabeza y salió del Pávido's.

Yo pedí un mezcal doble preparándome para lo que seguro vendría.

43

Dinos cómo sobrevivir
a nuestra locura.

KENZABURO OÉ
(no es canción, pero bien podría)

Llegaron mis mezcales justo cuando las Chivas anotaron el dos a uno. Los dostres cabrones del lugar gritaron igual de entusiasmados que con los goles del América, confirmando que eran unos pobres pendejos.

Apenas le di dos tragos al primer caballito y entonces llegó el Caras al Pávido's. Instintivamente miré hacia el reloj electrónico de la pantalla, vi que era el minuto cincuenta y tres y supe que me había traicionado.

Si vienes del Azteca a Taxqueña en taxi harás, cuando menos, veinte minutos; si una patrulla es la que te da el ton, abriéndose paso con la sirena y con el "BajesuvelocidadTsururojoabraelpaso", entonces llegarás en siete minutos y medio.

—Viniste en chinga. ¿Te trajeron en helicóptero o qué pedo?

—Tomé un taxi.

—¿Cuántos son?

ANTISOCIAL

—¿Quiénes?

—Los tiras, no te hagas pendejo.

—...

—Tómatelo, porque creo que lo que viene te va a doler —le ordené, señalándole el caballito que esperaba solitario sobre la mesa.

El Caras me hizo caso y le dio un par de tragos.

—Está rebueno ese chingado mezcal; parece reposado, pero es joven —le dije.

—Cuando te hablé, el pinche Gorgory me estaba apuntando con una pistola.

—¿Agarraron a alguien más?

—Nel. Yo fui el único pendejo.

—¿Cuántos tiras vienen?

—Cinco, pero creo que no son tiras. El único uniformado es el Gorgory, los demás se ven remisteriosos. No nos vinimos en patrulla, vinimos en un coche negro bien culero que parece la muerte.

—A lo mejor lo es.

—El Gorgory dice que sólo quiere su dinero —me dijo el Caras inocentemente.

—El Gorgory lo que quiere es callarnos el hocico. Conocemos todos sus movimientos. Nos va a matar.

—¿Aquí?

—Nel, yo creo que nos levantará y nos llevará a otro lado.

—¿Y qué vamos a hacer?

—Por lo pronto acabarnos el mezcal.

Y justo en ese momento la puerta de vidrio del Pávido's quedó reducida a puras astillas.

—¡Tranquilos! ¡Es un operativo de la delegación! —gritó uno de los cuatro cabrones, todos vestidos de negro y con pasamontañas en la cara, que irrumpieron en el antro. Traían unas pinches ametralladoras recortadas que al tiro se veía que no eran de las que siempre usan los chingados policías.

Aunque había poca banda dentro del Pávido's, comenzó el griterío, la corredera y las mesas patas pa' arriba. Es como una tradición: cada vez que hay una redada, las mesas deben ser volteadas, y las copas y las botellas valer madre contra el suelo.

Yo me tiré de rodillas contra el piso y entonces vi que el chingado Gorgory entraba al antro. También traía la cara cubierta, pero clarito se notaba que era el pinche panzón del Gorgory. Traía unos pants negros, bien pegaditos, supongo que para parecerse a los cabrones del SWAT, pero tanta apretujadera lo hacía verse como el hombre fuerte de un circo de petatiux.

Lo que no daba tanta risa era mirar el chingado cuerno de chivo que le colgaba del hombro.

—¡Buscamos a Juan Pablo Quim! —gritó nomás dar unos cuantos pasitos dentro del Pávido's.

Yo metí la mano a la bolsa tratando de agarrar la fusca, mitad pa' darme confianza y mitad pa' ir preparando mi defensa, pero la chingada pistola ya no estaba dentro de la sudadera. Allí la había guardado después de hacer el amago de disparar a la pantalla para ahuyentar al Quique, pero había desaparecido. Pensé que se podía haber caído a la hora de voltear la mesa, pero no se veía por ningún lado.

El Gorgory se acercó a la barra y sin decir agua va le reventó el hocico al cantinero con un culatazo de su cuerno de chivo.

—Tranquilo, oficial —le dijo un mesero viejito que salió al quite, pero el pinche panzón manchado, que no veía ni pelo ni tamaño, también arremetió contra el pobre hombre y le acomodó un patín bien culero en los güevos.

Instintivamente volví a buscar la fusca en la sudadera y me cagó no encontrarla, porque en ese momento me hubiera levantado y, *pim, pum, pam,* ¡a la verga! Valiéndome pito le hubiera rajado la madre al pinche Gorgory pasado de lanza.

—¡Buscamos al puto de Juan Pablo Quim! —volvió a gritar el chingado policía mientras los demás hombres de negro recorrían el antro buscándome. Agarrándolos de las greñas les levantaban la cara a los güeyes que se iban encontrando entre el desmadre de mesas y sillas, y después, decepcionados, cuando veían que no era yo les daban un cabronazo con sus armas.

Me di cuenta de que era una pendejada seguir escondido; al final me iban a encontrar y no tenía caso que los tiras siguieran madreando cabrones por mi culpa.

"Si no pueden herirte amigo ni enemigo", me dije por lo bajo, o lo pensé o lo grité en silencio, y entonces me levanté.

—Aquí estoy, yo soy Juan Pablo Quim.

Entonces se apagaron las luces del Pávido's.

Todas.

Y comenzaron los disparos.

ANTISOCIAL
BARRAS BRAVAS

PARTE II

AQUÍ ESTOY, YO SOY JUAN PABLO QUIM.
¡TRAKA! ¡RAKA! ¡TRAKA!
PÍDELE A DIOS QUE TE MATE DE UN DISPARO.
¡TRAKA! ¡TRAKA!
¡TRAKA! ¡TRAKA! ¡TRAKA!
¡PRENDAN LA PUTA LUZ!
¡TRAKA! ¡TRAKA!

ALLÍ ESTÁS. TE PEDÍ QUE TE MURIERAS DE UN DISPARO Y NO ME HICISTE CASO. AHORA TE VOY A HACER SUFRIR UN RATITO.
¿DÓNDE ESTÁ LA PISTOLA?

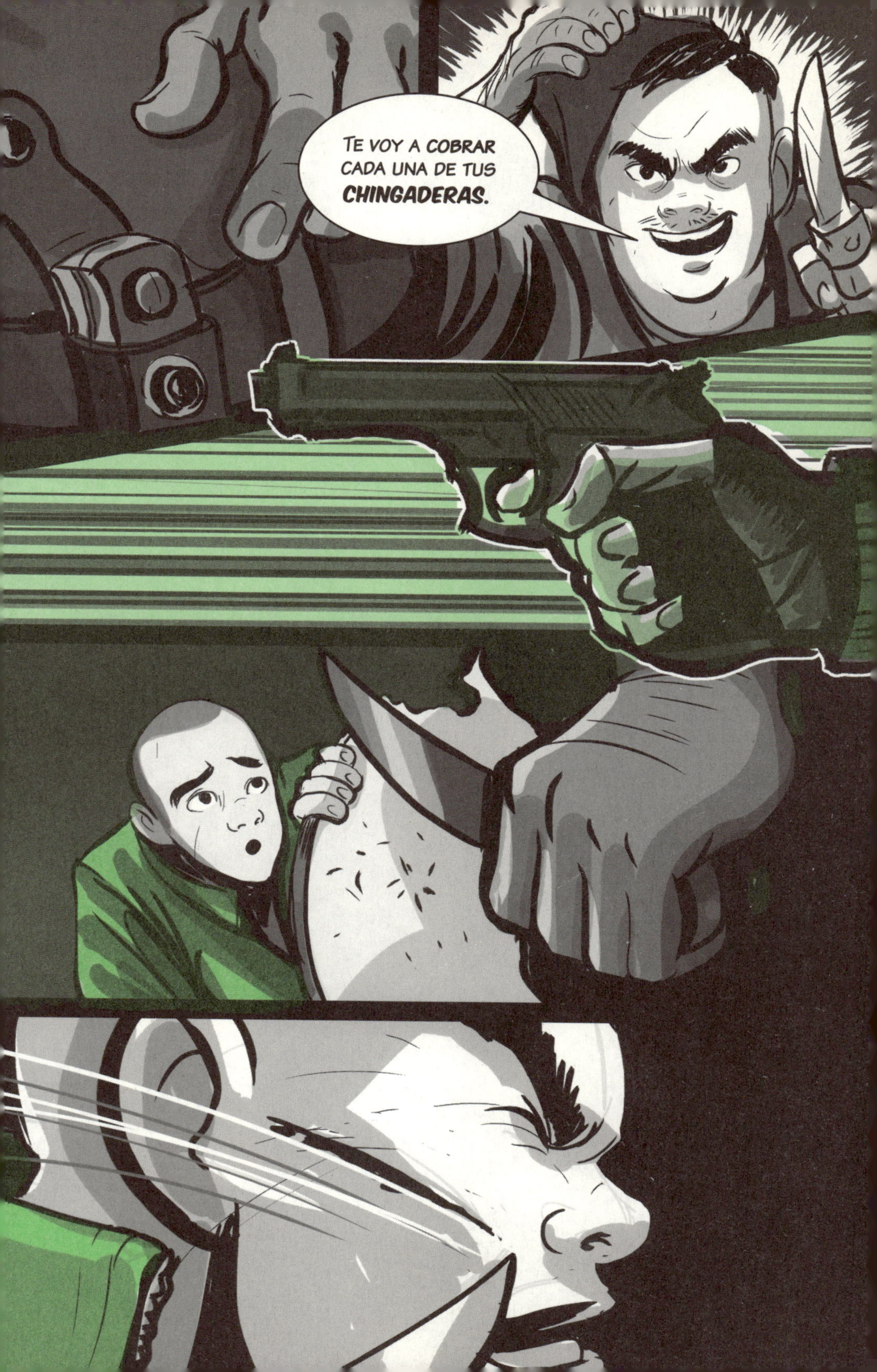
TE VOY A COBRAR CADA UNA DE TUS **CHINGADERAS.**

¡BANG! ¡BANG! ¡BANG! ¡BANG! ¡BANG! ¡BANG!

¡VÁMONOS, NO TARDAN EN LLEGAR MÁS TIRAS!

¡DEDOS DE LADRÓN!...

BARRAS BRAVAS
ANTISOCIAL

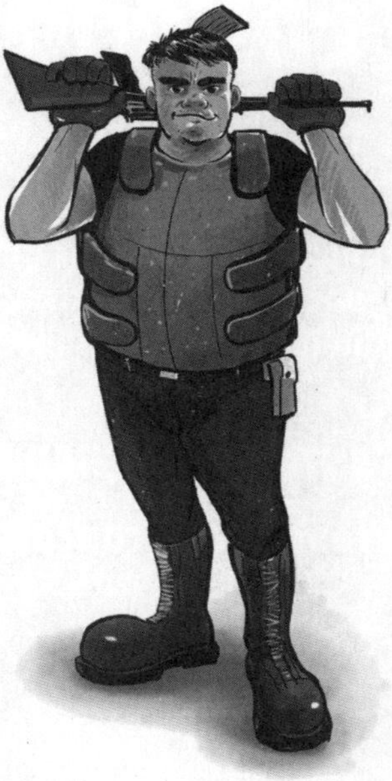

Epílogo

Se miente más de la cuenta
por falta de fantasía:
también la verdad se inventa.

ANTONIO MACHADO

Proverbios y cantares

Nunca existió un América-Pumas de Concachampions, entre otras cosas porque los Pumas son malísimos, nunca ganan nada y por eso no compiten en torneos internacionales. Por lo tanto, ni mi mano rompió el túnel de plástico ni lanzó dentro un cartucho de gas pimienta (ni siquiera estoy seguro de que sea en un cartucho como se hace estallar el gas).

Ningún equipo esperó horas y horas, y después de esas horas ningún jugador abandonó la cancha en helicóptero.

Nadie contempló —aunque sería bellísimo— el amanecer desde las gradas de su estadio. Cante y cante, grite y grite. Nadie lo contempló, aunque al menos una vez por temporada se debería permitir que los aficionados esperaran al sol en la tribuna. Cante y cante, grite y grite, y con hogueras.

Un día de mayo de 2015 me enteré de algo parecido. Ya estaba aquí en la cárcel; alguien abandonó el periódico *Récord* en una banca, yo lo rescaté y me puse a leerlo. En la sección internacional contaban de un Boca-River que se había suspendido porque los aficionados del Boca habían lanzado una bomba de gas pimienta contra los jugadores rivales. Toda una doble página estaba ocupada por dibujitos y esquemas que explicaban, paso a paso, cómo había estado el asunto.

Se organizó un desmadre muy parecido a las mentiras que te conté: los locales peloteando en la cancha, los visitantes agazapados en la banca, las quemaduras en la espalda de algunos jugadores y la barra amedrentando a quien se acercara por sus territorios. Al final las autoridades decidieron suspender el partido, pero ninguno de los equipos, ni Boca ni River, quisieron ser los primeros en abandonar la cancha... En efecto, tanto en la realidad como en la ficción era importante dejar claro quién la tenía más grande.

Cuando leía el *Récord* iba imaginando las escenas, proyectando en mi cabeza una película sólo para mí, pero en lugar de la Bombonera era el Azteca, en lugar del Boca-River era un América-Pumas, y la mano negra que había organizado el desmadre era la mía. Lamenté no ser el héroe de esa historia. Me dio un chingo de coraje que no se me hubiera ocurrido a mí la magnífica idea de llenar de gas pimienta el túnel de los Pumas. Sin embargo, cuando en mi cabeza me proyectaba la película en la que yo era el protagonista, sentía bien chido, era un ídolo, volvía a ser joven otra vez y me encontraba en la tribuna, grite y grite, cante y cante, esperando ver al güero asomarse por el horizonte.

Me gustó tanto lo que sentí que pensé que algún día podría reescribir la historia del Boca-River, pero adornándola con los colores de mi recuerdo, y así mi película mental quedaría atrapada en el papel.

El *Récord* terminaba el reportaje diciendo que al final, después de tres horas de negociaciones, los jugadores cedieron y abandonaron la cancha a regañadientes. Primero los de River y un instante después los de Boca —y que cada quien saque sus conclusiones sobre dimensiones y escalas—.

La realidad iba bien chida hasta que los pinches putos de los jugadores argentinos acabaron por dar su brazo a torcer. Allí se perdió el chiste: todo volvió a la normalidad, el bien acabó triunfando, Caperucita Roja regresó a casa y en la comarca reinó la felicidad. ¡Chale!

Arranqué la hoja con la información del desmadre en el estadio y dejé el periódico sobre la banca para que otro compa lo aprovechara. Después, mirando los dibujitos, me puse a fantasear sobre qué habría pasado si los jugadores se hubieran montado en su macho para negarse a abandonar la Bombonera.

ANTISOCIAL

Imaginé una especie de motín futbolístico: la historia de unos cabrones que se atrincheran en la cancha y aguantan días y noches y días y noches encerrados bajo la protección de una portería. Y entonces me entró un odio medio cabrón por los futbolistas de River y Boca, porque mientras ellos rehusaban traspasar las puertas para regresar a su vida normal de padres, hijos, esposos o las tres cosas a la vez, los presos que tenía a mi alrededor habrían dado un ojo por que alguien les permitiera volver a esa vida... Y luego me odié a mí mismo al descubrir que yo no era nada: ni padre ni hijo ni esposo ni nadie, y que si ahora nos ordenaran salir de la cárcel lo más probable es que yo me quedara aquí, sobre la banca del patio del reclusorio, mirando una hojita arrancada del *Récord* porque allá afuera no habría nadie que me estuviera esperando.

Mi nadie y mis todos era Lesly, y al entrar aquí había muerto para ella... para todos.

La mente, como dios que no existe, aprieta pero no ahorca. O casi. Y pa' que no me pusiera a chillar, mis pensamientos regresaron a la primera duda: ¿qué habría pasado si los jugadores se montan en la necia y se niegan a abandonar la cancha? Y en eso pensaba cuando se escuchó el *trac, trac, trac, trac,* de unos helicópteros que iban a aterrizar en el reclusorio, y allí, en la visión de esos animalotes que descendían sobre nosotros, encontré la respuesta: a los futbolistas de mi imaginación los desalojarían a la fuerza en unas chingadas naves del ejército, grandotas y prepotentes como esos helicópteros que estaban a punto de aterrizar sobre el Reclusorio Preventivo Sur una tarde nublada de mayo. *Trac, trac, trac, trac.*

Y tan cerca pasaron de mí los helicópteros que el cadáver del *Récord* salió volando por los aires.

Por desgracia, las tres escenas que siguieron a la llegada de los helicópteros a la cancha del Estadio Azteca sí sucedieron. En el News Divine y en el Heaven y en Iguala las luces se apagaron para siempre. Por lo menos para unos cuantos.

Vamos a hacer una suma:

```
  13  News Divine
+ 12  Heaven
  43  Ayotzinapa
  ─────────────
  68  cabrones asesinados
```

Sesenta y ocho jóvenes son un chingo de jóvenes. Más de siete equipos de futbol, por ejemplo. Sesenta y ocho jóvenes son, la neta, un chingo de cabrones. Aguanta sesenta y ocho segundos la respiración, un segundo por cada morro asesinado, y verás que sesenta y ocho no es tan poca cosa.

Sesenta y ocho jóvenes son un chingo de jóvenes, un chingo de esperanzas a las que se las cargó la verga cuando alguien ordenó que se apagara la luz.

ANTISOCIAL

—Chínguenselos —dijo un comandante, un capo, un presidente municipal... y pues se los chingaron.

Y ya sé que no eran iguales los del News Divine y los del Heaven, los del Heaven y los de Ayotzinapa, los de Ayotzinapa y los del News Divine. Eran diferentes. Los separaban mundos y destinos. En esa multitud, sesenta y ocho cabrones, había buenos y malos, listos y tontos, guapos y feos, y algunos que ni fu ni fa, mujeres, hombres, gays y heterosexuales, estudiantes y delincuentes, altos y bajos.

No, no eran iguales. Seguro que a muchos los separaban más cosas de las que podrían juntarlos. Es probable que hubieran pertenecido a conjuntos diferentes en ese juego de Plaza Sésamo en el que tenías que agrupar herramientas con herramientas, flores con flores, animales con animales.

Y la suma, según cada conjunto, sería diferente. ¿De qué quieres que la hagamos? ¿De color de ojos, por ejemplo? Veamos:

```
   22 negros
    9 verdes
    3 azules
 + 26 cafés
    8 otros
   ─────────────
   68 cabrones asesinados
```

¿O de meses del año en que nacieron?

```
  6  enero
  3  febrero
  5  marzo
  6  abril
  6  mayo
  7  junio
  8  julio
  5  agosto
  5  septiembre
  6  octubre
+ 4  noviembre
  7  diciembre
```
68 cabrones asesinados

No importa el conjunto que te inventes: color de piel, libros leídos, crímenes cometidos o hijos engendrados, cambiará el número de los factores que integren la suma, pero nunca el resultado. Siempre serán sesenta y ocho los jóvenes asesinados.

Uno nace para morir. El doctor te da la chingada patada en el culo y empieza la cuenta atrás: diez, nieve, oso, siete... y al final te mueres porque te dio un cáncer o porque te cayó un piano en la cabeza. Pero entre la patada en el culo y el piano volador hay una vida que llenar. Como los noventa minutos de un partido de futbol. Hay que saltar y aprender y correr y mojarse con la lluvia y morder y secarse y lanzar un cartucho de gas pimienta y perdonar y amar e inventarse dostres cosas para ir

ANTISOCIAL

sobreviviendo al dolor y cantar y gritar y mantenerte firme cuando en tu derredor todo el mundo se ofusca y chingarse una concha y leer unos cuantos libros y comprarte un tiempo compartido con vista al mar en la zona más exclusiva del Reclusorio Preventivo Sur.

Hay que gastarse la vida. Como te gastabas los pinches billetitos que te vendían en las kermeses. Acabando la pendejada de evento, los billetes perdían su valor y volvían a ser cartoncitos de colores. Por eso te comprabas un pollito amarillo que se te moría al tercer día según las escrituras o una tostada de pata. Había que acabarse ese dinero de mentiritas, así como hay que acabarse estos años de mentiritas. Probarlo todo. Meterle la nariz en el culo a la vida como hacen los perros, *snif, snif, snif,* para saber de qué chingados va la cosa. Y la mala noticia es que al final, lo sospecho, no acabarás entendiendo ni madres. La vida es una película china con subtítulos en checo y tú eres sordo y ciego. Estarás setentaochenta años sentadito en la butaca —tragando palomitas si es que tienes suerte— sin saber, sin entender, sin sospechar siquiera que frente a ti, en una pantallota enorme y con sonido envolvente, se proyecta la película más chingona del mundo.

Y no te sientas traicionado, porque para los chinos la película es en tzotzil y para los checos en tarasco. Nadie entiende nunca nada. Por eso sus cristos y sus budas y sus mahomamadas y su... sepa dios cómo se llama el dios de los judíos. Por eso tanto misterio y tanta sinrazón.

    Pero la buena noticia, si es que en esta película de terror hay una buena noticia, es que tienes derecho a permanecer en esa butaca setenta, ochenta, noventa años, hasta que la pinche lengua se te escalde por la sal de las palomitas; tienes derecho a creer que estás haciendo algo importante, divertido o feliz. Durante el ratito al que tú llamas vida eres dueño de ese asiento; después aparecerá el puto cáncer o el puto piano para explicarte con un madrazo que en este cine no hay permanencia voluntaria, para decirte que tienes que largarte a la calle. Pero mientras llega ese día, nadie, ni un comandante ni un capo ni un presidente municipal, tiene derecho sobre tu vida y tu muerte.

Barras bravas, de Juan Carlos Quezadas,
se terminó de imprimir y encuadernar en noviembre de 2016
en Programas Educativos, s.a. de c.v.
Calzada Chabacano 65a,
Asturias, cx-06850, México

Dirección editorial, Yeana González López de Nava
Edición y cuidado de la edición, Laura Lecuona
Diseño gráfico y formación, Víctor de Reza
Ilustraciones, Richard Zela

[1]